残照

Zansyo

田中芳樹

祥伝社

残照

Zansyo

田中芳樹

目次

系図作成……盛川和洋

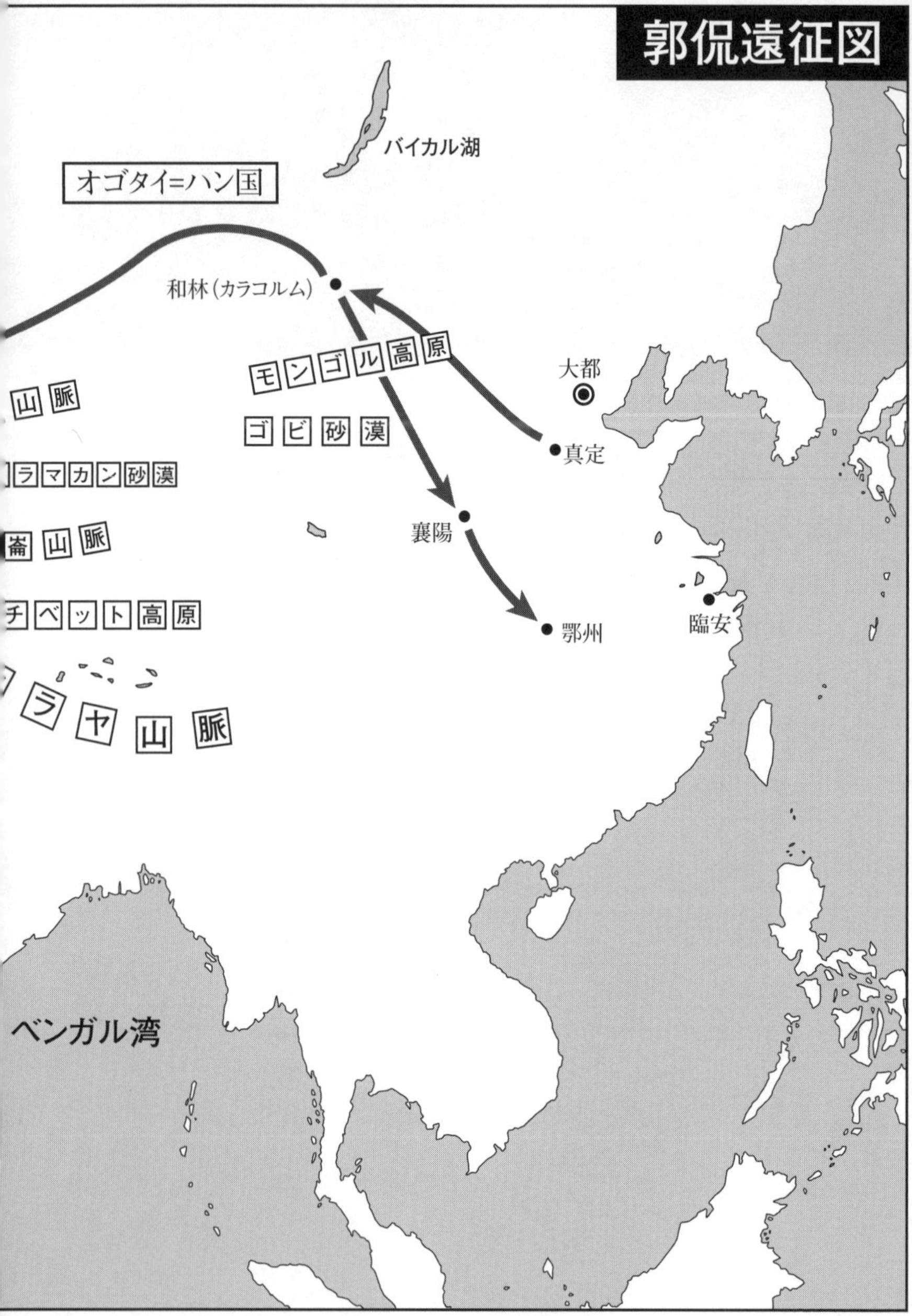

郭侃遠征図
バイカル湖
オゴタイ=ハン国
和林(カラコルム)
モンゴル高原
大都
ゴビ砂漠
真定
山脈
ラマカン砂漠
襄陽
崙山脈
チベット高原
臨安
鄂州
ラヤ山脈
ベンガル湾

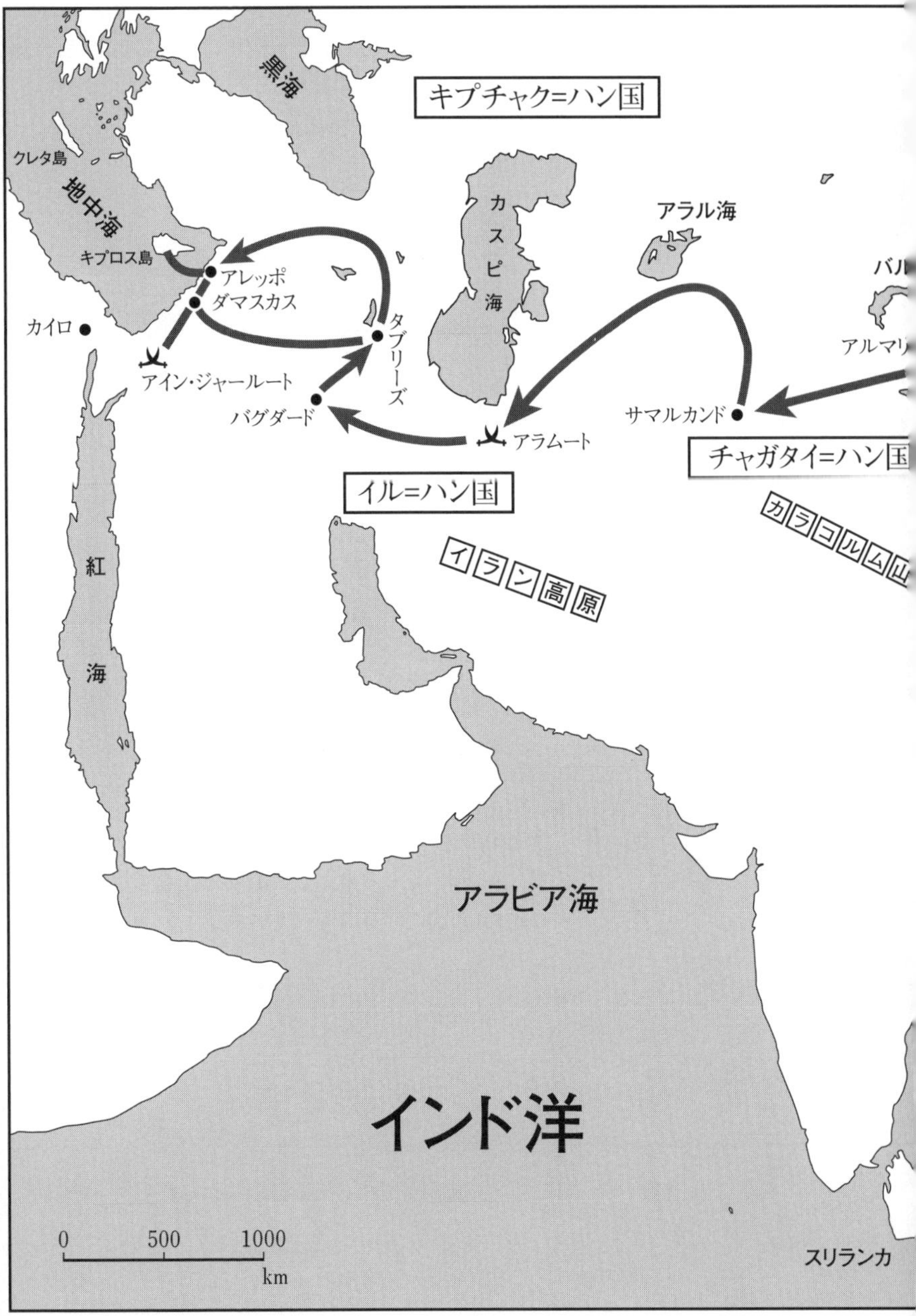

黒海
キプチャク=ハン国
クレタ島
地中海
キプロス島
アレッポ
ダマスカス
カイロ
アイン・ジャールート
タブリーズ
バグダード
カスピ海
アラル海
サマルカンド
アラムート
イル=ハン国
チャガタイ=ハン国
イラン高原
紅海
アラビア海
インド洋
スリランカ
0
500
1000
km

モンゴル帝国
系図

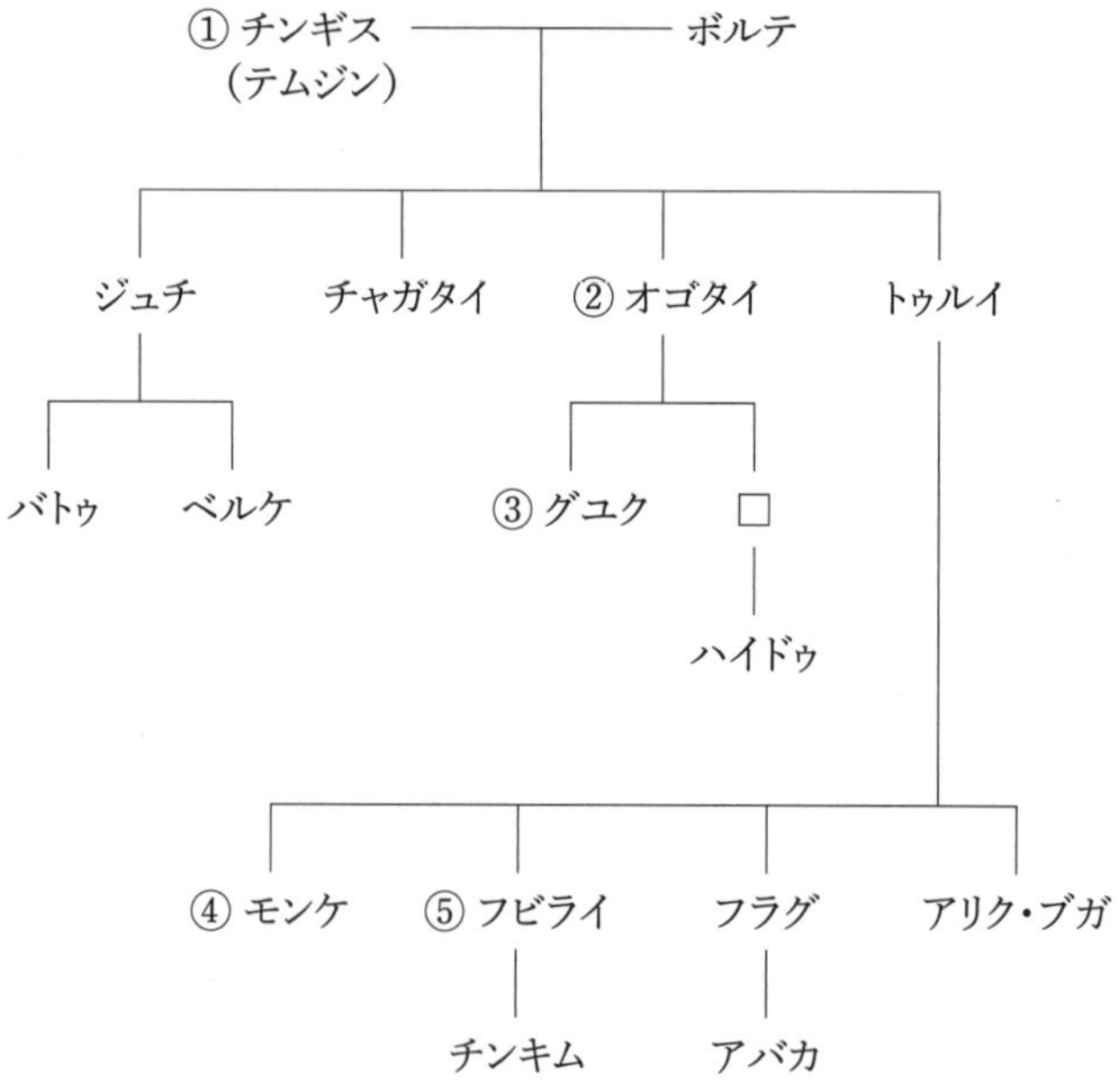

※①〜⑤は歴代の大可汗《カアン》位

第一章　日没の海へ

I

馬蹄《ばてい》を濡《ぬ》らす小波《さざなみ》は赤かった。馬蹄や波だけではない。視界のすべてが赤かった。濃淡や色調で多少の差こそあれ、赤、赤、赤。その世界で、一騎の長い影だけが黒い。そして世界の中心に黄金《おうごん》色の円盤があった。

沈みゆく太陽の下端は、水平線に接している。水平線全体が黄金色にかがやきつつ、微妙に揺《ゆ》れていた。

とうとう来た。とうとう見た。海に沈む日を。日の沈む海を。とうとう彼は見たのだ……。

夢幻《むげん》の静寂《せいじやく》と陶酔《とうすい》は、ほどなく破られた。

「郭《かく》将軍」

声がした。誰の声かはわからない。

「何だ」

「あの断崖の上に、城が見えます」

指さす方向に、いつのまにか黒々とした影がわだかまっていた。海に突き出した崖は、日を受けながらなぜか漆黒で、その上にそびえる城塞も鴉《からす》のように黒い。

「陥《おと》しますか」

「イスラム教徒の城か、キリスト教徒のか」

「城頭に大きな十字架らしき影が……」

「ではキリスト教徒の城だな。城を出て降伏せぬとあらば陥そう」

「ご存じですか、あれを陥せば、ちょうど三百城めになりますぞ」

「数など知ったことか」

馬蹄に赤い波がかかって高く飛沫《しぶき》をあげる。その飛沫が顔にかかった瞬間、眼がさめた。

「夢か……」

牀《ベッド》に上半身を起こした初老の男は、二十年近く往時《むかし》のことを想って眼を細めた。

男の名は郭侃《かくかん》という。中華帝国の歴史上ただひとり、自分自身の眼で地中海を見た武将である。

真定府《しんていふ》の城は、太行《たいこう》山脈を西にひかえた華北平原の北部に位置する。その南門に、騎馬の武将が、わずかな従者を引きつれて到着し、門上の兵士に開門を呼びかけた。若き日の郭侃である。

「郭家の仲和《ちゆうわ》が参上した、と、史力戸《しばんこ》にお伝えしてくれ」

「仲」という文字は、次男の字《あざな》に用いる。『三国志演義』でいえば、司馬懿《しばい》の字は「仲達」、孫権《そんけん》の字は「仲謀」で、ともに次男である。郭侃にも兄がいたはずだが、史書にはまったく登場しない。夭折《ようせつ》したのであろうか。

番兵が急いで報《しら》せたらしく、ほどなく鉄の門扉が大きく左右に開かれた。郭侃は騎馬のまま門内に走りこむ。よく整備された甃《いしだたみ》の街路を駆けぬけて、大きな邸第《やしき》の前に立った。門の額《がく》には「萬戸府《ばんこふ》」と大書してある。

「おお、仲和、よう来た、待ちかねたぞ」

半白《はんぱく》の髪と鬚《ひげ》を持つ五十歳ぐらいの男が出迎えた。漢人ではあるがモンゴル帝国に仕《つか》え、華北の五郡を統《す》べる万戸長《ばんこちよう》・史天沢《してんたく》である。その軍事・政治における功績は巨大であったが、一見したところ温和な初老の男性にすぎない。皇帝モンケの弟フビライからは、親友を以《もつ》て遇されていた。

真定《しんてい》の史天沢。順天《じゆんてん》の張柔《ちようじゆう》。東平《とうへい》の厳実《げんじつ》。大同《だいどう》の劉黒馬《りゆうこくば》。

右の四名を称して、モンゴル帝国の「漢人四大世侯《かんじんしだいせいこう》」と呼ぶ。漢人でありながらモンゴルに仕えて功績を立て、高い地位と大きな勢力を所有する世襲制の大諸侯である。

西暦一二五三年。モンゴル帝国は第四代の大可汗《だいカアン》モンケの世だが、まだ年号もなく、そもそも正式な国名すらない。中華本土の北半—華北—を支配しているが、南半—江南—を支配する南宋王朝とは二十年以上、抗争をつづけている。

金《きん》王朝の衰退から滅亡後に至るまでの約五十年間、華北は戦乱によって荒廃し、叛乱《はんらん》軍や盗賊が跋扈《ばっこ》して混迷をきわめた。もともと農耕地帯の統治を苦手とするモンゴルは、漢人の有力者にそれを委《ゆだ》ね、租税を納めさせるだけであった。

これら漢人世侯のもう一方の功績は、漢人の知識人や文化人たちを戦乱から救い、中華の文化を保護したことである。心から求めてそうしたのか、他の世侯たちへの対抗意識によるものか、知識と文化の保護者という名声を欲したのか、いずれとも判断しがたい。あるいは、モンゴル王朝に仕《つか》えてはいても、文字を知らない、知ろうともしないモンゴル人を蔑《さげす》んでのことかもしれない。だが、動機はどうでもよいであろう。彼らの統治は人心の安定を招き、モンゴルの中華支配はおおむね成功しつつある。

「すぐ茶を出すでな、そこに座って待っておれ」

「あの、御用は?」

「茶が来てから話す。まったく、お前は性急《せっかち》じゃな。祖父《じいさん》そっくりじゃ」

祖父の郭宝玉《かくほうぎょく》の時代に、豪族郭家はモンゴルに帰順した。郭侃はモンゴルの統治下で育ったが、モンゴル人より漢人のほうがはるかに多いから、普段は漢語を使う。モンゴル語を使うのは、モンゴル人相手のときだけだ。

やがて茶が運ばれてきた。

「モンケ大可汗のお呼び出しでな、カラコルムへ赴《ゆ》く」

「それはそれは、名誉なことで」

御苦労なことだ、とは思っても口には出さない。

史天沢は横目で郭侃を見た。

「何を言うとる、おぬしも同行するんじゃ」

「え⁉　私がまたなぜ……？」

「自分のこともわからぬのに、おぬしのことまでわからぬわ。わしが茶を飲んどる間に、さっさと仕度《したく》せい」

「いまからですか」

「わしが茶を飲み終えるのに三日はかかろうでな」

あわてて郭侃は席を立った。常在戦場《じょうざいせんじょう》。自分の隊はつねに油断させていないつもりだ。

郭侃自身の戦功はもちろんだが、史天沢の推挙もあって、二十代で百戸長《ひゃっこちょう》、三十歳のときには千戸長《せんこちょう》となった。彼の部隊は全員が漢人で、投石機や火箭《かせん》などの兵器をあつかい、技術者集団の性格が強い。三日後の朝、郭侃は兵士と兵器をととのえて真定府を発《た》ち、帝都カラコルムへ旅立った。史天沢のひきいる兵は二万五千。郭侃は史天沢と馬をならべて全軍の先頭に立つ。

「カラコルムの大可汗より勅令が下されてな」

史天沢が蒼空《あおぞら》を見あげる。

「投石機をあつかう技師と兵士を二千名、いそぎカラコルムへ派遣せよ、とな」

投石機というが、放出するのは石だけではない。石油を容《い》れた火炎瓶や槍も飛ばす。攻城戦に、なくてはならない兵器である。モンゴル兵は、このような兵器をあつかうのが苦手、というより関心がないようで、歩兵戦同様、漢人部隊に委《ゆだ》ねている。

「で、こうなったわけよ、仲和」

「して、敵はいずれに?」

「見当がつかんおぬしでもあるまい」

史天沢は髭の下で口もとをほころばせた。

郭侃は十二歳のとき史天沢に会い、なぜか気に入られて、邸第《やしき》に引きとられ、軍略や漢文古典の教えを受けた。実父に対する印象は薄く、文字どおり史天沢が師父《しふ》である。

おのずと声が低くなった。

「西、でしょうか」

郭侃の問いに、史天沢は半白の髭をなで、片眼を閉じてみせた。それから、直接的でない回答を返した。

「皇弟《こうてい》のフビライ殿下やフラグ殿下も、大可汗陛下のお呼びを受けたそうだぞ」

「いよいよ始まるのですな」

モンケは四十六歳、フビライは三十九歳、フラグは三十七歳、この三人に末弟のアリク・ブガを加えた四兄弟は、モンゴル初代皇帝チンギス汗《ハーン》の四男トゥルイの息子たちである。トゥルイ自身は大可汗位に即《つ》けなかったが、息子たちが亡き父の無念をはらした形であった。モンゴルには末子相続の伝統があるが、トゥルイは兄のオゴタイに大可汗位を譲り、成立してまもない帝国の分裂を防いだのである。

Ⅱ

モンゴル帝国の首都和林《カラコルム》は、ごく新しい都市である。そもそも騎馬民族であるモンゴル人は、都市を建設するどころか定住すらしないのだが、彼らが単なる民族集団から国家として進化していくうちに、征服や統治の根拠地が必要になってきた。

ハンガイ山脈の北、オルホン河の流域の高原に、初代皇帝チンギス汗が根拠地を置いたのは、西暦一二二〇年のこと。第二代のオゴタイ大可汗が一二三五年、周囲を城壁で囲み、長方形の宮殿「万安宮《ばんあんきゅう》」を建てた。城内には煉瓦《れんが》造りの家々が街路にそって建ち並び、仏教、ネストリウス派キリスト教、イスラム教の寺院もつくられた。中華やペルシアの洗練された大都市に較《くら》べれば、お粗末な「都市もどき」にすぎなかったが、良好な牧草地の中心にあって、東西南北への交通の要地であり、出撃基地としては充分であった。

そもそも、モンケ大可汗自身、万安宮に住んでいない。宮殿の傍《そば》に巨大な帳幕《オルド》を設けて、公私すべての生活を、そこでおこなっている。どこまでも騎馬遊牧の王者としてふるまっていた。

カラコルムに到着すると、史天沢と郭侃は順番に応じてモンケ大可汗の帳幕に招じ入れられた。モンケは精悍《せいかん》に引きしまった顔を、ふたりの漢人に向けた。

「はるばる、よくやって来たな」

とは、モンケは言わなかった。騎馬遊牧民族にとって、大陸の西端から東端までといえども、気の遠くなるような距離ではない。それだけに、歩兵の運用に関しては勝手がちがうところがあり、歩兵戦の指揮は漢人武将に委《ゆだ》ねられる例が多い。

A・C・M・ドーソンは『モンゴル帝国史』においてモンケを高く評価しているが、とくに、生活の質素さと軍律の厳しさを絶讃している。民家を掠奪《りゃくだつ》した兵士を、みずから斬《き》りすてたこともあった。唯一の欠点は、迷信深いことであった、と伝えられる。

「以前からさだまっていたこと。いまさらあわてるような無能者、朕《ちん》には要《い》らぬ。そうだな、史天沢」

「御意。この者には、すでに説明してございます」

「ならよい。後はフラグにすべて委ねる」

史天沢と郭侃が御前をさがる。モンケが座にすわりなおすと、先客と入れ替わるように、あらたな客が入《はい》ってきた。

モンケの弟フビライであった。

フビライの容姿については、後年になるが、マルコ・ポーロと称するベネチア商人の証言がある。

「彼は中背で四肢《しし》は形よく、全身は均整がとれており、顔色は白い。ときに頰《ほお》に赤みがさすと、バラの花のように優雅になる。眼は黒く澄み、鼻は高く、すわりがよい」

このときフビライは三十九歳である。皇弟とはいえ、いまだ大可汗モンケの臣下にすぎない。うやうやしく頭を低くし、兄であり主君である人物に礼をほどこす。

「お呼びに応じて参上いたしました、陛下」

ゆったりと、おちついた声である。鋭くも烈《はげ》しくもないが、貫禄《かんろく》においては大可汗たる兄をしのぐほどだ。

モンケは黙ってうなずくと、四、五瞬の間、弟の顔を見つめてから告げた。

「大西征の実行にあたり、あらためて、そなたの地位を確定する」

「御意」

「今日よりそなたは漠南漢地大総督《ばくなんかんちだいそうとく》と称せよ」

「漠南漢地大総督」

ゴビ砂漠の南、漢人の居住する広大な領域の統治と、さらなる拡大とが、その任であった。モンゴル人より何十倍も数の多い漢人を、あるいは味方として、あるいは敵として、相手にしなくてはならない。重職だが、楽な任ではなかった。

「かたじけなく承《うけたま》わります」

フビライが退出すると、すぐつぎの人物が謁見《えっけん》にあらわれた。この日のモンケは千客万来であった。

「フラグよ」

「はっ」

「そなたにはイル汗《ハーン》の称号を与え、ペルシア以西、モンゴルの馬蹄の踏みうるすべての大地を領有することを許す」

「かたじけなく存じあげます」

「ただし、むろんのことだが、ジュチ家のバトゥ汗とその子孫が領有する大地を除いてだ」

バトゥはモンケ、フビライ、フラグにとって従兄《いとこ》にあたる人物である。

「はい、心得ております」

「トゥルイ家とジュチ家は永《なが》く深い縁をきずいてきた。それを損《そこ》ねることは許されぬ」

フラグが受けた「イル汗」の称号は、トルコ語で「国の王」を意味する。漠然としているが、それだけに、いくらでも解釈する余地があった。

「史天沢が例の郭侃《クウオカン》という漢人をつれて来ておる。会ってやれ。そなたの帳幕《オルド》におる」

「かしこまりました」

「漢人が大西征に参加するのは、はじめてだ。こころして扱《あつか》えよ」

「心得ました」

フラグは深く一礼して大可汗たる兄の御前を退出し、自分の帳幕に向かった。

この年、フラグは三十七歳、郭侃と同年である。次兄のフビライより精悍な印象で、小さな両眼は鋭く、覇気にあふれていた。ただ左右の眉が下がり気味なので、どことなく調和に欠ける印象もあった。

「そなたが郭侃《クウオカン》か」

フラグは郭侃の名を、モンゴル風に発音した。

「何とぞお見知りおきください、殿下」

郭侃が拝礼すると、フラグは鑑定するような視線を送りつけ、夜光杯《やこうはい》をあおった。ひと息吐き出して語り出す。

「たまには、馬乳酒《ばにゅうしゅ》以外のものもよい。西方は、だいたい葡萄《ぶどう》酒だからな。慣れておいてもよかろう。そう思わぬか」

「御意」

「ところで郭侃《クウオカン》とやら」

「はい」

フラグは率直すぎる質問を投げつけた。

「そなたが予の西方遠征に従軍して、役に立つと思うか」

郭侃は用心した。彼とフラグの間には、フビライと史天沢のような信頼関係は存在しない。これから長くつづくであろう戦いの裡《なか》で、それを構築せねばならなかった。

「大可汗陛下とフラグ殿下のお役に立つべく、微力をつくす所存でございます」

「生命を懸《か》けてもか」

ここは明瞭《めいりよう》かつ即座に応じる必要があった。

「御意！」

フラグは、ひとつ瞬《まばた》きすると、あらたな葡萄酒の一杯に口をつけた。

「西方は砂漠と岩山が涯《はて》しなくつづく。我らモンゴル人でさえ、うんざりするほどだ。そなたのような漢人には、耐えがたかろう」

「耐えて御覧にいれます」

「あたりまえだ。耐えてもらわなくてはこまる。チョルマグンはもうおらぬが、そなたに彼の代理がつとまるかな」

フラグは声を出さずに笑った。どうやらフビライより仕えにくい人らしい、と郭侃は内心で判断した。

チンギス汗の将軍として有名な者たちに、「四傑《しけつ》」と「四狗《しく》」がいる。「四傑」とは、ボオルチュ、ムハリ、チラウン、ボロフル。「四狗」とは、ジェベ、スブタイ、ジャルメ、フビライ。このフビライは、チンギス汗の孫でありモンケの弟であるフビライとは同名異人である。「四傑」も「四狗」も功臣であったが、強《し》いていえば「四傑」は征服地の統治などにも関与して帝国を運営し、「四狗」は戦闘に専念した。

チョルマグンは彼らのつぎの世代で、バトゥらとともに、オゴタイ汗の時代を代表する名将であった。このチョルマグンが精鋭三万騎を指揮し、モンゴルの第二次西征を敢行し、ペルシア一帯を劫掠《ごうりゃく》した。

フラグの西征は、だからモンゴル帝国のペルシア方面侵攻としては第三次にあたる。しかも、これまでのように一時的なものではなく、恒久的な占領が目的である。フラグの責任は重大であった。

二代めのモンゴル大可汗《カアン》はオゴタイだった。チンギス汗の三男である。後述するような一族間の対立があって、叔父《おじ》オゴタイに対しては、いやいやながらも服従していたバトゥやモンケであったが、オゴタイの死後、その息子グユクが第三代大可汗を継《つ》ごうとするにおよんで、不満が爆発した。相手がグユクとなれば話は別である。少年時代から仲が悪かったし、ヨーロッパ大遠征に際しても、グユクの武勲《ぶくん》はバトゥにもモンケにもおよばなかった。しかもグユクは、父の威光を背に、しばしば総帥《そうすい》たるバトゥへの協力を怠《おこた》り、全軍の作戦行動を阻害した。

そのグユクが、父オゴタイの後継者として大可汗になるなど、許されることではない。

「グユクごときの下風《かふう》に立って、やつを大可汗陛下とたてまつるのか！　おれは承知せんぞ。父子二代にわたって大可汗位を偸《ぬす》むというのであれば、おれにも覚悟がある」

モンケの激語を聞いていたバトゥは、思慮深くうなずいた。

「おれの思うところは、おぬしとおなじだ。モンケよ、おぬしはすぐにも東へ出発《た》て。大集会《クリルタイ》に出席して、大可汗位に即《つ》くのだ。グユクなどに遅れをとるな」

「そうするとしよう。だが、バトゥ、おぬしはどうするのだ。大集会には出ぬのか」

「おれは、ここに残る。モンゴル本土に、おれの居場所はない」

「そうか……」

モンケはそれ以上、何も言わなかった。バトゥはモンケとは親しかったが、モンゴル総体に対しては、単純な愛情を抱いてはいないようだった。亡父ジュチが抱いていた疎外感と孤独感を、承《う》けついでいるかのようで、ときとしてモンケにすら同席をためらわせる雰囲気があった。だが、その武略と兵士たちの信望とは、匹敵する者がいなかった。

「必要ができたら、おれを呼んでくれ。いつでも駆けつけるからな」

バトゥの激励を背に、モンケは、ユーラシア大陸を西から東へ、疾風となって駆けぬけた。だが、一歩先行したグユクも必死で駆け、モンケはついに追いつくことができなかった。

大集会《クリルタイ》は一貫してグユクの優勢で進んだ。オゴタイ家とチャガタイ家の結束は固かったし、オゴタイ統治下で権益をむさぼっていた東方の王侯たちは変化を好まなかった。西暦一二四六年、グユクは第三代の大可汗となる。

Ⅲ

かなりの無理をして第三代の大可汗となったグユクとしては、自分の威光を帝国全土にしめす必要がある。彼は亡父オゴタイの晩年に緩《ゆる》んでいた綱紀《こうき》を粛正《しゆくせい》し、南宋への侵略計画を進めるとともに、西方で不気味な沈黙をつづけるバトゥに使者を派遣した。反グユク派の盟主たるバトゥに膝《ひざ》をつかせれば、グユクの権威は確立するにちがいない。カラコルムの都で、グユクは、憎きバトゥが自分に平伏する情景を想像し、ほくそえんだ。

だが、バトゥは新大可汗の勅命を無視して、ボルガ河畔を動かない。二度三度と使者を出しても、バトゥは返事すらしなかった。

ついにグユクは激怒した。二十万とも三十万ともいわれる大軍をととのえ、バトゥを討滅するために親征するべく、カラコルムを出立したのである。

それを知ったバトゥは、恐れるどころか、待っていた、とばかり、はじめて動いた。十万以上の兵を統《す》べて東へと進撃を開始する。モンゴル帝国を東西に二分する大戦が始まるかと思われた。戦場はシル河《ダリア》の流れる中央アジアの大草原になるであろう。

ジュチ家とオゴタイ家との激突は、だが、ついに起こらなかった。カラコルムを出て数日後、グユクは帳幕《オルド》の中で急死したのである。

バトゥと盟約を結んでいたモンケが刺客《しかく》を放ったのだ、ともいわれる。グユクは亡父オゴタイに似て酒豪であったから、酒毒のために落命した、ともいわれる。いずれが真相か不明だが、いずれにしても、モンゴル帝国は大可汗を失い、オゴタイ家は当主が不在となった。つぎの大可汗を選出せねばならない。例によって大集会《クリルタイ》が開かれたが、また例によって何十日何百日も議論のくりかえしである。

ここで、あらためてバトゥが動く。彼は軍をひきいたまま大集会に乗りこむと、次代の大可汗として、強力にモンケを推薦した。いまやモンゴル帝国最大の実力者となったバトゥに、当主不在のオゴタイ家は抵抗できず、モンケが第四代の大可汗となる。

盟友である従弟《いとこ》を大可汗位に即《つ》けると、バトゥはさっさと西へ帰還した。言葉どおり、彼はモンゴル本国の汗位などに関心はなかった。彼は西方に打ち樹《た》てた自分の領国で生涯を終えるつもりである。モンケとは争うことなく両立できる。それで充分であった。

年長者の昔話を聞くのは、若い者の義務である。史天沢と郭侃は、カラコルム城内の漢人用宿舎で、昔話を肴《さかな》に酒を酌《く》みかわしていた。話題は、金国《きん》が滅亡した際のことである。

「孟珙《もうきょう》という宋軍の指揮官は名将でしたか」

「ふむ……」

史天沢は、かるく天をあおいだ。

「一言でいえば名将だったな。だが、あの男を一言では言いあらわせぬよ。あの男の名を聞けば、モンゴル軍は恐れ戦慄《おのの》いた」

「モンゴル軍が恐れ戦慄く？」

郭侃は愕然《がくぜん》とした。同時に、信じられぬ思いで史天沢の顔を見なおしたのは、史天沢が智勇を兼ねた名将であり、モンゴルの王侯たち、とくにフビライに深く信頼されていることを知っていたからだ。その史天沢がそれほど絶讃するとは、どれほどの人物であったのか。

「孟珙が死んで、そうじゃな、もう十四、五年になるか。現在、襄陽《じょうよう》を守っておる宋の将軍たちは、孟珙の部下、というより弟子と呼んだほうがよかろうが、その弟子たちにさえ、我々は勝てずにおる」

そう言われてみれば、金国の滅亡後、モンゴルは南宋と直接、対決すること約二十年、いまだ勝てずにいる。

およそ百年前、ひとたび宋を亡ぼして中華本土の北半を侵略領有し、徽宗《きそう》上皇と欽宗《きんそう》皇帝ら三千人を北辺の荒野に拉致《らち》して窮死せしめた金国。その最後は、宋に劣らぬ悲惨なものであった。モンゴルに追われて、首都の燕京《えんけい》から開封《かいほう》に逃《のが》れ、さらに蔡州《さいしゅう》へと追いつめられた金王朝。そこへ南からおそいかかったのは、「兵を用うること神のごとき」名将孟珙のひきいる南宋軍であった。金国王朝は、モンゴルと宋から挟撃され、包囲された。

モンゴルも宋も、金に対しては百年の遺恨がある。両国は盟約を結んで、憎むべき仇敵を亡ぼし、先祖の仇を討とうとしたのだ。金は完全に孤立し、もはや命脈《めいみゃく》は絶えた。

西暦一二三三年の最後の日、すべてをあきらめた金の第九代皇帝哀宗《あいそう》は、皇族の青年承麟《しょうりん》を玉座の前に呼んだ。

「承麟よ、朕《ちん》は退位する。そなたに、つぎの皇帝になってもらいたいのだ。そなたのことは以前から見こんでおったのじゃ」

承麟は仰天した。

「もったいなき御諚《ごじょう》なれど、臣は皇帝の器ではございませぬ。四方を敵に囲まれ、もはやいさぎよく亡びる刻《とき》、帝位などに何の意味がございましょうか」

すると哀宗は承麟の両手をとり、涙を流して懇願《こんがん》した。

「ここで死ぬのは朕だけでよい。そなたは驍勇《ぎょうゆう》果敢《かかん》、年齢も若い。どうかこの城を脱出し、金王朝を再興してほしいのじゃ」

承麟は何度も辞退したが、哀宗は青年の両手をにぎって放さず、承麟の手の甲には熱い涙がしたたり落ちた。

ついに承麟は即位を承諾し、哀宗は泣き笑いの表情で二度、三度とうなずいた。

翌日、一二三四年正月一日の早朝。承麟の即位式がおこなわれた。壮麗なるはずの儀式に立ちあったのは、まだ忠誠心を棄《す》てない七、八名の臣下だけである。

その式が終わった直後、天地が鳴動したかのような音響がとどろいた。宮門《きゅうもん》が破られ、馬に乗ったままのモンゴル兵が乱入してきたのだ。

哀宗は身をひるがえし、奥の房室《へや》へと駆けこんだ。逃げるためではない。捕えられて生き恥をさらすことを恐れ、自殺するためであった。哀宗は絹の帯で首を縊《くく》った。

帝位を押しつけられた承麟は、じゃまになる帝冠を放り出し、帝衣をぬぎすてて剣をとった。算《かぞ》えきれないほどのモンゴル兵が玉座の間に駆けこんで来る。

「朕は大金国の皇帝・完顔《かんがん》承麟である。討ちとって功績《てがら》にせよ」

そう叫ぶと、承麟は自分のほうからモンゴル兵のただなかに斬りこんだ。血飛沫がはね、激しく刃鳴りがたつ。四人の敵兵を斬った承麟は、ほどなく自他の血にまみれて、乱刃の下に斃《たお》れた。彼の最期《さいご》の言葉はモンゴル兵には通じず、その遺体は放置され、行方不明になった。

こうして、東北アジアに覇をとなえた金国も、十代百十九年をもって亡《ほろ》んだのである。

モンゴル兵は狂喜し、皇宮のあらゆる房室に躍《おど》りこんだ。生き残った金の官吏や兵士を虐殺し、悲鳴をあげて逃げまどう女官たちを拐《かどわ》かし、目についた財宝を掠奪し、血の酔いにまかせて暴れくるった。

その狂乱が一瞬にして鎮静《しず》まったのは、宋軍の総帥・孟珙が入城したときである。その粛然たる軍容に、モンゴル軍は静まりかえって宋軍を見守った。

　哀宗の遺体は、すでに灰となっていた。遺体をさらされる恥辱を恐れ、哀帝が緊急の火葬を命じていたからである。孟珙はみずからの手で遺灰をふたつの壺におさめ、ひとつをモンゴル軍に渡し、ひとつは自分が抱えて立ち去った。

「そのとき、わしは三十三歳だった。いまのおぬしより若い年齢じゃな。善《よ》いものも悪いものも、ずいぶんと見てきたが、あのときほど、敗《ま》けた、と思ったことはなかった。もっとも憎むべき敵に、畏敬の念を禁じえなかったのだよ」

　往時《むかし》を偲《しの》ぶような眼つきの史天沢に、郭侃は問いかけた。

「もし、そのときモンゴル軍と宋軍が戦っていたら、どのような結果になっていたでしょうか」

　それは史天沢が予想していた範囲内の質問であったらしい。即答が返ってきた。

「まず、モンゴルが負けておったろうな」

「信じがたいことです」

「べつに信じなくともよい。わしが勝手にそう思っておるだけだ」

　そう言われると、反論の余地もなく、郭侃は黙りこむしかなかった。しばらくして、また問いを発する。

「ペルシアやシリアには、孟珙のような神将がおりましょうか」

「わしに訊《き》くな。わしは孟珙はこの眼で見たが、ペルシアには行ったこともないでな。何じゃ、不安になったか」

「そういうわけではありませんが……」

「おぬしは郭子儀《かくしぎ》の子孫なのじゃろうに」

「虚言《うそ》ですよ。たまたま姓がおなじなだけです」

郭子儀は、安禄山《あんろくざん》の大乱を平定して王朝の滅亡をふせいだ唐《とう》代の名将である。郭侃の祖父郭宝《かくほう》玉《ぎょく》が、第九代の子孫だと称されていたから、郭侃自身は第十一代ということになる。歴然《れっき》とした家系図もある。だが、郭侃は、あやしいものだ、と思っていた。

「べつに虚言という証拠もないのだろう。問われれば、然《しか》りと答えておけばよい」

「そういたします」

「そんなことより、フラグ殿下の信頼を得るように努《つと》めることだ。あのお人は、フビライ殿下よりはるかに気性が烈《はげ》しいが、不公正とは聞かぬ。功にはきちんと報いて下さろう」

モンゴルの王侯は激情家ぞろいだな、と郭侃は思った。そうでなければ、世界を征服するなどという考えを抱くはずもないが。

「では西征して、地の涯《はて》で、海に沈む夕日を見てまいります」

「海に沈む日を見たことがないか」

「はい、史将軍はいかがで?」

「……ふむ、顧《かえ》りみれば、わしも見たことがないわ」

中華の大陸の地勢は、西に高く、東に低い。黄河《こうが》や長江《ちょうこう》のような大河は、西の青蔵《せいぞう》山地に源を発し、幾多の曲折をへて、結局は東の海に注《そそ》ぐ。日は東の海から昇り、西の山地に沈む。海と陸が転倒でもしないかぎり、中華の民が西の海に沈む夕日を見ることはない。

郭侃は見てみたかった。小童《こども》のころから、東の海に昇る朝日を何千回も見てきた。一度でよいから、西の海に沈む夕日を見てみたい。

正直なところ、モンゴル帝国の世界征服やフラグの大西征など、どうでもよい。モンゴルに仕える漢人の将軍として、最善は尽《つ》くす。だが、モンゴルやフラグと心中《しんじゅう》する気はなかった。そこまで尽くす必要はない、と思う。

チンギス汗は生涯に四十以上の国々を征服したというが、逆にいえば四十以上の国々が亡ぼされたということだ。

「仲和よ、わしも真定を離れることになった」

「いずこへ赴《い》かれるのです?」

「おぬしと反対方向へ行く」

「東へ?」

「そうだ、皇弟フビライ殿下のお呼びでな。ええと、河南道経略使《かなんどうけいりやくし》とやらになれ、とよ。まったく、モンゴル人どもときたら、わしがおらんと、中華のことは何もわからんのだからな」

「はあ……」

「ただ、フビライ殿下はな、ご自分で何かできるわけではないが、貴重な人材を鑑《み》るのは一流中の一流よ。ま、仕《つか》え甲斐《がい》のある御仁ではあるな」

最高位に立つ者は、それでよいのだろう。一方、モンケは精悍で軍略にも統率力にも決断力にもすぐれ、政務をおこたることもなく、大可汗としての自覚にも富んでいる。ただ、それだけに、何でも自分自身の手でやらないと気がすまないところがあった。中華方面の経略も、ペルシアやシリア方面への大遠征も、なろうことなら自分でやりたかったにちがいない。

Ⅳ

「何と壮大な」

はじめて聞いたとき、郭侃は舌を巻く思いだった。歴代の中華王朝のうち、南宋は領土が狭いことで知られる。だが、それでも百五十万平方公里《キロ》におよぶのだ。その広大な領土を、北、西、南の三方向から包囲するという。

漢南漢地大総督フビライが北の正面から南宋を攻撃する間、モンケ大可汗《カアン》はチベットから雲南《うんなん》へ進み、西をふさぎ、南から攻める、と。山岳部や暑熱の密林など、モンゴル軍が苦手とする地域の行軍を、大可汗がみずから指揮するのだ。モンケは、最大の困難を他人に押しつけないという点では、まちがいなく名将であった。

「ところで、妻子をつれていくか、仲和」

「いきませんよ」

モンゴル人は征旅《せいりよ》に際して、家族を同行させるのが通例である。フラグは十五万の兵をひきいるというが、妻子家族まで含めると五十万をこえるかもしれない。

「妻子《あれ》たちに砂漠や岩山の旅をさせようとは思いません。ただ、正直なところ、留守中に災難がおこらないか、心配ではあります」

「では、わしの城に置いていけ。真定の城内に邸第《やしき》をひとつ貸そう」

「ああ、そうさせていただくと助かります。感謝いたします」

郭侃は素直に史天沢の厚意を受けた。

自分の邸第にもどると、八年前に結婚した妻が、ふたりの男児とともに出迎えた。きわだった美女ではないが、郭侃は彼女の為人《ひととなり》を信頼している。

「大家《だんなさま》、このたびの戦《いく》さはどちらへ？」

「西の方だ。海に沈む日を見てくる」

軽い口調で、郭侃は妻に笑顔を向け、ふたりの子を抱きあげた。六歳の秉仁《へいじん》と、四歳の秉義《へいぎ》である。妻は笑顔でそれに応じたが、眉のあたりに憂色がただよっている。夫が遠征に出て何年も帰らぬとなれば、当然のことだ。

「ふたりとも男だ。母上のことをたのんだぞ」

「是《はい》」「是《はい》！」

元気のよい返事が、父親としては嬉しい。郭侃は息子たちを床におろすと、妻の手をとり、史天沢の厚意を受けたことを話した。妻の愁眉《しゅうび》がやや開いたとき、従者があらわれて訪客を告げた。

三人の士官が書斎で郭侃を待っていた。李宗建《りそうけん》、公孫英《こうそんえい》、張康《ちょうこう》。三人とも漢人で、史天沢の紹介で、もう十五年以上、郭侃にしたがい、砲術や土木技術の訓練と実戦経験をかさねてきた腹心である。ひとりひとりは、べつに奇異《きい》な容姿ではないが、三人がそろうと、李宗建は細長く、公孫英は正方形で、張康は丸い。つい失笑しそうになるが、この三人のおかげで、郭侃はモンゴル軍随一の攻城戦の達人たりえているのだった。

「今度はどちらへ？」

李宗建の問いに、郭侃は即答した。

「西だ」

郭侃や史天沢がいったん去った後、カラコルムは騒然たる状況におちいっていた。モンケ大可汗が刺客におそわれたのである。

刺客の数は四十人。黒衣をまとっていた。西のかたペルシアから来着し、長たらしい王侯の名をあげて、財宝の献上と、モンゴルへの帰服《きふく》を望むと告げる。実際に金貨や珠玉をつめた箱を開《あ》けてみせたので、衛兵たちは、ひととおり身体検査をした後、彼らの代表を大可汗の帳幕《オルド》に通した。ところが、財宝の箱は二重底になっており、刺客はそこから短剣を取り出して、モンケにおそいかかったのである。

いあわせたフラグが猛然と横あいから躍りかかり、自分の短剣で刺客の脇腹をえぐる。刺客は床に転倒した。腎臓を刺され、即死である。

　モンケは大きく肩で呼吸した。豪胆な彼も、意表を衝《つ》かれたのだ。これまで友好や平和を求める使者ばかりだったので、モンケたる者がわずかに油断したのであった。衛兵たちが口々に叫びながら駆けつけてくる。

「何者だ、こやつは」

　刺客の服装をあらためていたフラグが、眼光を一段と鋭くさせて、ひとりの袖《そで》の裡《なか》から一本の短剣を取り出した。

「畏《おそ》れながら、大可汗陛下に申しあげます」

「許す、申してみよ」

「はい、この短剣を御覧くださいませ。これこそ、イスマイル暗殺教国の刺客どもが使う暗器《ひみつぶき》でございます。刃には毒が塗られ、柄には、上弦と下弦と、ふたつの半月が彫られております」

　モンケは毒に用心しながら、短剣の柄を検《あらた》めると、苛烈《かれつ》な光を両眼にたたえた。

「イル汗フラグ、聞くがよい」

「はい、大可汗陛下」

「予の命じたこと、必要なものであると、そなたの目にも明らかだな」

「御意」

「かならずイスマイル教の本拠地を陥《おと》し、やつらを鏖殺《おうさつ》せよ」

「御意！」

「つぎはバグダードを陥《おと》し、全イスラムの皇帝とほざく教主《カリフ》を殺せ。以上の二件が、フラグよ、そなたの使命だ」

「かならず、勅命をはたして御覧にいれます。ですが……」

「ですが？」

「その後は、いかがいたしましょう」

弟の問いに、モンケは即答した。

「そなたの望むところにしたがえ。バグダードの先にはシリアがある。エジプトもあるぞ。聖君《せいくん》の仰せにしたがい、地の涯まで征服して、そなたの領土とするがよかろう」

「ありがたき仰せ、かならずや成しとげます」

「うむ、聖君も蒼天《そうてん》の上より、そなたを見そなわしておいでであろう」

「聖君」とは、チンギス汗に対する尊称である。偉大な祖父は、モンケ、フビライ、フラグら孫たちにとって神にひとしい存在であった。彼らは草原の覇王の孫であることを、みずからの実力と功績を以て証明しなくてはならなかった。

バトゥはすでにそのことを証明している。モンケも証明しつつある。フビライとフラグは、これから証明する刻《とき》であった。

そもそもイスマイル暗殺教団とは何か。

「教団」ではなく「教国」とも呼ばれるのは、ペルシアからアフリカ大陸にかけて広大な勢力圏を持ち、周辺諸国から恐怖と嫌悪感を抱かれていたからである。極端なイスラム教の過激派で、アサッシン派とも称された。というのも、教派の敵とみなした王侯や有力者をつぎつぎと暗殺したからで、英語の「暗殺者《アサッシン》」は、この教団に由来する。彼らには彼らなりの宗教理念があったが、他のイスラム宗派もキリスト教徒もおかまいなしに殺しまわったのは事実であった。

チンギス汗がホラズムへの大遠征を開始したとき、西方の王侯たちのなかで、最初に使節を派遣して服従したのは、イスマイル教団であった。彼らの情報網は、東はモンゴル本土から西は地中海にまでおよび、チンギス汗の強さと恐ろしさを、よく知っていたのである。

すすんで来降する者を、チンギス汗は受け容《い》れたから、使節を追い帰したりはしなかったが、頭から信用もしなかった。これは一二二〇年ごろのこととされている。

それから三十余年、イスマイル派はあいかわらず中央アジアから西アジア、北アフリカにいたるまで、兇刃《きょうじん》をふるい、恐怖をまきちらしてきた。モンゴルがこの地域を永続的に支配するには、バグダードの教主《カリフ》と、イスマイル暗殺教団の両者を亡ぼす必要があったのだ。

モンケが兵士たちに、刺客の屍体《したい》をかたづけさせ、残りの刺客たちを全員殺すように命じると、フラグは一礼して告げた。

「では、モン……いえ、大可汗《カアン》、これより出発いたします。吉報をお待ちくださいませ」

「期待しておるぞ」

モンケは座を立って、弟の肩を抱いた。

「いまさらながら、三つのことを忘れるでないぞ。何ごとにおいても聖君《せいくん》を模範として、その教訓にしたがうこと。自発的に降伏して臣従する者は、寛大にあつかうこと。あくまでも抵抗する者は徹底的に殺しつくすこと」

「胆《きも》に銘《めい》じて、そういたします」

「そなたはトゥルイ家の三男だ。自分の領土は自分で手に入れよ。フビライもそうせねばならぬ。朕《ちん》もな、大可汗の地位を二度とオゴタイ家やチャガタイ家のやつらに渡してやる気はない。ただ、ジュチ家とだけは争《あらそ》うな」

「かしこまりました。では、どうか御息災で」

フラグが兄の帳幕を出たとき、すでに夜が地上に降りてきていた。乾ききったモンゴルの夜空は、満天の星である。ひとつ肩をゆすると、フラグは自分の帳幕へと足を向けた。

こうして一二五三年五月、フラグは十五万の兵をひきいて西方遠征の途についた。最終目的地は「陸の終わるところ、日の沈む極西の海」である。このとき、郭侃は三十七歳であった。

第二章　モンゴル西征録

I

西征の開始からすぐに戦闘がはじまったわけではない。フラグは自分の領地にもどると、軍の再編制と留守中の統治体制をさだめた。長男アバカを遠征にともない、次男ジュムクルを留守中の総督に任じた。長兄モンケが健在である間は何ら心配ないが、何ごとが生《しよう》じるのか測り知れない。

こうしてフラグがモンゴル本国を出立し、本格的に西へと進発したのは十月十九日のことである。勅命を受けてより五カ月、悠々たるものであった。

全軍の先導役をつとめる二名の将軍、バラカンとトタルは、金帳《シグ・オルド》汗国のバトゥ大王から派遣された者であった。盟友モンケとその弟に対する信義を、全モンゴルに示すための行為であり、むろんモンケもフラグも喜んでそれを受けた。

フラグの大軍は、もちろん騎馬隊が先頭である。郭侃《かくかん》の指揮する漢人部隊は、投石機などの重い攻城兵器を馬に牽《ひ》かせ、それをかこんで進む漢人兵士たちはすべて徒歩で、騎乗しているのは士官だけであった。騎馬隊のたてる土塵《つちぼこり》を追って、ゆるゆると進んでゆく。

「わざわざカラコルムまで兵を送って来ずとも、カスピ海のあたりで待っていればよさそうなものですがな」

公孫英《こうそんえい》が小声でささやいた。郭侃が黙然としていると、李宗建《りそうけん》が応じた。

「おぬしにはわからんだろうな。これが政治というものよ」

「ふん、知ったかぶりを」

たしかにバトゥの行為は政治的な意味を持っている。実力においてはモンケ大可汗《カアン》をしのぐとすら称されるバトゥが、モンケの命令にしたがい、はるばる増援の兵を送る。大可汗の権威を天下に示し、あわせて、オゴタイ家やチャガタイ家に対して、ジュチ家とトゥルイ家の関係がいかに強固であるかを思い知らせることになるのだ。

「そういう話は、あまり軽々しくするな」

上官として、郭侃はたしなめた。漢語を理解するモンゴル人もいるし、モンゴルの王侯たちの抗争に巻きこまれたりしては、目もあてられない。

「そんなことより、投石機や火箭《かせん》やらの整備をおこたるな。モンゴル軍の役に立たねば、我らごとき、容赦《ようしゃ》なく切りすてられるぞ」

郭侃はフラグ軍の漢人部隊長であり、後世の用語で言えば、砲兵隊長と工兵隊長を兼ねていた。フラグは技術面をいっさい郭侃に委《ゆだ》ねきっている。投石機や火箭の効用は知っているが、その原理や構造には、まったく興味がない。いまのところフラグは郭侃を統率力や技術力で信頼しているようだが、ひとたび信頼に背《そむ》けばどうなるか、容易に想像がつく。

「それにしても壮観ではあるな」

前方からの土塵に、郭侃は眉をしかめた。

モンゴル兵ひとりにつき、五頭の馬がいたといわれる。兵士が十五万人いれば、馬は七十五万頭という計算だ。モンゴル馬はイスラム世界やヨーロッパの馬よりひとまわり小さく、当初は敵から、「やつらは驢馬《ろば》に騎《の》っている」と誤解されていたほどである。

だが、モンゴル馬は小さい分、小回《こまわ》りがきき、耐久力にすぐれ、餌《えさ》の量もすくなくてすんだ。また、鉄の甲冑《かっちゅう》を着こんだ重装の西方騎士たちに較《くら》べ、革《かわ》の甲冑をまとった軽装のモンゴル兵は、馬に与える負担がすくなかった。かくして、おなじ騎兵部隊でも、モンゴル軍の機動力が、敵を凌駕《りょうが》したのである。

さらに弓の差がある。モンゴルの弓と西方の弓とでは材質がちがい、矢の飛距離を較べると、モンゴル軍の矢は敵の矢より三十公尺《メートル》も遠く飛んだ、と伝えられる。きわめつきは兵士の視力で、モンゴル人の平均的な視力は後世の数値で五・〇といわれる。矢軍《やいくさ》で負けるはずがなかった。

後方を振り向くと、将兵の家族や商人など非戦員を乗せた車輪つきの帳幕《オルド》、そして徒歩の人々が、どこまでもつづく。

黒衣のラマ僧たちの一団が、徒歩で黙々としたがっている。ラマ教は後世、チベット仏教と呼ばれるようになるが、西暦一二四七年以降、モンゴルに服従していた。

「どうも、ああいう輩《やから》がいると、辛気《しんき》くさくていけませんな」

張康《ちょうこう》が毒づいた。李宗建が笑って応じる。

「死んだらすぐ葬式をしてもらえるから、いいではないか」

「チベットじゃ、人が死んだら遺体を鳥に食わせるんだぞ。そんな葬式をされる前に、おれは医者を呼びたいね」

「彼らにも薬草の知識ぐらいはあるだろう。そら、むだ口ばかりたたいていると、本隊に置いていかれるぞ」

郭侃は、やや乗馬の速度をあげて、騎兵たちの後を追った。

二カ月ほど平穏な行軍がつづいた後、フラグはアルマリクに到着した。天山《テンシャン》山脈の北、イリ盆地に位置する城市で、アルマリクとは「林檎《りんご》の城」を意味する。チャガタイ家の本拠地である。南に天山の万年雪を望み、肥沃《ひよく》な土地ではリンゴ、ブドウ、小麦、菜種などを産し、さらに豊かな草原にかこまれ、唐の時代には「弓月城《きゆうげつじよう》」と呼ばれていた。

チャガタイはすでに十一年前に死去しており、その孫の妃《カドン》オルガナがフラグを歓迎した。

フラグはこの美しい豊かな土地がよほど気に入ったのか、年をこえて長々と駐屯した。ようやく腰をあげて行軍を再開したが、その後も悠々たる足どりで、中央アジアの要衝サマルカンドに到着したのは、一二五四年の九月であった。

　サマルカンドの総督マスウード・ベイは、城外の美しい草原に金銀珠玉をちりばめた豪奢《ごうしゃ》な帳幕を設営してフラグを迎えた。この地にフラグは四十日間とどまった。

　その間、郭侃はもっぱら李宗建らとともに、投石機や新式の火器の整備などに従事していたが、ある日、彼のもとへアバカがやって来た。

　フラグの長男アバカはちょうど二十歳。後年、父の後を継《つ》いで第二代イル汗となり、ビザンチン帝国の皇女マリア・パレオロガスを娶《めと》ることになる。

　アバカは穏健な青年で、郭侃ら漢人たちに対しても言動がおだやかであった。チンギス汗からは四代め、曾孫《ひまご》である。蛮族《ばんぞく》だの蕃人《ばんじん》だのと言われ放題の騎馬民族も、四代めともなると、気品らしきものがあらわれて、中華の士侯と較《くら》べても、さして遜色《そんしょく》ない。

「そなたが郭侃《クウオカン》だな」

「さようでございます、殿下」

「すこし漢人たちの仕事ぶりを見ておけ、と父に言われたのでな。城攻めのおりには、頼りにしておるぞ」

「おそれいります」

　よけいなことは一言も口にせず、郭侃は鄭重《ていちょう》に頭をさげる。アバカはしばらく攻城兵器の群れを見守っていたが、とくに説明も求めず去っていった。郭侃は仕事にもどった。

「これがマンジャニークか。漢地の投石機より、よさそうだな」

漢人はモンゴル人ほど遊猟に固執しない。フラグが当分この地を動かないのであれば、その間、自分の部下たちには、マンジャニークの操作をよく教えこむとしよう。改良すべき点も見つかるかもしれない。

郭侃は、李宗建、公孫英、張康の三人を呼んで、自分の考えを伝えた。三人とも異論はなかったが、遠方の野を駆けまわるモンゴル騎兵の姿に視線を送って、張康が鼻を鳴らした。

「モンゴル人が遊んでいる間に、我ら漢人はせっせと働く。けっこうな御時勢ですな」

「そう言うな。モンゴル軍にとって、なくてはならない存在になれば、おのずと厚遇してもらえるようになる」

マンジャニークとは、ペルシアの王侯から進呈された、いわば原始的な大砲であった。

公孫英が首をかしげた。

「マンジャ――ニーク、ですか。どうも言いにくい。呼びかたを変えてはいかがでしょう」

「何かよさそうな呼びかたがあるか」

「回回《フイフイ》砲、というのはいかがですか」

回回とはイスラム教徒のことである。郭侃は、すぐにうなずいた。

「そのほうが呼びやすいな。たぶんモンゴル人たちもそうだろう。よし、これからは回回砲と呼ぶようにする」

勝手に郭侃は決定したが、極端にいえば騎馬戦術にしか興味を持たないフラグが、とがめることもなかろう。だいたいマンジャニークという原名も知らないはずである。

「火薬を使って石や弾丸を飛ばすのですな。おもしろうござるが、正確に操作しないと、我々のほうが吹き飛ばされそうです」

「説明文はついているが、ペルシア語でな。いま漢語に翻訳させている」

「早くお願いします。退屈でたまらない」

「アルマリクでは一年待ったぞ、張」

「そりゃモンゴル人の連中はいいでしょうよ。生まれてから死ぬまで、馬に騎《の》って猟をして馬乳酒をくらってりゃ満足なんですから」

「まあ、いまのうちに退屈しておけ。いったん動いたら疾風迅雷《しっぷうじんらい》だ。寝る間もなくなるぞ」

言いながら、郭侃は、ふと、最高司令官フラグの胸中を忖度《そんたく》した。

フラグは何かを待っているのではないだろうか。彼は十五万騎という巨大な兵力を所有している。その兵力はペルシア以西の国々に向けられているはずだが……。

もしカラコルムで変事が出来《しゅったい》したとき、遠くペルシアやメソポタミアにいたら、即応するのは困難だ。だが、ここに大軍を擁《よう》して駐屯していれば、たちどころに駆けつけることができる。

郭侃の思考はモンゴルの過去へさかのぼった。

Ⅱ

モンゴル兵は、女性、子ども、病人、老人などを殺戮《さつりく》するのに、何ら躊躇《ためらい》がない。殺されるのは弱いからであり、弱いことは罪であり悪ですらあった。「弱い者が助けあって」などと甘いことを言っていたら、みんな共倒れである。不毛で気候酷烈な内陸高原で生きていくには、自力で動き、豊かな他者から掠奪《りゃくだつ》するしかない。

敵の城を陥《おと》し、城内に乱入する。逃げまどう民衆を馬蹄《ばてい》の下に踏みにじり、屋内に身をひそめていた人々に刃を振りおろし、累々《るいるい》と屍体《したい》を積みあげる。自分で自分の身を守れない者は殺されるのが当然だ。

「聖君《せいくん》」チンギス汗でさえ、まだテムジンと名乗っていた若いころ、弱さゆえに理不尽な行為を受けている。メルキトという部族におそわれ、結婚したばかりの若妻ボルテを拉致《らち》されたのだ。一年後、力をたくわえたテムジンが、メルキト族を討ってボルテを救出したとき、彼女は乳児《あかんぼう》を抱いていた。乳児はジュチと名づけられ、長じてはモンゴルで最高の弓の達人と称されることになる。

チンギス汗は最初から最後までジュチを長男としてあつかったが、不満なのは次男のチャガタイであった。ジュチがいなければ、自分がチンギス汗の長男としてあつかわれたはずである。彼はジュチを兄とすら呼ばなかった。

「家族でなければ、あんなやつと口もきくものか。面《つら》も見たくないわ」

ジュチの耳にはいるよう、わざと大声をあげるありさまである。それに対して、ジュチのほうは応戦せず、沈黙を守っていた。

母のボルテは、ジュチを不憫《ふびん》に思い、彼を長兄として敬《うやま》うよう、下の子らをさとした。三男のオゴタイと四男のトゥルイは、おとなしく母の教えを守ったが、チャガタイだけは母に従わず、ジュチを呼びすてにし、ときには彼が来るとわざとらしく席を外《はず》した。

チンギス汗は政戦双方に多忙をきわめ、家庭のことは正妃のボルテにまかせきりであった。ボルテはジュチのことを気にかけてはいたが、実の息子四人だけでなく、夫の他の妃《ハトウン》や愛妾《あいしょう》、その子ら、さらには養子たちまで世話をしなくてはならず、やはり多忙をきわめた。チャガタイは一度ならずジュチを挑発したが、ジュチはそれに乗らず、ひとりで乗馬や弓矢の練習に励《はげ》み、戦いで功を積んだ。

ジュチとチャガタイの決裂は避けられてきた。「大西征」の直前までは。

最初の大西征は、一二一九年に開始された。モンゴル統一をなしとげた「聖君」チンギス汗の代である。ほぼ同時期、西方ではホラズム帝国が誕生していた。ペルシアからメソポタミア、中央アジア、カフカス、西北インドにまたがる大国であった。チンギス汗はこの国に友好使節を送ったが、二度にわたって殺害されたため、激怒したチンギス汗が大軍を興して攻撃した、ということになっている。この「友好使節を送ったのに拒絶されたので、報復と懲罰のため攻撃した」という事例は、その後、何回もモンゴル帝国史上にあらわれる。モンゴルがどれほど嫌われていたのかは不明だが、「相手がこちらとの友好を望んでいない」という想像は、モンゴルの王侯たちの脳裏《のうり》には浮かばなかったのであろうか。

いずれにせよ、モンゴル全軍をあげての大遠征である。国運を賭けての大事業であり、モンゴルが敗れる事態さえあるのだった。チンギス汗は、妃のひとりイェスイの忠告を受け、彼の身に万が一の兇変《きょうへん》が生じたとき、誰を以《もっ》て代理とするか、四人の息子、重臣、宿将を集めて会議を開いた。

「ジュチよ、そなたは息子たちの裡《なか》で最年長じゃ。まず、そなたの意見を聴かせてくれ」

チンギス汗の問いに長男のジュチが応じようとしたとき、その事件は起こった。『元朝秘史《げんちょうひし》』のなかでも、もっとも緊張をはらんだ場面である。

周囲にひかえた妃、王侯、重臣、宿将たちは、息をひそめるようにチンギス汗とジュチを見守った。ジュチは誰の名を口にするのであろうか。

「自分が」と言い放つジュチの性格ではない。おそらく末弟のトゥルイであろう、と、おおかたの者は想像した。もっとも若く、俊敏で利発なトゥルイは、父親から可愛がられていたし、もともとモンゴルには末子相続の伝統があるのだ。

「わが長男ジュチよ、そなたの考えはどうか」

再度の父の問いかけに、ジュチが立ちあがって答えようとしたとき、それをさえぎった者がいる。猛禽《もうきん》が飛び立つような勢いで躍り立った若者は、チンギス汗の次男チャガタイであった。彼は指先を兄に突きつけて叫んだ。否、咆《ほ》え猛《たけ》った。

「父上、最初にジュチを指名なさったのは、こやつを代理となさるおつもりですか！　この卑《いや》しいメルキト胤《だね》のやつに、モンゴルをお譲りになるおつもりなのですか。このチャガタイ、絶対に承伏できませぬ！」

「場が凍りつく」とは、まさにこのことであったろう。広く知られてはいても、証拠もない噂《うわさ》にすぎないことを、チャガタイは事実として公言したのだ。当の父親の面前で。

　立ちあがったジュチの顔は蒼白だった。

「父上は、おれに話せとお命じになったのだ。チャガタイ、お前は何さまのつもりで、父上の御命令を無視して戯言《たわごと》を口にする⁉」

　両者はたがいの襟首をつかんで睨《にら》みあった。身長はジュチが高いが、身体の幅と厚みはチャガタイが上まわる。両者とも剣を帯びていた。弓の技倆《うで》ではジュチが優《まさ》っているが、剣をとってはいずれであろうか。

　ふたりの重臣、ボオルチュとムハリが小走りに進み出た。ボオルチュはジュチの腕をとり、ムハリはチャガタイの肩と手首をおさえて、主君の息子たちを引き離した。敵意と憎悪はなお渦巻いていたが、ジュチもチャガタイも、剣をとることは自制し、父親のほうを見やって、その裁定を待った。チンギス汗がようやく口を開く。

「チャガタイよ、自分の兄に対して、二度とそのような雑言を吐くでないぞ。ジュチはわが長男である。お前の兄である。忘れてはならぬぞ」

　チンギス汗の重い静かな声は、一同を粛然とさせた。ボオルチュはジュチの腕を、優しいほどそっと放す。一方、チャガタイはムハリの手を振りほどき、ことさらにジュチから眼をそむけると、声を張りあげた。

「口に出してしまった言葉は消すことができませぬ。私は父上の代理として、オゴタイを推挙したく存じます。年下ではございますが、兄弟の裡《うち》でもっとも賢く、思慮ぶかいオゴタイに生涯の忠誠を誓いましょう」

結局、チャガタイはジュチをさしおいて自分の意見を押し出したのである。ジュチは唇を嚙《か》んだが、呼吸と口調をととのえて述べた。

「オゴタイは弟ながら、人の上に立つ器でございます。父上の代理としてふさわしい人物なれば、私もオゴタイを主とあおぎましょう」

オゴタイは「父上の御意のままに」と答え、トゥルイも「異存ございません」と述べて、チンギス汗は三男オゴタイを代理にさだめた。

もっとも、これは単純な美談にはならない。ジュチにすれば、「自分がなれないのなら、チャガタイよりオゴタイのほうが、よほどましだ」と思ったであろうし、トゥルイも、自分自身を推薦できない以上、ジュチとおなじように考えたであろう。

これ以後、ジュチは父親を避けるように単独行動をとることが多くなり、多くの武勲《ぶくん》をあげながら、三十代で父に先立った。チンギス汗の死後、あらためて大集会《クリルタイ》が開かれ、オゴタイが第二代の汗となったが、消極的な選出だったこともあり、父ほどの権威は持てなかった。

チャガタイは、「自分は兄であり、オゴタイの即位にもっとも貢献した」という気があり、何かというと国政に口を出す。モンゴル帝国の直轄領をしばしば自分の私領地にしたが、オゴタイは黙認するしかなかったという。

こうして、「チンギス汗不在の際には、三男オゴタイが代行にあたる」という体制がととのい、「世界の歴史を変えた」というモンゴルの大西征が開始された。敵は西アジアのほぼ全域を支配するホラズム帝国である。チンギス汗は驕《おご》ることなく慎重に準備をすすめ、兵站《へいたん》をととのえ、敵状を偵察させた。

西暦一二一九年六月、チンギス汗は母ホエルンと末弟オッチギンにモンゴル本土の留守を委《ゆだ》ね、ムハリ将軍には中華方面の経略《けいりゃく》をまかせると、残るモンゴル軍の総力をひきいて西へと向かった。

ホラズムの領土内へ侵入したときは、すでに冬になっていた。モンゴル軍はいったん四方向に分かれて進み、凍結したシル河《ダリア》を騎馬で渡河し、合体してオトラル城を包囲した。

オトラル城主イナルチクは覚悟よく敵を迎え撃ち、包囲攻撃に耐えること六カ月におよんだ。半年にわたる激闘の後、ついにオトラルが陥落し、イナルチクは捕虜となった。モンゴル軍は銀を熱してどろどろに溶かし、それをイナルチクの眼と耳にそそぎこんで惨殺した。

これが「アジアの嵐」の発端となるのだが、その後、何度もくりかえされる先例となる。モンゴルが他国に友好の使節を送る。相手の国は、その使者を殺すか、侮辱を加えて追い返す。相手国の非道を糺《ただ》すため、やむをえずモンゴルは出兵して、その国を亡ぼし、殺戮《さつりく》と掠奪《りゃくだつ》と破壊をほしいままにするのだ。

オトラルが陥《お》ちると、ついでブハラ城が攻囲された。一二二〇年二月、ブハラの守備兵は二万人もいたが、主将以下、大半の兵は戦わずして逃走し、最後まで勇敢に抗戦した四百人はことごとく虐殺された。

いよいよモンゴル軍はホラズムの帝都サマルカンドに殺到した。ところが、帝都の主である皇帝アラー・ウッディーン・シャーは部下も民衆も放り棄《す》てて、いずこへか姿をくらましていた。それでも残された将兵たちは必死に防戦したが、五日間で陥落、またも虐殺劇が展開された。

Ⅲ

アラー・ウッディーン・ムハンマドはホラズム皇帝《シャー》として、ペルシア、中央アジア、カフカス、メソポタミア地方を領土とする大帝国を築きあげた。わずか十年の間に、である。一代の英雄と呼ばれるべき人物であるのに、チンギス汗ひきいるモンゴル軍の前には、まったく無力であった。

戦って敗れたわけではない。戦うことなく、西へ東へと逃げまわっていたのである。彼を追って、モンゴル軍は広大なホラズムの国土を蹂躙《じゅうりん》しつくし、「ホラズム人は臆病者《おくびょうもの》ぞろいだ」と嘲笑《ちょうしょう》した。若き皇子ジャラル・ウッディーンや武将たちは反攻を主張したが、皇帝は諾《き》かず、といって正式に降伏もせず、ただ逃げまわるばかりである。

たまりかねた武将たちのなかには、皇帝を暗殺しようと謀《はか》る者まであらわれた。ジャラル・ウッディーンを新帝として推戴《すいたい》し、彼の指揮下に、モンゴルと決戦しようとしたのである。

皇帝アラー・ウッディーンはそれを察知すると、もはや味方もなく、カスピ海に浮かぶ小島に逃げこみ、そこで窮死《のたれじに》した。あわれな最期《さいご》であったが、治世の前半と後半とで、まったく別人のような生涯であった。

皮肉なことに、皇帝の死後、ホラズム軍は果敢な抵抗に転じ、各地でモンゴル軍と激戦をまじえた。文字どおり死闘であった。モンゴル軍は約束した。

「降伏には生、反抗には死」

ブハラ、サマルカンド、オトラルにつづいて、ウルゲンチ、メルブ、ホラーサーン、バーミヤン、ニシャプール、ヘラート……算《かぞ》えきれぬ城市が、血と炎のため赤く染まった。ことにバーミヤン城においては、チャガタイの息子モトガン少年が戦死し、その報復としてバーミヤンの住民はすべて虐殺され、犬や羊まで殺されつくした。

またバルフ城では抵抗を断念して降伏し、使者をモンゴル軍の大本営に派遣して忠誠を誓うとともに、莫大な財宝を献上した。当然、安全を約束されるはずであったが、モンゴル軍は人口調査を理由として入城するや、住民におそいかかり、ことごとく虐殺してしまった。

これは、モンゴル軍の前方でジャラル・ウッディーンが軍勢を集めていることが判明したので、後方の安全を確保するためにしたことである。だが、どれほどモンゴルびいきの歴史家であっても、正当化できない蛮行《ばんこう》であった。

チンギス汗としては、すくなからぬ汚名を受けようとも、ジャラル・ウッディーンに対して最善をつくす必要があったのだ。ジャラル・ウッディーンが父親よりはるかに勇猛で人望があることはわかっている。彼がホラズムの残兵を糾合《きゅうごう》して挑戦してくれば、勝敗は決しがたい。

やがて時が満ち、両軍はインダス河の上流で、ついに激突した。

父の窮死により二代めのホラズム皇帝《シャー》となったジャラル・ウッディーンの抵抗はすさまじく、

モンゴル軍を大いに苦しめたが、戦況は利あらず、ついにインダス河をひかえた岩壁の上に追いつめられた。

この巖頭《がんとう》に馬を立てたジャラル・ウッディーンは、ペルシアの名刀を縦横にあやつり、驚歎《きょうたん》すべき剛勇をふるって、草を刈るがごとくモンゴル兵を撃ち倒した。彼におそいかかるモンゴル兵は、つぎつぎと鮮血を噴きあげてインダスの河面へと転落していく。その数、じつに十五人におよんだといわれる。

さすがのモンゴル兵たちが怯《ひる》んで、やや包囲網をひろげた瞬間、ジャラル・ウッディーンは突如、冑《かぶと》を宙に放りあげた。馬首をめぐらすと、馬ごと巖頭からインダスの激流へと躍りこむ。河を泳ぎ渡って、北インド方面へ逃《のが》れようというのだ。

「おのれ、逃がすか」

弓に矢をつがえる将兵を、他でもないチンギス汗が制止した。

「追うな、矢を射かけるな。見よ、あれこそ真の武人の姿じゃ。視《み》て以《もつ》て模範とせよ」

チャガタイ、オゴタイ、トゥルイの三皇子は、歯ぎしりしつつも、対岸に上陸するジャラル・ウッディーンの姿を見守るしかなかった。

河畔に追いつめられたホラズム兵たちは、大半が容赦なく殺戮され、インダスの岸辺は赤黒く染まった。それでも二、三十名のホラズム兵は、若き主君の後を追って激流に身を投じ、対岸に泳ぎ着いた。ジャラル・ウッディーンはこうしていったん北インドに逃れたが、その後、十年にわたってモンゴル軍に対し、激しい抵抗をつづけることになる。

一二二七年七月、チンギス汗が崩御すると、後継者を決定する大集会《クリルタイ》が開かれたが、長男ジュチはすでに亡く、チンギス汗の生前の意向もあり、三男オゴタイが第二代皇帝に選出された。一二二九年のことである。大集会《クリルタイ》が何年もつづくことは、珍しいことではない。

大集会《クリルタイ》がすむと、オゴタイ大可汗の命を承《う》けたチョルマグン将軍は、三万の精鋭をひきいて、ペルシアへ侵攻した。再起したジャラル・ウッディーンを討つためである。

ジャラル・ウッディーンの猛悍《もうかん》さは衰えていなかったが、君主としても軍略家としても成長していなかった。近辺の王侯たちとつまらぬ諍《いさか》いをおこし、戦いのないときは美女と酒におぼれ、音楽と舞踊を好んだ。魅力に富んだ人物だったが、以前よりさらに戦力を増したモンゴル軍には敵し得なかった。

それでもジャラル・ウッディーンはチョルマグンのよく統制されたモンゴル軍と激戦をくりかえした。だが、ついに軍は潰滅《かいめつ》し、単騎、カフカス山脈地方の山中に逃げこむ。

ただ一騎、敵の包囲を突破する際、十五、六騎のモンゴル兵が執拗《しつよう》に彼を追ったが、ほとんどの兵が追いつけなかった。彼らは悔《くや》しがったが、じつは幸運だったのである。ジャラル・ウッディーンに追いつくことができた二騎は、たちまち馬上から斬って落とされ、土塵を朱《あか》く染めることになったのだから。

それが猛将ジャラル・ウッディーンの最後の勇戦だった。山中で馬も倒れ、徒歩となって水も食料もうしなった彼は、飢《う》え、疲れはててポプラの樹の下で眠りこんだところを、クルド人の山賊におそわれて厳重に縛りあげられたのだ。クルド人たちは、獲物の正体を知ると、モンゴル軍に突き出して報賞を得ようとした。だが、兄をジャラル・ウッディーンの軍隊に殺された男が、槍を投げつけて、彼の胸をつらぬいたのである。

「ああ、獅子《ライオン》が狐《きつね》に殺されるとは！」

と、ペルシア史料は歎《なげ》いている。

ジャラル・ウッディーンが長生きしても、モンゴルの西征をとどめることはできなかったであろう。だが強大な侵掠《しんりやく》者に対して屈することなく、孤軍で抵抗をつづけた若きホラズム皇帝の名は、悲劇の英雄として後世に長く遺《のこ》った。

宿敵ジャラル・ウッディーンを亡き者としたモンゴル軍は、もはや敵なき状態で、ペルシア、メソポタミア、シリア、カフカスの一帯を荒れくるった。殺し、奪い、焼き、イスラム教徒への迫害ぶりは「地獄の使者」と呼ばれるにふさわしかった。

モンゴル人は、ことさらイスラム教徒を憎んでいたわけではない。モンゴルの征《ゆ》くところ、イスラム教徒の国々が存在し、モンゴルに抵抗するので殺した、というだけのことである。もちろんこれはモンゴル側の一方的な理屈であるが、元朝《げんちよう》の成立以後、多くのイスラム教徒が色目人《しきもくじん》として漢人の上に置かれている。

モンゴル人は宗教に寛容であった、というより無関心であった、というほうが、より正しいかもしれない。

モンゴルの馬蹄にかけられた国々の民から、もっとも恐れられ憎まれたのはチャガタイであった。彼は自分に政治的能力が欠けていることを自覚しており、だからこそ弟のオゴタイの下風に立っていたのだが、自分の領土を統治するにあたって拠《よ》りどころとしたのは、神のごとく崇拝する亡父チンギス汗のさだめた法令であった。時が流れ、実情とあわぬ点も出てきたが、チャガタイはおかまいなく領民に厳守を強《し》いた。反抗的な者は容赦なく罰した。罰はほとんど死刑であった。それも単なる斬首や絞首ではなく、生きたまま皮を剝《は》がれ、両手両足を切断して河に放りこまれた。

チャガタイの厳格さは、血なまぐさい横暴さと表裏一体であった。彼の横暴をひそかにオゴタイに訴える者もいたが、オゴタイにしてみればチャガタイは兄であり、自分を大可汗《カアン》に推してくれた恩人である。見て見ぬふりをした。大酒飲みのオゴタイであったが、チャガタイに、

「オゴタイ、酒はほどほどにせよ、と、聖君は仰《おお》せであったぞ！」

そう叱咤《しった》され、兄のいないときにこっそり飲むありさまだった。

もちろん政治的な事情もある。オゴタイは、自分が長兄ジュチや末弟トゥルイの子らに反感を持たれていることを知っていた。もしチャガタイの機嫌をそこねるようなことがあれば、独力でジュチ家とトゥルイ家の同盟に対抗せねばならないかもしれないのである。

オゴタイの即位直後、チャガタイは彼のもとを訪れ、豪奢《ごうしゃ》な帳幕《オルド》の内《なか》で、ふたりだけの酒宴を開いた。兄も痛飲《つういん》しているから、オゴタイも存分に飲んだが、気がかりなのは、ジュチ家とトゥルイ家の動向である。

「ジュチやトゥルイの息子どもが目ざわりなら、遠くへ追いやってしまえ」

チャガタイは言い放った。

「もともとジュチには西の涯《はて》が与えられていたのだからな。息子どもに、それを実行させればよい。モンゴル本土から追い出してしまうのだ」

チャガタイの意見は乱暴とはいえなかった。西方への再遠征はチンギス汗の遺命だった。

「バトゥ、といったな。ジュチの嫡男《ちゃくなん》だ。あの孺子《こぞう》は、とくに危険だぞ。おれやおぬしを見る目が敵意に満ちておる。放っておいたら、いずれ謀叛《むほん》をおこすぞ」

「といって、まさか殺すわけには……」

「だからよ、西の涯、二度とモンゴルに戻って来られぬ地の果てへ追いやって、そこで死なせればよいのだ」

哄笑《こうしょう》して、チャガタイは馬乳酒の大杯をあおる。オゴタイは考えこんだ。

Ⅳ

「もともと西方への大遠征と、金国の滅亡とは、聖君の遺詔《いしょう》であった。しかし、バトゥひとりに委《ゆだ》ねるわけにもいくまい。公正に見えるよう慎重にやらねば……」

オゴタイにしてみれば、政治的配慮というものが必要である。ジュチ家のバトゥだけを大西征に送り出せば、モンゴル全体の結束がそこなわれる。

オゴタイは、大西征を成功させるためにも、形式をととのえるためにも、西征軍をきちんと編制することにした。ジュチ家だけでなく、オゴタイ家からも、チャガタイ家からも、トゥルイ家ねばならない。

からも、その他の王侯たちの家からも、将と兵を出して、金国征服時におとらぬ大軍をもよおさ

ジュチ家とトゥルイ家には、

「正統の大可汗《カアン》位を、オゴタイ家とチャガタイ家に乗っとられた」

という想いがある。とくにジュチ家の当主バトゥは、叔父チャガタイを憎んでいた。公衆の面前で父ジュチを「チンギス汗の実子ではない」と罵倒し侮辱したチャガタイを、けっして赦《ゆる》すことはなかった。その点においては、チャガタイの観察は正しかったのである。

オゴタイは本気になって大西征を計画した。詔書を発して、大西征がモンゴル帝国をあげての国家事業であることを知らしめ、動員令を下す。総司令官の地位は、バトゥに与えるしかない。ただ、オゴタイは、息子のグユクを呼び、「功業においてバトゥに譲るでないぞ」と告げることを忘れなかった。

かくして、三十歳のバトゥを総帥《そうすい》に、オゴタイの息子グユク、トゥルイの息子モンケ、チャガタイの孫ブリら、モンゴルの若き士侯たちが大西征を指揮することになった。青年将軍たちを後見するために、百戦錬磨の宿将、六十歳のスブタイも従軍してカラコルムを出立した。これが一二三六年のことである。

スブタイは、かつてジュチの麾下《きか》としてカスピ海一帯を劫掠《ごうりゃく》したことがあり、ひそかにジュチ家に同情していたから、バトゥを誠実に補佐して勝利をかさねた。

バトゥの進撃は、まさに「東からの暴風」であった。ルーシは後世、「ロシア」と呼ばれる広

大な地域だが、この当時まだ統一されていなかった。リャザン、モスクワ、ウラジミール、キエフ、ノブゴロドなど多くの国々が分立していたが、まさか冬に攻めてくる外敵がいるとは思わず、つぎつぎと陥落、敗北、潰走、炎上していった。モンケは南へ進攻してカフカス大山脈の北を征服する。

ルーシを支配下に置くと、バトゥは一年ほどドン河下流の美しい草原地帯で兵を休め、ヨーロッパ全域の経略《けいりゃく》計画を練った。その間、東方のいたるところから、「東方より蛮族来襲」の急報がヨーロッパ諸国にとどけられたが、最高実力者たるローマ教皇もドイツ皇帝もフランス国王も、陰謀と政治抗争にあけくれて、せまりくる脅威を軽視した。

やがてハンガリー国王ベラ四世から、悲鳴のような救援要請がもたらされ、ポーランドではポーランドとドイツ騎士団の連合軍が一戦に潰滅させられた。「リーグニッツの会戦」である。

これより西方は、東の大草原と異《こと》なり、ドイツの深い森やアルプスの山岳地帯になる。モンゴル軍の士気は衰えず、まさに進攻せんとしたとき、遠くモンゴル本土から急報がとどいた。時の大可汗オゴタイの訃報である。バトゥはすばやく政治的判断を下して西進を中止し、盟友モンケを東へ帰して、みずからはボルガ河畔にとどまった。このときはグユクに一歩おくれたが、わずか二年でグユクが没すると、ついにモンケが宿望をはたす。

こうして大可汗位に即《つ》くと、モンケは、盟友であり同志であるバトゥに恩を返した。バトゥは事実上の独立を認められ、亡父ジュチと自分自身との二代にわたって征服した広大な土地を支配して一国を建てた。西北アジアからヨーロッパの東半分におよぶその国は、「キプチャク汗国」、

「ジュチ汗国」、「金《シグ・》帳《オルド》汗国」、「欽察《キプチャク》汗国」などいくつかの名で呼ばれ、三百年以上にわたって命脈を保つ。

フラグにとってバトゥは憧《あこが》れの存在であった。彼にも全モンゴル皇帝となる野心はない。だが、バトゥのように、みずからの力で大国を打ち樹《た》てる願望はある。

「まずはイスマイルの暗殺教団を掃滅《そうめつ》して、つぎにバグダード……おれの都は、バグダードになるか……いや、砂漠に住むのは好かんな。これまでの報告では、ペルシアの西北からカフカス大山脈にかけては、よい草原があるそうだが……」

ある日、フラグは帳幕《オルド》に郭侃を呼びつけた。ペルシアでの戦いは山岳戦や攻城戦が増えることは当然、予測しており、だからこそ兄のモンケ大可汗に願って、郭侃の漢人部隊を従軍させてもらったのだ。

「郭侃《クウオカン》、あたらしく手に入れた兵器はどうだ」

「回回《フイフイ》砲でございますか」

「そう呼ぶのか」

「はい、攻城戦には大いなる威力を発揮して御覧にいれます。射程も長く、高い山上の城にも砲弾がとどきましょう。さらに改良すれば……」

なお郭侃が説明をつづけようとしたとき、衛兵が来訪者を告げた。

「話の途中だ。誰だ、いったい」

「キド・ブカと名乗っておられます」

「なに、キド・ブカだと。よし、すぐに通せ。郭侃《クウォカン》、退出せずともよいぞ。ついでだ、引きあわせよう」

あらわれたのは、三十歳前後と見えるモンゴル人の武将であった。

「フラグ殿下には御息災の御ようす、心より慶賀の意を申しあげます」

「おお、キド・ブカも元気そうで何より。予が息災なのは、あたりまえだ。まだ、ろくに戦いもしておらぬからな」

親愛の意をこめて、フラグは、若い将軍の肩をたたいた。

「どうだ、もうペルシア全土を征服したか」

「フラグ殿下のおんために、まだ一部を残してございます。とくにイスマイル派の勢力圏を」

「ふふ、よい心がけだ」

心地よげにフラグは笑った。キド・ブカはフラグより二年早く、いわば先遣隊としてペルシア方面に派遣されていた青年将軍であった。フラグはキド・ブカに郭侃を紹介したが、

「おお、こうなったらあの者も呼ぼう」

手を拍《う》って、衛兵に申しつけた。

「バヤンを呼べ」

フラグの命に応じてあらわれたのは、まだ若すぎるほど若いモンゴル人の青年であった。少年

の俤《おもかげ》すらある。

こうして、一日の裡《うち》に、郭侃は、生涯に深い縁を持つふたりの青年武将と会うことになる。

バヤンの挨拶は鄭重であった。

「バリン部出身のバヤンと申します。よろしくお見知りおきを」

鄭重な挨拶に礼を返しながら、郭侃はバヤンを観察した。眉目《びもく》はととのい、背は高く、手足はすらりと伸びている。このような体形は、モンゴルには珍しい。チンギス汗の長男ジュチも、その子バトゥも、このような体形であったという。それがまた、「ジュチはチンギス汗の実子ではない」という誹謗《ひぼう》の一因ともなった。父親とも弟たちとも、まったく異なる体形であったから。

後に南宋の征服者として知られるバヤンは、このとき十八歳である。彼を見て、郭侃は好印象を抱いた。年長者であるこちらが、無益な失策を犯さぬかぎり、悪い関係にはならないだろう、と思われた。

フラグがバヤンの肩に手を置いた。

「こやつに実戦の何たるかを経験させれば、ジェベやスブタイに匹敵する将帥《しょうすい》になるであろうよ」

「あまりに過大なお言葉です、殿下」

「そうか、予《よ》は控えめに言ったつもりだが」

フラグは、キド・ブカ、バヤン、郭侃の顔を順番に見やり、陽気な表情をつくった。

「そなたら三人をそろえながら、キリスト教徒やイスラム教徒どもに名を成さしめるとしたら、予はよほどの無能者ということになろうな」

西洋から見れば、十字軍の時代である。何度追い帰されても、くりかえしキリスト教徒はやって来て、西アジア一帯にいくつもの小国家をきずいていた。そしてイスラム教の諸国家と、永遠とも思える戦いをつづけている。その渦中に、郭侃は、モンゴル軍の一将として飛びこむのだ。

さいわい、バヤンとは気も話も合った。将来かならずモンゴル帝国の重臣となるであろうバヤンとは、なるべく良好な関係を築いておきたい。漢人でありながら三代にわたってモンゴルに仕《つか》えてきた郭侃としては、つねに征服者たちへの配慮を欠かせなかった。師父《しふ》ともいうべき史天沢に、少年時代から注意されていたことである。

「いずれバヤンは、アバカにも引きあわせよう……む、ところで、サマルカンドに滞在して幾日になるかな、郭侃《クウオカン》？」

「今日で三十七日になります」

「ふむ、そろそろ、よい頃合《ころあい》だ」

フラグは、かるくうなずいた。

「切りのよいところで四十日。三日後にサマルカンドを発《た》つ。ペルシアのやつらも、戦うか逃げるか降伏するか、態度を決めたことだろうて」

昼は狩猟、夜は酒宴。一カ月以上もくりかえしてよく飽きないものだ、と思っていたが、フラグなりの方法でペルシア本土へ侵攻する時機を測っていたのだろう。それが正しいかどうかは、ペルシアに侵入すればわかることだ。その裡《なか》で、郭侃自身はいかに身を処するか。

いずれにせよ、日の沈む海へ、一歩近づく。我知らず郭侃は身慄《みぶる》いした。十八歳の若さには似あわぬ深い眼で、バヤンが見守っていることに、彼は気づかなかった。

第三章　暗殺教の国

I

イスラム教は開祖ムハンマドによれば、七十三の宗派に分かれる、と称されていたが、スンナ派やシーア派に較《くら》べると、イスマイル派は規模は大きくない。だが、その勢力は強く、他の宗派だけでなく、キリスト教徒にも恐れられていた。なぜか。

「イスマイル派とやらの別名を知っているか」

「いえ、別名というと、字《あざな》みたいなもんで？」

「暗殺教団というのだ」

張康《ちょうこう》の反応に苦笑しながら郭侃《かくかん》が答える。馬上でゆらゆら揺れながらの会話だ。

「おっかねえ。人殺しどもの集まりですかい」

「中華にもありましたが、殺人祭鬼《さつじんさいき》というやつですかね」

人を殺して鬼神《きじん》を祭る。中華の歴史上、何度か出現した狂信者の集団である。

「ま、そんなものだろう」

いいかげんに郭侃は公孫英《こうそんえい》に答えた。

宗教というものがからむと、政治も軍事もじつにやりにくくなる。東方正教会《とうほうせいきょうかい》とやらも、カトリックとやらも、キリスト教の一派だが、さらに算《かぞ》えきれないほどの分派が存在する。

「そういえば、モンゴル人のなかにも、キリスト教徒がおりますな」

「それはネストリウス派というやつだ、張」

「どうちがうのでしょう」

「おれに尋《き》くな。おれはキリスト教徒ではない」

郭侃が片手を振ってみせると、李宗建《りそうけん》が溜息をついた。

「人それぞれ、自分の好きな神や仏を拝んでいればすむものを、なぜいがみあい、殺しあうのやら、末将《それがし》にはわかりませんな」

「おぬしたち、よほど退屈してるな」

郭侃が言うと、部下たちは顔を見あわせ、頭をかいた。宗教論など柄《がら》ではないことに気づいたらしい。いまになって、郭侃も後悔していた。西域《さいいき》の風景を歌いあげた唐代の詩人たちの選集でも持ってくればよかった。すこしは無聊《ぶりょう》をなぐさめてくれただろうに。

そのとき、森の中から荒々しい咆哮《ほうこう》がひびいた。怯《おび》えた馬たちが、低くいななき、歩みを乱す。

「虎《とら》ですかね」

「いや、天山《テンシャン》の西に虎はいない。獅子《ライオン》だろう。それも一頭や二頭ではなさそうだ」

「ははあ」

張康は溜息をついた。

「それじゃ、また狩猟《かり》で何十日か滞留《たいりゅう》ですな。我々の御主君ときたら、アルマリクで一年以上も毎日毎日、狩猟と酒ですごして飽きなかった御仁《ごじん》ですから。たまには書物でも読もうとか、思わないものですかね」

「口をつつしめ。うっかり聞かれると、舌を抜かれるぞ」

郭侃は威《おど》かしたが、張康の予言は的中して、獅子がいると知るや、フラグはたちどころに野営を決めた。

野営の準備をするうちにも、ペルシア東部でモンゴルに忠誠を誓う王侯や領主、土豪たちが、つぎつぎと訪問してくる。フラグは鷹揚《おうよう》に彼らの挨拶を受け、モンケ大可汗《カアン》から与えられた権限によって彼らの地位と領地を安堵《あんど》し、莫大な貢物《みつぎもの》を受けとった。

フラグは彼らからペルシアの情況も聴き出した。王侯たちは口々に、イスマイル派暗殺教団の恐怖と害毒について語った。どこぞの王侯が殺された、あちらの城主もだ、こちらの騎士もだ、と、際限がない。フラグは下がり気味の両眉を寄せた。

「わがモンゴルは十年前にバイジュ万戸長を遣《つか》わし、また一年前にはキド・ブカ将軍を派遣して、彼奴《きやつ》らを討伐するよう命じてあったはず。それでもなお、イスマイル派は跋扈《ばっこ》しておると申すか」

「残念ながら、さようでございます」

「バイジュ、キド・ブカの両名は、任務を怠《おこた》っておるのか」

「いえ、御両人はよくやって下さいました。とくにキド・ブカ将軍は」

「バイジュは？」

ペルシア人たちは顔を見あわせ、声を低めて、ある事実をフラグに告げた。

苦々《にがにが》しげに聴きいっていたフラグは、力強くうなずいて、ペルシア人たちに確約した。

「わがモンケ大可汗の名において約束するぞ。予《よ》はモンゴルを代表して、可及的すみやかにイスマイル派を殲滅《せんめつ》する。長老《イマーム》を捕らえて処刑し、すべての城塞を破壊し、またあらゆる信徒どもを殺しつくす。四百年つづいた狂信者どもの恐怖から、そなたらを永遠に救うてやろう」

力強くフラグが宣言すると、イスラム教の有力者たちは歓呼の声をあげた。口々にフラグに感謝し、モンゴル軍への忠誠を誓う。

まずはよし、とフラグが思ったとき、帳幕《オルド》の出入口の布が大きくはねあげられた。フラグの長男アバカが急ぎ足に入ってくる。若々しい顔が血の気を失っている。フラグは眉をしかめて、息子の狼狽《ろうばい》を叱《しか》りつけた。

「何をうろたえておる、アバカ」

「父上、急報でございます。シグ・オルド汗バトゥ大王が、御逝去なさいました」

「なに……!?」

フラグは愕然《がくぜん》として玉杯を投げ棄《す》てた。残っていた葡萄《ぶどう》酒が、足もとに赤くひろがる。

一二五五年末にバトゥは逝去した。四十九歳であった。モンケ大可汗は、従兄弟《いとこ》であり、親友であり、最強最大の盟友であった人物を喪《うしな》ったのである。ジュチ家とトゥルイ家の鋼糸《こうし》のごとき紐帯《ちゆうたい》に、裂け目が入《はい》ることは絶対に避けねばならない。自分からもカラコルムに急使を出すよう決めて、フラグは両腕を組んだ。

「さて、どうする?」

もちろんペルシア、カフカス、シリア方面への侵攻はつづけなくてはならないが、作戦上、ジュチ汗国との連係が必要な場合があるし、そうなったときには全面的にバトゥをあてにできた。その前提が、くずれたのだ。

フラグはバラカンとトタルを呼んで、バトゥの死を報《しら》せた。歎き悲しむ両将軍に、フラグは慰めの声をかける。

「そなたらは良き君主《サイン・ハン》を喪ったな。予も畏敬する肉親を喪った。まことに偉大な御仁であった」

溜息に、独言《ひとりごと》めいた言葉がつづいた。

「バトゥ殿には、もう一度お目にかかりたかったな。バトゥ殿が東北から、予が東南から、ヨーロッパを挟撃し、地中海の岸辺で会盟《かいめい》したら、さぞ愉快であったろう。どちらがローマ教皇を捕虜として……」

フラグはバトゥ麾下《きか》のふたりの将軍に、すぐ帰国するよう命じた。

「そなたらの王が亡くなったのだ。大葬があろう。予も弔問使を派遣するゆえ、同行させてくれ」

ふたりの将軍が涙ながらにフラグ軍を去って十日ほど後、西から土塵があがって、軍勢が近づいてきた。フラグが全軍に戦闘を準備させ、偵察の騎兵を出してみると、意外にもそれはモンゴル兵の集団であった。

「バイジュでござる。フラグ殿下に拝謁《はいえつ》を」

バイジュは第二回西征に際し、チョルマグンの麾下にあって数々の武勲《ぶくん》を立て、万戸長に叙《じょ》せられた人物である。シシアン城に在《あ》って、モンゴルの西方を守るとともに、西方諸国からの使者を応接する任にあたっていた。ローマ教皇からの親書をたずさえてモンケ大可汗を訪れたフランス人の修道士シモンは、どういうものか「バイジュ」の名を発音・表記しにくかったらしく、「バヨスノイ」と記録している。

シモンが同僚アンセルムらとともに、はるばるモンケを訪ねたのは、モンゴル人をカトリックに改宗させるためであったが、失敗に終わった。モンケはキリスト教に対して好意的であったが、改宗してローマ教皇の下風《かふう》につく気はなく、逆に、ローマ教皇をモンゴル帝国に臣従《しんじゅう》させるつもりであったのだ。シモンたちは悄然《しょうぜん》としてフランスに帰らざるを得なかった。そのような経緯《いきさつ》で、バイジュの伝は東方の『元史《げんし》』には立てられず、西方のキリスト教関係の史料に残されている。

そのバイジュがフラグの前に出現したのだ。

フラグはバイジュに非好意的な視線を向けて、強い声を投げつけた。

「チョルマグン将軍の後、十年にわたって、おぬしがペルシアを鎮護《ちんご》していたわけだが、その間に何ごとを為《な》しえたか、聞かせてもらおうか」

バイジュの表情も硬化した。

「殿下におかれては、臣《しん》がペルシア鎮護の大任を怠《おこた》っていたと、仰せになりますか」

「昨日、近在の王侯土豪どもが異口同音《いくどうおん》に申しておったぞ。イスマイル派暗殺教団の脅威をな！やつらが跳梁《ちょうりょう》しておるのは、そなたがやつらを亡ぼしていないからではない、と申すか」

バイジュの顔が屈辱にゆがんだ。

「臣がおらなんだら、シリアはキリスト教徒に、メソポタミアはイスラム教徒に、それぞれ奪われておりましたぞ！」

「そうか、苦労をかけたな」

フラグは嘲笑《ちょうしょう》をまじえて応じた。

「だが、もう苦労せずともすむぞ。予と予の軍勢が来たからにはな。あとは予にまかせて、楽隠居しても苦しゅうないぞ」

バイジュの顔が、赤黒く染まった。一介の兵士から武勲をかさねて千戸長に昇り、さらにペルシアで善戦して万戸長に成りあがった猛将である。外交的にはローマ教皇やフランス国王と渡りあってきたのだ。

「ありがたき仰せなれど、隠居はいたしませぬ」

「ほう、ではどうする?」

「殿下のおんもとで、イスマイル派の人殺しどもを亡ぼすべく、微力をつくしたく存じます」

Ⅱ

さらに数日後、珍事が発生した。地平の彼方に黒雲がわきおこり、不気味な音がひびいてきた。遠雷である。

フラグの顔は蒼白になった。

「隠れよ、早く隠れよ!」

声も悲鳴に近い。モンゴル将兵が上から下まで動揺し、恐慌におそわれていた。右往左往《うおうさおう》したあげく、草の中に身を沈める。馬の腹の下にもぐりこむ者もいる。敵襲を受けたときでも、これほど醜態《しゅうたい》はさらさないであろう。

「おぬしらも早く身を低くして、草の間に隠れろ」

「いったい何ごとです?　敵らしい姿も見えませんが……」

「いいから隠れろ。隠れてから話す」

言い終えぬうちに、二度めの雷が空をかがやかせ、数瞬の間を置いて、八方に雷鳴が奔《はし》った。

「遠いな」

郭侃はつぶやいた。電光と雷鳴との時差について、彼は知っていた。まだ五、六里(宋・元代の一里は約五五三メートル）の距離はあるし、急速にこちらへ近づくともかぎらない。それでもモンゴル兵たちの恐怖と狼狽は鎮静《しず》まらず、草の間から悲鳴や、蒼天《テングリ》に救いを求める声が伝わってくる。

「ははあ、よほど雷を恐れているのですな」

あきれたように公孫英が郭侃の耳もとでささやいた。漢人とて雷を好みはしないが、モンゴル兵たちほどには動転しない。

世界を征服すると豪語しているモンゴル人たちだが、雷に対しては武勇も戦術も通用しないようであった。

「いや、そう笑いものにするものでもないぞ。やつらは、さえぎる物とてない草原に住んでおる。落雷は生命《いのち》にかかわる。恐れるのが当然だ」

「それにしても極端な話ですな」

三人が笑いながら小さな声で語りあうのを聞いて、郭侃は、たしなめておく必要を感じた。

「おぬしらに言っておく。モンゴル人たちが雷を恐れても、けっして笑うな。殺されるぞ」

三人は笑いをおさめたが、なお不審そうなので、郭侃は説明した。

モンゴル人たちは、春から夏までの間、流水で水浴したり、手を洗ったり、水を汲《く》んだり、は ては洗濯した衣服を地上に干《ほ》すことまで禁じられていた。それらの行為は、すべて、「雷を招く」と信じられていたからだ。もし落雷で死んだ者があると、遺族たちは三年間にわたって汗の帳幕《オルド》に近づくことを禁じられていたほどである。

一方、イスラム教徒たちは、アフーに礼拝する前に身体を洗い清める慣習がある。それを禁じられては、たまったものではない。チンギス汗の次男チャガタイは、川で沐浴《もくよく》していたイスラム教徒を見つけて、たちどころに殺そうとしたが、同行していたオゴタイが何とかなだめた、という逸話《いつわ》まである。

そのときはそれですんだが、チャガタイに水浴を咎《とが》められて殺されたイスラム教徒は多数にのぼり、イスラム教徒がチャガタイを憎むこと、バトゥに劣らなかった。

李宗建が首を振った。

「なるほど、笑いごとではございませんなあ」

蒼天《テングリ》に対するモンゴル兵たちの祈りが通じたのか、黒い不吉な雷雲は、地平線上を横へ遠ざかった。もう安全、と確信して郭侃は立ちあがる。誰かが近づいてきた。

「郭侃《クウオカン》どの、御無事だったか。いや、ひどい雷でござったが、何ごともなくてけっこうでござった」

バヤンであった。この聡明で器の大きな若者までが、顔を蒼《あお》ざめさせているのを見て、郭侃は自分自身が失笑しそうになり、懸命に堪《こら》えた。バヤンは郭侃の身を案じて来てくれたのだ。笑ったりしたら蒼天の罰があたる。

「バヤンどのこそ、御無事で何より。あなたの身に何かあったら一大事です」

これは郭侃の本心であった。このような時と場所でバヤンが頓死《とんし》でもしたら、モンゴルの国運が傾くのではないかとすら思っている。

この珍事の後、モンゴル軍の進撃は、こころもち速まったように郭侃には感じられた。

冬になるころ、フラグはシェブルカーンの草原に幕営《ばくえい》した。後世のアフガニスタン北部に位置する。フラグはこの地があまり気に入らなかったのか、一夜だけの宿泊にとどまるつもりであったが、郭侃が進言した。

「気象を見ますに、西北方から暗い雲がせまっております。雪が降るやもしれませぬ」

「雪ぐらいは……」

「風も冷たく、強くなってまいりました。猛吹雪《もうふぶき》の可能性がございます」

フラグは考えこんだが、息子のアバカが口ぞえした。

「郭侃《クウオカン》は我らモンゴル人よりよく気象を観《み》ます。父なる汗《ハーン》よ、何とぞ御油断なきよう」

「わかった。全軍に伝えよ。幕舎の建設を厳しくし、風と雪にそなえるように、とな」

アバカが一礼して去ると、フラグは両腕を組んで郭侃を見やった。

「いまさらだが、郭侃《クウオカン》よ、漢人たるそなたが、なぜ、いやがりもせず西征に従軍しておる？」

「海が見たいのでございます」

「海？　海なら中華のすぐ東にあるだろう」

郭侃はこの件に関しては虚言《うそ》をつかないことにしている。

「臣が見たいのは、日が沈む海、西の海でございます」

「ふん……」

「ただ一度、太陽が海に沈むところを見ることがかなえば、死んでも悔いはございません。小童《こども》のころからの夢でございました」

　フラグは、組んでいた腕をほどいた。郭侃がつまらない虚言を弄《ろう》しているとは思わなかったようだ。フラグは彼なりによく人を鑑《み》定る。

「予も何千回となく夕日を見たが、とくに海に沈む日を見たいとは思わなかったな。漢人は数が多い。なかには奇妙な考えにとりつかれた者もおるということか」

「お耳汚しをいたしました」

　郭侃が頭を下げると、眼前に白いものが降ってきた。フラグと郭侃との間を、寒風が吹きぬける。空が暗くなり、一瞬ごとに雪が増えてきた。

「郭侃《クウオカン》の予言が的中したな」

「おそれいります」

「こうなると、急いで雪中を行軍することもあるまい。春を待とう」

　いきなり気の長い話になった。郭侃が自分の陣に帰って事情を説明すると、張康が鼻を鳴らした。

「冬の間に、フラグ汗は何度、遊猟《ゆうりよう》をなさいますかなあ」

「皮肉を言うな。冬、無理に行軍するほうが、よほど危険だ。それとも、雪の中、回回《フイフイ》砲を押して歩きたいか」

「失言でした。お赦《ゆる》しを」

　へらず口をたたきあっている場合ではなかった。気象の激変は、郭侃の予想を、はるかに超《こ》えていた。降りしきる雪は、まもなく強風に乗って横なぐりになり、風と雪がたがいに競いあって、猛烈な吹雪となった。まともに立って歩けなくなり、各処で、せっかく立てた帳幕が倒れた。またしても、自然の脅威の前に、モンゴル軍は無力をさらけ出した。と、荒れくるう雪を引き裂いて、叱咤《しった》の声がひびいた。

「地上で無敵のモンゴル軍が、たかが吹雪に屈するのか。平原なら強くとも、山地では惰弱《だじやく》なのか！」

怒号したフラグは、やにわに馬から飛びおりると、腰間《ようかん》の剣を抜き放った。郭侃の心は、一瞬、地上の雪より冷えた。短気なフラグが、見せしめのために兵士を斬ると思ったのだ。

だが、そうではなかった。

フラグのふるった剣は、乗馬の頸部《けいぶ》を斜めに斬り裂いている。悲痛ないななきとともに、鮮血が宙を奔《はし》り、白ずくめの世界に深紅の点が浮かんだ。

フラグは右手に剣をかざし、左手で奔血《ほんけつ》を受けた。紅く染まった掌《てのひら》を口もとに運び、音をたてて馬の血を飲む。舞いくるう雪の裡《なか》に力強く立ちつくして、フラグはさらに声を張りあげた。

「馬の血を飲め！　馬の血は熱い。お前たちの身体を温《あたた》めてくれるぞ。それを飲んで内側から身体を温めろ。さあ、やれ！」

一瞬の沈黙の後、モンゴル兵たちは喚声をあげて、それぞれ自分の馬の頸《くび》に刃をあてた。いたるところに赤い点が見えるが、血臭は烈風に吹き飛ばされた。

「これがモンゴル軍の強さか」

あらためて郭侃は舌を巻いた。馬の血を両の掌に受けて飲み啜《すす》るモンゴル兵は、いずれも顔の下半分を赤く染め、さながら悪鬼の集団である。

「彼らは兵士というより、チンギス教の信徒だ。イスラム教徒もキリスト教徒も、勝てるはずがない」

「しかし、雷と雪と、文字の下半分しかちがわないのに、ずいぶん反応がちがいますなあ」

漢人にしか通じない、張康の冗句《ジョーク》だった。

とにかくモンゴル軍は危機を乗りこえた。


サカルトベロ。

後世、ロシア語でグルジア、英語でジョージアと呼ばれる地域である。大山脈が北風をふせぐため、冬でも温暖で適度に雨が降り、植物が豊かに実る。住民の宗教は、東方正教派のキリスト教で、「サカルトベロ騎士団」は十字軍と連係し、イスラム教徒との戦いで勇名をとどろかせた。

ただ、モンゴルの侵攻の前に力つきて屈伏し、現在では金《シグ・オルド》張汗国を宗主として、何とか国としての体裁をたもっている状態である。キリスト教の信仰は認められているし、ローマ教皇は救いの手を差し伸べもしない。フラグに反抗する恐れはすくなかった。

「バイジュ将軍を呼べ」

馬上からカフカスの美しい山々を眺望しながら、フラグが命じた。

Ⅲ

「さて、バイジュ、ここからそなたの詳《くわ》しい土地に入ることになるな」

フラグの前で片膝をつくと、バイジュは、うやうやしく頭を下げたが、それは表情を隠すためでもあった。一万余の兵をひきいて参陣したのに、フラグに冷たくあしらわれ、当然、不満なのである。

「まあよい、立ってくれ、そなたほど経験を積んだ者が味方してくれるとは願ってもないことだ。まずは、イスマイルの殺人者どもをかたづけようではないか」

フラグの声には誠意がとぼしい。

バイジュの名は、郭侃も知っていたほどで、優秀かつ勇猛な将軍である。ところが、初対面のときからフラグはバイジュに冷淡であった。そのことが郭侃には不思議であったが、それには理由があったのだ。

バイジュは、ローマ教皇やフランス国王からの使者をモンゴル本土へ送るなど、外交的にも活動していた、ということはすでに記述した。

ところが、その後、バイジュは消息不明になり、チョルマグンも没し、ホラズム帝国も亡びたため、ペルシアからカフカスにかけての広大な地域は、モンゴルにとって空白地帯となっていた。

そのバイジュが、生きてフラグの陣営を訪れたのである。しかも一万余の兵を引きつれてのことだから、フラグは狂喜してもよいはずであったが、そうはならなかった。

バイジュが消息を絶った原因には、女性問題がからんでいたのである。

サカルトベロ（ジョージア）の女王ルスダンは、「黒海《こっかい》の真珠」と謳《うた》われるほどの絶世の美女であった。彼女のことを知ったバイジュは、山中の城にたてこもっている彼女に使者を送り、結婚を申しこんだ。だが、何度求婚しても、はねつけられた。それというのも、すでに、北方草原を支配したバトゥからの求婚を受けていたからである。

ルスダンは、若くして死去した前王の妹として、みずから王となったのであり、おさない息子がいた。英名《えいめい》高いバトゥも、ルスダンの美貌《びぼう》によほど惹《ひ》かれたのか、つぎのように申しこんだのである。

「もし、そなたが予の妃になってくれれば、そなたの子を次代のサカルトベロ王にしてやろう」

ルスダンは承知した。

それを知ったバイジュは、ふられた腹いせに、当時のグユク大可汗《カアン》に使者を送り、バトゥが大可汗の許可も得ず、かってにサカルトベロの王を決めようとしている、と訴えた。グユクはもともとバトゥと険悪な仲である。ルスダンの子を王位に即《つ》けることを、即時に拒絶した。

バトゥに裏切られた、と誤解したルスダンは、毒杯をあおいで果てた。憤激したバトゥは、軍を動かしてバイジュを討とうとする。バイジュはグユク大可汗の名においてバトゥを迎え撃とうとしたが、おりからグユクは急死してしまった。

後ろ盾をうしなったバイジュは、あわてて退却し、ペルシア、シリア、中央アジア一帯で掠奪《りゃくだつ》してまわるしかなくなった。バトゥのほうも、グユク大可汗の急死で、バイジュ討伐どころではなくなり、盟友モンケをモンゴル本国に送り出すとともに、ルーシや東ヨーロッパの支配に全力をつくすことになる。

その事情をサマルカンドで報《しら》されたフラグとしては、不快きわまりない。美女をめぐってバトゥと争うなど、身のほどを知らず、また同盟者たるジュチ家と対立するなど、あってはならぬことであった。バイジュを宿将《しゅくしょう》として重んじるふりはする。功績を立ててくれれば、けっこうなことだが、戦死したところで、フラグの心は傷《いた》まない。

一方、フラグの「敵」たちはどうか。

「モンゴルが来襲するまで、中東の情勢は単純だった」

いくつもの国が興亡し、いくつもの戦いがおこなわれ、算《かぞ》えきれない人々が殺された。だが、それは善と悪との対立だった。キリスト教勢力とイスラム教勢力とが、たがいに、「我は善、敵は悪」と決めこんで、百年以上も殺しあっている。

そこへ暴風のごとくモンゴルの脅威がなだれこんできた。彼らは善か悪か。自分たちに味方すれば善だし、敵に付《つ》けば悪だが、モンゴルはそれほど単純ではなかった。

不思議なことに、「キリスト教とイスラム教が同盟して、共通の敵モンゴル軍を撃退しよう」とは、誰も主張しなかった。ゆえに、モンゴルはイスラム教勢力とキリスト教勢力とを各個撃破することができたわけだが、別の言いかたをすれば、モンゴルの脅威と恐怖を以《もっ》てしてさえ、イスラム教とキリスト教との相互憎悪を消すことができなかった、ということになる。

「宗教とは恐ろしいものだな」

つくづく郭侃は感じざるをえなかった。彼は一神教というものが存在しない漢人社会の住人で、儒教と道教と仏教とが形成する三角形の中を、適当に往《い》ったり来たりしている。それでべつに天罰が下るわけでもない。

「まあ、近づかないでおこう。政事も宗教も魔物だからな」

郭侃は、日の没する海を見ることができれば、モンゴルとイスラムとキリストのいずれが勝とうが、どうでもよい。ただ、漢人の兵士二千人をあずかっている以上、彼らの安否に責任があることは自覚している。

不満といえば、食べ物のことであった。黄河で獲《と》れた鯉《こい》が食べたい。ペルシアには豊富な果物があるのに、郭侃の好きな柿はない。妻の手づくりの粥《かゆ》がほしい。息子たちにも会いたい。羊肉には飽きた。豚肉を食べたいが、イスラム教徒は豚肉を禁忌《タブー》としているから、求めることはできなかった。

征戦の四年め、郭侃も四十歳になった。すこし疲れているようだ。

イスマイルの暗殺教団は、ペルシア西北部一帯の山岳地帯に、百余の城塞をかまえている。いずれも峻険《しゅんけん》な断崖上にあって、さらに城壁で囲まれ、地下深くから水を汲《く》みあげ、兵士、武器、食糧をそなえていた。フラグはこれらの城塞をことごとく陥落させるつもりであったが、ひとつひとつ攻略していけば、気の遠くなるような月日がかかるにちがいない。

「ここからは郭侃《クウオカン》の出番だな」

騎馬戦こそ戦闘の華《はな》と信じるフラグも、そう考えるしかない。アバカもバヤンも積極的にそれを勧《すす》めた。

「いつでも御命令をお下しください」

殊勝《しゆしよう》に郭侃は応じる。征戦の四年めといいながら、まだ武勲らしいものをあげていない。そもそも戦いすら経験していないのだ。千日以上も、広大きわまる大陸を西へ西へ、ひたすら歩みつづけてきただけである。こうなると、モンゴル人でもないのに戦いたくなってきた。

このとき、イスマイル派の王たる長老《イマーム》が、まだ若いフルシャーであった。彼の父で先代の長老であったアラー・ウッディーンは、成人後、精神錯乱の病にかかり、気に入らぬ者や諫言《かんげん》する臣下をつぎつぎと殺した。見かねた息子のルクン・ウッディーン・フルシャーが制止すると、アラー・ウッディーンは口から泡を噴きながら、フルシャーを笞《むち》で乱打した。アラー・ウッディーンが酔って寝こまなければ、フルシャーはまちがいなく死んでいたであろう。

半死半生にされたフルシャーは、包帯だらけの姿で考え、決意して、ひそかに数名の重臣たちと話しあった。

一二五五年十二月二日の朝、アラー・ウッディーンは、首と胴とを切断された姿で発見された。何人かの容疑者が拷問《ごうもん》にかけられた末、ハサンという男が犯人であると判明した。人々はおどろいた。ハサンはアラー・ウッディーンの寵臣《ちようしん》として知られていたからだ。

A・C・M・ドーソンの『モンゴル帝国史』によれば、このハサンという男は、アラー・ウッディーンの最側近であったが、かなりいかがわしい人物であったようだ。アラーの「快楽の道具」であり、後にはアラーはハサンをあらゆる方法で拷問にかけて楽しんでいたという。

フルシャーが裁判なしでハサンを処刑したのはともかく、ハサンのおさない小童《こども》三人を生きたまま火中に投じたのは、フルシャーがアラー・ウッディーンの血を引く者であることを証明するようなものであった。

こうしてフルシャーは暗殺者教団の長になりおおせた。だが、信仰について学ぶわけでもなく、モンゴル軍の襲来にそなえるわけでもなく、ひたすら快楽にふけって日々を無為《むい》にすごした。酒と美女と歌舞音曲ぐらいならともかく、無実の者を拷問にかけたり惨殺したりしたから、代々の長老《イマーム》たちに忠実に仕えてきた教徒たちも、すっかり嫌気がさし、軍の士気はおとろえていった。

一二五六年一月、フラグの本隊はアム河《ダリヤ》を渡ってペルシアにはいった。

モンゴル軍が馬で渡河するのが不可能であることは自明なので、郭侃は漢人だけの部隊をひきいて先行し、河に橋をかけた。河を横断する形で舟を並べ、上に厚い板を敷いて舟橋をつくったのである。橋ができると、フラグが全軍の先頭に立って馬を進めた。たいして大きな河でもないのに、全軍が渡り終えるのに丸一日かかったのは、モンゴル兵たちが橋を渡る速度がいちじるしく遅かったからだ。

「あんなに水が怖いのであれば、城を攻められたとき、城壁の上から水をかけてやれば、逃げ出すのじゃありませんかね」

「モンゴル人は水そのものを恐れてはいないだろう。河や湖で溺《おぼ》れるのが怖いのだ。誰でも苦手はある。わかってやれ」

ようやく全軍が渡り終えると、フラグはすぐに夜営の準備を命じた。このようなことがくり返され、モンゴルの進軍は嵐どころか、そよ風のようだった。

ペルシアに進攻したフラグ汗が、はじめて軍令を発したのは、西暦一二五六年春のことである。ザーヴァと呼ばれる土地に着くと、彼はキド・ブカとココ・イルゲイの両将軍に命令し、クヒスターン州の全面征服をおこなわしめた。

このときには郭侃は従軍を命じられず、フラグの本営近くに漢人部隊を駐屯させ、回回砲《フィフィ》の整備管理と、モンゴル兵の教育にあたった。これは漢人部隊がもっぱら回回砲を使用するようになったため、旧式の投石機を一部のモンゴル兵が担当することになり、彼らに投石機のあつかいを教えることになったからである。馬や弓矢をあつかわせては剽悍《ひょうかん》そのもののモンゴル兵たちが、不器用な手つきで投石機にしがみつく姿を見て、李宗建、公孫英、張康らは懸命に笑いをこらえた。

Ⅳ

一二五六年六月、いよいよフラグはイスマイル暗殺教団の殲滅《せんめつ》に着手する。だが、いきなり武力攻撃を開始することはなく、手順を踏んだ。戦争の前に外交がある。

フラグはイスマイルの長老《イマーム》ルクン・ウッディーン・フルシャーに使者を送り、書簡をとどけさせた。

「もし汝《なんじ》がモンゴル軍に無抵抗で降伏する意思あらば受け容《い》れよう。過去の所業も赦す。城塞をみずから破壊し、わが本営に参上するなら、何の危害も加えぬ。よく得失を考えて返答せよ」

ペルシア人の使者は、殺されずに帰って来たので、フラグは数日待つことにし、イスマイル領に侵入していたヤサウル将軍を一時、撤退させた。イスマイル長老フルシャーは、いくつかの城塞を破壊した上で、フラグに使者を送った。使者が持参した書簡の内容は、フラグに服従することと、モンゴルの徴税官《バスカーク》を受け容れること、ただ長老フルシャー自身がフラグのもとに参上するには一年の猶予《ゆうよ》がほしい——などというものであった。

「時間かせぎをしおるわ」

フラグは笑った。キド・ブカが肩をゆすった。

「臣がヤサウル将軍とともに、攻撃いたしましょうか」

「まあ急ぐな、一年は長すぎるが、もうすこし待ってやってもよい。ただ、その間に、周辺の城塞をかたはしから破壊して、やつらを丸裸にしてやれ」

山岳地帯での戦いは、モンゴル軍の本領ではない。だが、いわば戦いに飢えていたモンゴル兵たちは怯むことなく進撃した。郭侃の漢人部隊が回回砲で城壁の一部を破壊し、漢人とモンゴル兵が突入する。そのくり返しで、十日の間に二十以上の城塞が陥《お》ちた。

十一月九日、フラグはマイムーン・ディズ城塞の前面に到着した。高地は冬の到来が早く、灰色の空から白いものがちらつきはじめている。

フラグは息子のアバカと五十騎ほどの護衛兵をつれただけで、城塞の周囲を巡視し、地形を観察した。帰営すると、親族や諸将を集めて、今後のことを咨《はか》った。

「さて、マイムーン・ディズは指呼《しこ》の間にある。明日にも一気に全面攻撃をかけるか、それとも長期戦を選び、年を越して春になるまで待つか」

フラグらしからぬ弱気な意見だ、と考える者もいた。だが、じつのところモンゴル軍の態勢は万全とは言えなかったのだ。とくに、食糧や馬の飼料が不足していた。付近の村落から、遠くアルメニア地方まで兵を送って、食糧をかき集めている現状だった。

いくつかの意見が出た。慎重論が多かった。猪突猛進《ちょとつもうしん》ばかりが、モンゴル軍の身上《しんじょう》ではない。冬を迎える山岳地帯で攻城戦を強行するのは、成功しても犠牲が大きく、失敗したら悲惨のきわみである。

フラグは即決せず、最後の使者をマイムーン・ディズ城塞に派遣した。使者の名は不明だが、彼は長老《イマーム》フルシャーに面会して、つぎのように告げた。

「フラグ汗は、すでに城の前に到着あそばした。フルシャーよ、汝がよく状勢を理解し、戦わずして降伏するのであれば、汝自身も汝の臣民も、いっさい危害を加えられることはない。この寛大な申し出を拒絶すれば、結果は言うまでもなかろう。五日間の猶予を与えるゆえ、熟考して答えを出せ」

五日後に、マイムーン・ディズ城からフラグのもとに返答がもたらされた。

「長老ルクン・ウッディーン・フルシャーは不在である。長老の命令なしに降伏開城することはできぬ」

侮辱された上に、五日間を空費させられて、フラグは当然、憤怒した。

「ただちに総攻撃にかかれ！　回回砲《フィノイ》を前進させよ！」

モンゴル軍はどっと沸いたが、郭侃にとっては容易な命令だった。とはいえ、回回砲をそのまま運ぶことはできず、いったん解体して部品ごとに高処《たかみ》に運ばなくてはならなかった。この作業は漢人兵士にしかまかせられない。

「モンゴル兵は石を運べ！　砲があっても、石弾がなければ役に立たんぞ！」

バヤンがモンゴル兵たちを叱咤する。漢人部隊に協力してくれていることを悟って、郭侃は感謝した。バヤンの厚意に応《こた》えなくてはならない。解体した部品を慎重に組み立てる。

「照準よし、撃て！」

回回砲は三度にわたって咆哮し、炎と煙と石片を巻きあげた。人体もいくつか混じっていたようだ。それで充分だった。

マイムーン・ディズ城から降伏開城の使者一行がフラグのもとを訪れた。その一団の裡《うち》に、七歳ほどの身なりのよい男児がいた。使者たちの代表が言うには、この小童《こども》は長老フルシャーの息子で、人質に出すということだった。ところが、感覚の鋭敏なフラグは、小童の言動や態度から真相を見ぬいた。

「フルシャーめ、人質に偽者《にせもの》を送ってきおったわ」

「それは非礼狡猾《ひれいこうかつ》のきわみ、ただちに人質の首を斬って陣頭に飾り、総攻撃を開始いたしましょう」

ヤサウル将軍が、早くも直刀の柄に手をかけた。

「まあ待て。六、七歳の子どもだ。殺すにはおよぶまい。本人には罪もないし、成人《おとな》どもの悪知恵の責任をとらせるわけにもいかぬ」

偽の人質である子どもは、おずおずとフラグの顔を見つめている。そのようすを見て、ヤサウルも刀の柄から手を放した。

「菓子でもやって送り帰してやれ」

フラグは侍者に命じ、干した葡萄や棗《なつめ》、砂糖づけの林檎《りんご》、小麦や卵を練って油で揚げたペルシア菓子など、さまざまな菓子を大きな籠《かご》に入れ、それを持たせて小童を帰してやった。

「ああいう一面もある人なのだな」

郭侃は感心した。遠い真定《しんてい》に残してきたわが子のことを想い出さずにいられない。同時に、残忍苛烈なフラグが多面的な人格を持ちあわせていることを、あらためて知らされた。

このころ、郭侃はカスピ海の南端や黒海の西端を望見する機会があり、「あれが日の没するさいはての海か」と胸をはずませたが、そのたびに落胆させられた、と言われている。

「そう簡単に、さいはてには着きませんぞ」

公孫英に言われて、郭侃は苦笑せざるを得ない。たしかに、カラコルムを発して四年めに入ったが、まだフラグ軍はイスマイル派暗殺教団を亡ぼしてもいないのだ。

やがて凱旋《がいせん》してきたキド・ブカは、戦果をフラグに報告した。さらに、この地方の山中に暗殺教団の重要な拠点のひとつトーン城塞が存在することを確認して、主君に進言した。

「殿下の御前で、トーン城塞を陥落させてごらんにいれます」

「どんな城だ、見せてもらおう」

キド・ブカの案内で、フラグはトーン城塞へ赴《ゆ》き、アバカ、バヤン、郭侃もそれにしたがった。

丘の上から望むと、トーン城塞は高台にあって、灰色の石の城壁にかこまれ、いかにも堅城のおもむきがある。だが、その外周は深い濠をそなえた円形の塁《るい》に包囲され、モンゴルの旌旗《せいき》が無数にひるがえっていた。

フラグは一笑した。

「キド・ブカよ、そなた、攻城の手をひかえておったな。予に見せようとて」

「おそれいります」

「よい、たっぷりと見せてもらおう。ココ・イルゲイに手伝わせる」

フラグが肩ごしに郭侃に視線を向けた。

「それと、郭侃《クウオカン》、回回砲《フイフイ》であの城壁を破壊してやれ、一部でよいぞ」

「御意」

郭侃の合図で、李宗建が回回砲の照準をさだめて撃ち放つ。

砲弾の直撃を受けた城塔は、轟音《ごうわん》とともに砕け散った。石の破片が宙を乱舞し、炎と黒煙が噴きあがる。その一部は谷風に乗ってフラグの本営にまでとどいた。

「おう、みごとみごと」

賞賛するフラグの表情は小童《こども》のようだ。

「城兵ども、右往左往しておるわ。郭侃《クウオカン》、つぎは城壁に穴をあけろ。穴があいたら、バイジュ、そなたが兵をひきいて突入せよ」

「御意」

「キド・ブカは城外で待機して、出てくる者どもを殺せ。女と小童をのぞいて、ひとりも生かすな」

「御意！」

この後は出番はなさそうだ。内心、安堵しながら、郭侃は公孫英に回回《フイフイ》砲を操作させた。轟然たる砲声、濛々《もうもう》たる砲煙。城壁の一部が悲鳴をあげて大小無数の石片を四散させる。

「よし、ゆくぞ！」

バイジュは四十代も後半とは思えぬ動きで、部隊の先頭に立った。腰から直刀を引きぬく。

「聖君の御霊《みたま》も照覧あれ！」

突入するバイジュの部隊を、フラグは凝《じっ》と見守った。アバカやバヤンや郭侃の視線の先で、城内に火と煙があがり、風が怒号や刃鳴りを運んでくる。甲冑《かっちゅう》に返り血をあびて、バイジュがフラグの御前に跪《ひざまず》いたのは半刻後のことであった。

「仰せのごとく、女と小童以外は、すべて殺しました」

「よろしい」

　フラグはうなずき、座していた大石から立ちあがった。

「これからが本番だ。待っておれよ、フルシャー、暗殺ではなくモンゴル式の処刑とはどういうものか、たっぷり教えてくれるぞ」

第四章　鷲の巣城《アラムート》陥落

I

ある宴会のとき、チンギス汗《ハーン》は同座する諸将を見わたして問いかけた。

「男として生まれたからには、人生の快楽を最大限に味わいたいものだが、それは何だと思うか」

答えたのは「四傑《しけつ》」の筆頭ボオルチュである。チンギス汗と同年と伝えられるが、十三歳のときテムジンと名乗っていた時代のチンギス汗と知りあって、彼の最初の幕僚となった。軍事に有能であるだけでなく、慎重で思慮深く、温厚で誠実であり、主君からの信頼はきわめて厚い。

「うららかな春の日に腕に鷹《たか》をとまらせ、馬で野に出て鳥を射る。これこそ楽しみと申すものでございましょう」

するとチンギス汗は一笑して応じた。

「わが友ボオルチュは欲がないな。強敵を撃ち破って、やつらの名馬を奪い、美しい妻や娘たちをとらえてつれ帰る。これこそ男の快楽というものよ」

壮大で豪快なチンギス汗の為人《ひととなり》をあらわす挿話《そうわ》ではあるが、攻められ、敗れ、領土や美女や名馬を奪われる諸国にとっては、迷惑この上ない。彼らに侵攻された諸国では、最後までモンゴルに抵抗したり撃退した人物が、民族的英雄として、今日まで称揚されている。

ところが、例外がある。

「どのように兇悪《きようあく》な人間の集団であっても、亡《ほろ》びるまでの間にひとつぐらいは善行を為《な》すものだ。モンゴル軍でさえもそうであった」

皮肉に満ちたキリスト教徒歴史家の筆は、モンゴル軍によるイスマイル暗殺教団の滅亡についてそう記している。

後世の評価など歯牙《しが》にもかけず、フラグは全軍を左・右・中の三軍に分けて進撃を開始した。左軍を指揮するのは、キド・ブカとネグデル・オグルの両将軍。右軍を指揮するのは、ブカ・ティムールとココ・イルゲイの両将軍。中軍はフラグみずからが統率し、アバカ、バイジュ、バヤン、郭侃《かくかん》らがそれに従った。フラグ自身、未知の世界であり、イスマイル派の城塞はその数も知れない。

郭侃には奇妙な素質がある。能力と呼ぶか、感覚と称するべきか、理由もなく危険を察知できるのだ。

『元史』に、いくつか例が記載されている。

どの戦いのおりか、郭侃がフラグの本隊と離れ、別動隊をひきいて行軍していたとき。日も西にかたむき、人馬ともに疲れたので、麾下《きか》の諸将が郭侃に夜営を求めた。

「このあたりは適当な低地がございます。今日は早めに宿営し、明朝、早めに出立してはいかが？」

だが郭侃は周囲を見まわして一言、

「だめだ」

そのまま先頭に馬を立てて進んでいくので、部下たちもしかたなく行軍をつづけた。十里ほど進むと高地があり、郭侃はそこで宿営を命じた。兵士たちは内心、不満たらたらで重い回回砲《フイフイ》を高地に押しあげ、天幕《オルダ》を厳重に張って、ようやく寝《やす》むことができた。

ところが、夜半、天候が急変し、豪雨が降りそそいだ。夜が白んで、将兵が見ると、周囲の平地はすべて水没し、郭侃の部隊が宿営した高地だけが島のように残っている。平地で宿営していれば、一万二千の将兵が全員、溺死しているところであった。

「なぜ豪雨が降るとおわかりになったのですか」

将兵が問うと、郭侃は不思議そうに答えた。

「わかるだろう、普通」

水が退《ひ》くと、郭侃はさらに前進し、イスラムの諸侯チョトルの部隊と戦ってこれを撃破し、みずからの剣でチョトルを討ちとった。

郭侃について『元史』は「驍勇《きようゆう》にして謀略有《あ》り」と記す。砲兵や工兵を駆使するだけでなく、勇者や策士としての一面もあったのだ。

フラグは威風堂々、先頭に立って馬を進めている。

この一年余、フラグは遊猟と酒宴に明け暮れながら、一方で、西方の政治的・軍事的・宗教的な情勢を慎重に確認していたのだ。またカラコルムと西方とを結ぶ大道上に陣どって、往来する諸国の人々を観察していた。

「すくなくとも、ただの大酒飲みではないな。トゥルイ家の四人の息子は、みな非凡だというのは虚言ではないようだ」

郭侃が洩《も》らすと、公孫英《こうそんえい》が小声で返す。

「非凡な大酒飲みというわけですな」

郭侃は、かるく公孫英をにらんだ。

「くだらぬことを言うな」

「失礼いたしました。ですが、モンゴル帝室の方々の飲酒は度をこしております。チンギス汗以後、六十の寿《じゆ》をこえた方を、末将《それがし》は存じません」

「おれも知らんよ」

たしかにモンゴルの王侯たちは短命である。

「聖君」チンギス汗の享年は六十をこえていたが、それ以降、ジュチは三十代、チャガタイは五十代後半、オゴタイは五十五歳、トゥルイは四十一歳、バトゥは四十八歳、グユクは四十三歳……先に述べておけば、モンケは五十二歳、フラグは四十九歳である。その中でフビライは八十歳、これは異常な長寿であろう。

彼らの中で、酒毒の害を指摘されていないのはジュチぐらいのものであるが、三十代で死去している。チンギス汗は、一時、ジュチの単独行動を反逆行為と誤解し、討伐のため大軍を動かそうとしたが、直前にジュチの訃報がもたらされた。チンギス汗は後悔し、大いに歎《なげ》いたといわれる。

ペルシアを横断してイスマイル派暗殺教団の勢力圏へと、モンゴル軍は直進していく。それを阻止しようとする者はいなかった。みずから城門を開け、帰順を申し出るか、逆に城門を閉ざして東の涯《はて》から侵攻してきた悪鬼の大軍が通過するのをひたすら神に祈るか、いずれかである。

在地のイスラム教勢力とキリスト教勢力が、モンゴルを共通の敵として団結して抗戦しよう、と考えた者も、いるにはいた。だがアルメニアに駐在していたドイツ騎士団が強硬に反対した。

「イスラム教徒は信用できぬ。我らキリスト教徒とモンゴル軍が戦って、双方疲れきったところを攻撃されたら、どうするか。そのときになって悔いても、およばぬぞ」

真実はモンゴル軍に対する恐怖であったとしても、いちおう、この主張には説得力があった。イスラム教徒と共闘などできない。そもそも彼らと共闘したところで、「地獄からの使者」モンゴル軍に勝てると断言できる者はいなかった。

ドイツ騎士団は山上の城にたてこもり、モンゴル軍とイスマイル教団とが共倒れになることを期待しつつ、その後ろ姿を見送ることとなった。かくして、イスマイル派は、単独でモンゴルに抗戦することとなる。

イスマイル派の先代の長老《イマーム》アラー・ウッディーン・ムハンマド三世は、一二一二年に生まれた。記録には「想像と現実とを区別する能力が欠けていた」と書かれている。暗殺者教団の指導者としても、個人としても、きわめて危険な人物であった。

このような人物が巨大組織をみずから指導できるはずがないので、かならず代理人が登場する。ハサンという男が、ムハンマド三世と教徒たちの間に立って実権をにぎり、ムハンマド三世が何者かに暗殺されると、犯人としてハサンも処刑される。斧《おの》で首と胴を両断され、彼の三人の子は生きたまま火中に投じられた。この件はすでに述べた。

かくして現在の長老フルシャーが即位する。長老といっても、まだ青年であった。

キド・ブカは、たちまち三つの城塞を陥《おと》すと、重要なイスマイル派の拠点ギルドクーフ城に迫った。性急に攻撃をしかければ味方に犠牲を出す。そう判断すると、キド・ブカは城の周囲を陣営で取りかこんだ。ところがここで珍事が生じる。忽然《こつぜん》と出現した百騎ほどの軍隊が、包囲陣の一角を破って城内に入《はい》りこんでしまったのだ。一騎をとらえて尋問してみると、長老フルシャーが派遣した援軍だ、というのであった。

「たった百騎そこそこで援軍になると思っているのか」

あきれたキド・ブカが攻撃の命令を出そうとしていると、城門が開き、入城したばかりの「援軍」が狼狽《ろうばい》して走り出てきた。

「城内には疫病が蔓延《まんえん》している！　城に入ったら死ぬぞ！」

叫びたてる彼らをとらえた上で、キド・ブカは兵に城内のようすを確認させたが、城門から流れ出る死臭に顔をしかめる破目《はめ》になった。

「全軍、城を焼いて撤退！」

こうしてギルドクーフ城は戦わずして炎上し、キド・ブカは事の次第をウイグル文字の文書にしてフラグに報告した。使者は人間ではなかった。

バトゥの遠征のとき、ヨーロッパ連合軍は、モンゴル軍の情報伝達の速さにおどろき、「やつらは目に見えぬ精霊《ジン》を使者にしている」とささやきあった。

もちろん、そうではない。モンゴル軍の使者は、キリスト教徒たちの眼にも、はっきりと見えた。だが、それが敵の使者とは、うかつにも気づかなかったのである。

「やあ、鳩《はと》が飛んでいるな」

と思っただけであった。モンゴル軍は伝書鳩を情報伝達に使っていたのだ。彼らは、伝書鳩の使用を漢人との戦いから学んだのである。

キド・ブカの報告文を空から受けとったフラグは、事情を知ると、腹をかかえんばかりに笑った。

「郭侃《クウオカン》よ」

「はっ」

「そなたらの国だったら、学者どもはどう記録するかな。ギルドクーフ城は誰の手によって陥《お》ちた、と書く？」

Ⅱ

「郭侃《クウオカン》」

「は……」

「お前は妙な男だな」

「おそれいります」

「妙な男だが、いてもらわねば困る。始末が悪いわ」

フラグが「妙な男」と評したのは、彼の問いに対する郭侃の返答を聞いたからであった。郭侃はこう答えたのだ。

「『天意によって自滅した』と記すでございましょう」

フラグは、郭侃が、「フラグ殿下の御威光をもちまして」とでも答えるものだと思っていたのである。そうなったら、追従《ついしょう》するのを笑ってやろう、と思っていたのだが、みごとに外《はず》されてしまった。

郭侃のほうは、征服された者として、つねにモンゴル人上位者との距離を測っている。戦闘に苦労したことなどない。モンゴル人との距離のとりかたのほうに、よほど苦労してきたのだ。

「回回砲をしのぐ兵器はないものかな」

「投石機に火箭《かせん》、猛火匱油《もうかきゆ》……さまざまに工夫《くふう》をかさねてはおりますが、なかなか新しいものは思いつきません」

「猛火implementation

「猛火匱油」とは宋《そう》代に中華で発明された一種の火炎放射器である。

「簡単に思いつくなら苦労は要《い》らぬわ」

フラグは言ったが、それは郭侃のほうこそ言いたい台詞《せりふ》であった。

ブカ・ティムール将軍も、羽のついた使者をよこした。

「イスマイル暗殺教団の本拠地は『鷲の巣城《アラムート》』でございますが、長老《イマーム》フルシャーはそこにはおりませぬ。二年前に即位して以来、マイムーン・ディズの城内にきらびやかな宮殿を建て、酒と美女と歌舞音曲に溺れている由。アラムートとマイムーン・ディズと、どちらを先に攻撃いたしましょうか」

フラグは危険な笑いを洩らした。

「目の前に、マイムーン・ディズ城がある。フルシャーめがやはりこちらにおったとなれば、迷う必要もないわ」

フラグは最後の寛容と忍耐をしめして、ペルシア人の文官アター・マリク・ジュワイニーに降伏勧告文書を作製させ、使者を送って長老フルシャーにとどけさせた。使者は殺されずに帰って来て、フルシャーの返書をフラグにもたらした。内容はつぎのようなものであった。

「城内には強硬派がおり、降伏開城を拒否している。彼らを説得するために、五日間の猶予を求めるものである」

フラグは冷笑して、返書を引き裂いた。

「フルシャーめ、よほど五日間という日数が好みと見える。だが、あいにくだな、予はもっと短い日数が好みなのだ。諸将、ただちに攻城を開始せよ」

フラグが本気で「自分は短気だ」と信じていたとは思えないが、命令はただちに実行にうつされた。

郭侃隊の回回砲は、城壁に四つの穴をあけ、城塔のひとつを破砕した。宙に大小の石片が舞いくるい、轟然《ごうぜん》たる砲声は山地の峰々に谺《こだま》して、雷鳴のごとくであった。真物《ほんもの》の雷鳴と誤解して、頭をかかえこむモンゴル兵もいたほどである。

「我につづけ！」

名誉回復に執着するバイジュは、部下たちの先頭に立って山頂をめざす。頭上で振りまわすモンゴルの直刀が、冬の陽をあびて白閃々《はくせんせん》とかがやく。バイジュは好色だとしても、臆病ではないようだった。

郭侃のもとへ、バヤンが馬を駆け寄せてきた。

「郭侃《クウオカン》どの、山腹のあのあたりに、一発、撃ちこんでみたら、いかがであろう」

伸ばしたバヤンの指先を見て、郭侃は彼の意をさとった。

「山上への地下道をねらうのですな。よろしい、やってみましょう」

やたらと山腹に石弾を撃ちこんでも、外から見えない地下道に命中するはずはない。郭侃は山頂の城塞と山麓の地下道の出入口とを緻密《ちみつ》に測定して図面をつくり、地下道の位置をほぼ正確に考察して、回回砲《フイフイ》を据《す》えつけた。

「おみごとですな」

バヤンが賞賛した。

「郭侃《クウオカン》どのとは、長く共《とも》に並んで戦いたいものでござる」

バヤンは自覚せず、自分と郭侃の未来を予言したのだった。彼ら両名は、これより先、十五年以上にわたって肩を並べて戦うことになるのである。

回回砲は二度つづけて咆哮《ほうこう》し、山腹にふたつの大穴をあけ、マイムーン・ディズ城の上下をつなぐ地下道の二カ所を破壊した。山麓を守るイスマイル派の兵士たちは、頭上に降りそそぐ土石の下で、色を失う。すかさずバイジュが先頭に立って突撃し、地下道の出入口にむらがるイスマイル派の兵士を、無慈悲に斬殺しつくして、山麓を占領した。

ついに長老フルシャーは観念した。地下道の出入口を封じられてしまっては、戦う術《すべ》もない。山上に籠城したところで、いずれ餓死《がし》するだけである。ダイヤやラピスラズリをはめこんだ玉座の上で、フルシャーはへたりこんだ。

一二五六年十一月十九日。四百年にわたって西アジア一帯を恐怖におとしいれてきた暗殺者教の国は、ここにおいてモンゴル帝国に屈伏した。

「心配するな。殺しはせぬ」

意外にも、フラグは前言を撤回して、フルシャーを処刑しなかった。

「何ごとも、最初があれば最後がある。そなたの役割は、イスマイル派の最後を飾ることだ」

「……城内の財宝、すべてフラグ汗さまに献上いたします」

「ま、それは当然だな」

フラグは冷笑し、バイジュを呼んで、フルシャーを牢に入れるよう、ただし鄭重《ていちょう》にあつかうよう命じた。

「まだ、かたづいてはおらん」

長老フルシャーを捕囚としたとはいえ、イスマイル教団の元来の本拠地アラムート城は未《いま》だ無傷である。アラムート城を陥《おと》さないかぎり、暗殺者教団を完全に亡ぼしたとはいえない。

「バヤン、征《ゆ》け。郭侃《クウオカン》をつれていくがよい」

「御意」

「お待ちください」

声を出して前《すす》み出たのは、フラグの長男アバカであった。

「私も、両名とともに、アラムートを陥落させとうございます。ぜひ出撃のお許しを」

「……ふん、よかろう、三人で征《い》ってまいれ」

喜ぶ息子に、フラグは言葉を投げかけた。

「ただし、両名の邪魔をするでないぞ。よく心得よ」

「おおせになるまでもございません」

次代のイル汗となるべき青年武将は、殊勝に一礼した。

アバカと郭侃とバヤンがフラグの天幕を退出しようとしたとき、二十代後半かと見えるペルシア人が入れちがうようにはいってきた。ふたりづれの文官で、学者かイスラム聖職者のよそおいである。

「イル汗となられたフラグ殿下に、お祝いを申しあげまする」

「おお、そなたらか」

フラグは破顔《はがん》した。

「バヤン、郭侃《クウオカン》、ついでといっては何だが、紹介しておこう。この両名は兄弟でな、名は、ええと、ペルシア人の名は、めんどうくさくていかん。自己紹介しろ」

ペルシア人兄弟はそれに従った。

「私は兄で、シャムス・アッディーンと申します。何とぞよしなに」

「私は弟で、アラー・アッディーン・アタ・マリク・ジュワイニーと申します。兄ともども、何とぞ」

たしかに兄のほうはともかく、弟のほうはめんどうくさい名前であった。バヤンと郭侃も、鄭重に礼を返した。

「両名とも優秀な文官でな、モンケ兄の許可をもらって、今回の遠征につれていく。ペルシアを征服し終えたら、この両名に政治をまかせるつもりだ」

すぐれた人材を幾人も得たからであろう、フラグは上機嫌であった。

兄のシャムスは、後にイル汗国の宰相となり、バグダードの総督を兼任する。それだけでも充分に優秀だが、弟のジュワイニーはさらに上をいき、モンゴル史についての著書『世界征服者の歴史』の著者として、後世まで名を残すのである。

郭侃がアラムート城の攻略に出陣すると聞くと、弟のほうがあわてて彼の手をつかんだ。

「郭侃《クウオカン》どのと申されたな。ずうずうしいが、ひとつお願いがあります。アラムートには私の知人がおりまして」

「ほう、その御仁をお救いしたいのですな」

「そう、そうなのだ。この御仁は、ナシール・アッディーン・トゥーシーどのと申されてな」

残念ながら郭侃は、その名を知らなかった。

「大詩人で、天文学者で、数学者で、哲学者で、神学者で、医学者で……」

「わかりました。フラグ殿下のお許しさえいただけましたら」

「ありがたい、感謝しますぞ」

ジュワイニーがフラグに眼を向ける。フラグが興味なさげにうなずくと、ペルシア人文官は何度も叩頭《こうとう》した。

「イスマイル派の者は、ことごとく殺せ」

というフラグの厳命は、ほぼ忠実に遂行されていた。クーヒスタンという地方を攻撃したオタクジナ将軍は、老若男女を問わず約八万人を殺した旨、主君に報告してきた。事実はともかく、人数はすこし多すぎるようであった。

III

「なかなか以《もっ》て、これは面倒ですな」

バヤンはつぶやいた。チョルマグンやバイジュのように有能な将軍たちによっても陥《おと》されなかったアラムート城は、まさしく難攻不落であった。

城は山上に築かれているが、岩盤を掘りぬいて用水路がつくられ、水に困ることはない。いくつもの貯水池には、あふれるほど水がたたえられている。巨大な食糧庫は、これも岩盤をくりぬいてつくられ、冷涼な場所に三年分の食糧がたくわえられていた。

山は急峻で、「胸つくような傾斜」を持ち、各処に石を投げ落とす場所がある。周囲の地形も複雑をきわめ、馬が通れるような道はない。

これまでモンゴル軍は、険《けわ》しい山を登って攻撃するしかなかった。だが、平原の騎馬戦では無敵のモンゴル兵も、山地において徒歩で戦うのは苦手であった。結局のところ、大きな犠牲の出ぬうちに、攻城を断念し、腹いせに周辺の村々を放火掠奪《りゃくだつ》して引きあげるしかなかったのである。

しかし、今度こそモンゴル軍は、アラムート城を陥落させ、イスマイル派教団を殲滅《せんめつ》する覚悟であった。モンケ大可汗も、フラグ汗もである。

しばらく周囲の山々や谷を見わたしていたアバカは、郭侃をかえりみた。

「郭侃《クウオカン》、血に飢《う》えた鼠賊《そぞく》どもの巣に、石弾や火薬丸を、ありったけぶちこんでやってくれ」

「御意」

とは、郭侃は即答しなかった。

「おそれながら、この周囲には、砲車をすえるべき平らな土地がございません。あのあたりを兵士たちに命じて平らに均《なら》していただけますか」

「あそこでなければ、だめか」

「はい、あそこに砲をすえさせていただければ、四、五発で城を陥《おと》してごらんにいれます」

アバカは眼をかがやかせた。

「おもしろい、見せてもらおう」

モンゴル兵たちが岩石を掘りくずし、土を運んで土地を平らにすると、郭侃は二門の回回砲をすえつけ、図面と計測器を見較《みくら》べながら砲門の角度をさだめた。

「よし、撃て！」

雪をいただく山嶺に、雷鳴のごとく砲声が谺《こだま》する。城楼《じようろう》や城塔を離れた場所で、岩壁の一部が崩れ落ちるのが見えた。不審そうに郭侃を見やって、アバカが何か言いかけたとき、バヤンが「あ」と声をあげた。岩壁から水があふれ出し、滝となって低地へ降りそそぐ。郭侃はアラムートの急所である貯水池を砲撃破壊したのだ。食糧が三年分あろうとも、水がなければ、籠城は五日たりとも不可能である。

「みごとなり、郭侃《クウオカン》！」

「おそれいります」

「それ、突撃せよ！」

人工の雨の中、モンゴル兵たちが刀槍をかまえて突進していく。

「ええと、何といったかな……ナシールだ、ジュワイニー殿の知りあいであるナシール殿はおられるか？　おられたら御返事ありたし」

四百年不落の城塞を一刻で陥落させた郭侃は、兵士たちにつづいて城へ走りこんだ。ペルシア人文官ジュワイニーとの約束を守るためだ。城兵たちがつぎつぎと武器を棄《す》てる。と、いくつか並んだ死体の中に、郭侃は小さな、傷だらけの死体を見つけた。

「ああ、この子は……」

思わず郭侃は歎声をもらした。その死体は、以前、偽の人質としてフラグに謁見《えつけん》した男児だった。フラグは無傷で彼を帰してやったのに、このような場所で殺されているとは。

「すまなかったな」

それ以外に言葉もなく、郭侃は馬を下《お》りて小童《こども》のもとへ歩み寄った。小童の両眼は見開かれたままで、澄んだ瞳は虚《うつ》ろだった。郭侃はその両眼を閉ざしてやり、胸から矢を抜きとり、戦袍《マント》をぬいで、小さな遺体をつつんでやった。一言すらかわしたことのない関係であったが、そうせずにはいられなかったのだ。

郭侃が貯水池を破壊したのは、一瞬で城兵の士気を失わせるとともに、なるべく死者を出さないためであった。城の建物から離れた地点をねらったのであったが、この小童は水汲《く》みにでも出ていたのだろうか。

　何を善人ぶっている。

　郭侃は自嘲《じちょう》した。モンゴルの征服事業がつづくかぎり、戦禍は地をおおい、家々は焼かれ、人々は殺戮《さつりく》され、財貨は掠奪される。郭侃は漢人の身でありながら征服者の軍に属して、それらの行為に加担している。マンジャニーク、否、回回砲を見て感心し、喜んだではないか。

　ペルシア西北部の山岳地帯には、粉雪が舞いくるっていた。半ば白くなった甲冑《かっちゅう》をまとって、郭侃は小童の死体を抱えあげた。

「日の没する海を見たとき、おれは何を思うのだろう」

　脈絡《みゃくらく》もなく思いながら、郭侃が死体を城壁の蔭《かげ》に置いたとき、バヤンが歩み寄ってきた。

「郭侃《クウオカン》殿、風邪《かぜ》をひきますぞ。城兵はすべて降伏いたした。それと、お捜《さが》しの御仁はこの人であろう」

　バヤンの傍に立つ白髪白髯《はくはつはくぜん》の老ペルシア人が、おびえたように郭侃を見やった。

「貴公がナシール殿か」

「さ、さよう、ナシール・アッディーン・トゥーシーと申す」

　ついに「鷲の巣《アラムート》」は陥落した。西暦一二五六年十二月二十日のことである。長老フルシャーの降伏から、ほぼ一カ月の後であった。

「すでに長老は捕えた。あのような城、残しておいても山賊の巣になるだけだ。火を放って焼きつくすよう、アバカたちに伝えろ」

伝書鳩の報を受けて、フラグが命じると、召しかかえられてまもないペルシア人文官アラー・アッディーン・アタ・マリク・ジュワイニーが主君に願い出た。アラムート城内には、四百年にわたるペルシア一帯の貴重な学術資料が納《おさ》められているであろうから、それを調査して城外に持ち出す時間をいただきたい、というのである。

「好きにせい」

と、フラグは鷹揚《おうよう》であった。どうせ、財宝を掠奪する時間は必要なのである。

ふと、フラグは、傍にひかえる中年の将軍をかえりみた。

「しかし、バイジュよ、バトゥ殿が先年、天に召されて幸いであったな」

悲劇の死をとげたサカルトベロ女王ルスダンに関して、フラグはバイジュをからかった。

「もしバトゥ殿が、おぬしの身柄を引き渡せ、と言って来られたら、予は拒否するわけにはいかなかったぞ」

「まことにもって、面目なき仕儀にございます」

「なに、名誉回復の機会は、今後いくらでもくれてやる」

「ありがたき幸せ」

「死ぬつもりでやれよ」

目に見えぬ笞《むち》で打たれたように、バイジュは低頭した。太い頸《くび》を冷たい汗が流れ落ちた。

バトゥの訃報をフラグにもたらしたのは、バトゥの弟ベルケである。尊敬する従兄《いとこ》の急死はフラグを落胆させたが、気を取りなおすと、イスマイル派の長老フルシャーを助命する旨を、息子のアバカに告げた。

アバカが声を低くした。

「ほんとうに助命なさるのですか、父上」

フラグは、若い息子の顔を見やって、唇の片方だけを吊りあげた。

「お前はまだ青すぎるな、アバカ」

「は……？」

「よく聴《き》いたのか、全員を助ける、と、いつ予が言った？」

平然たる父親の横顔を、アバカは声をのんで見つめた。

「それでは、彼らは途中で……」

「もう予の手を離れたことだ。どうなろうと知ったことか。モンケ兄者が、お好きなように料理するだろうよ」

フラグは長老フルシャーを牢から出して、かつては彼のものであった玉座の前につれて来させた。肥《ふと》っているというより緩《ゆる》みきった体形の相手を軽蔑の眼でながめる。

「汝は、すこし長い旅でもしたほうがよさそうだな」

「旅……ど、どこへ？」

「汝の身に対して、予には最終的な権限はないのだ。東へ赴《おもむ》いて、大可汗陛下に拝謁するがよい」

フラグにそう言われた長老フルシャーは、しかたなく九人の随行者をともない、一隊のモンゴル兵に護衛されて、はるばるカラコルムへと旅立った。その一行を山上から見送りつつ、李宗建が白い息を吐き出す。

「やれやれ、これで一件かたづきましたな」

「我々にとってはな」

郭侃は応《こた》えたが、彼には長老の末路が見えていた。四百人もの刺客を放ってモンケ大可汗を暗殺しようとした長老が、赦《ゆる》されるはずがない。

イスマイル派最後の長老は、翌一二五七年、カラコルムに到着したものの、モンケ大可汗に会うのを拒絶され、西へ帰る途中、モンゴル兵におそわれて殺された。こうして、長年にわたり、西アジア一帯に恐怖と脅威を振りまいたイスマイル派は亡び去った。モンゴル人女性が彼の妻になっていたが、彼女のその後は不明である。

Ⅳ

一二五六年十一月十九日、イスマイル派の若き「長老《イマーム》」は、助命を条件として、ついに降伏している。そのときマイムーン・ディズ城の莫大な財宝は、すべてフラグ汗の手に落ちたのだが、本来の根拠地であるアラムートにも、財宝の山がつくられていた。

「ほう、これはこれは……」

郭侃は絶句した。歴代「長老」の富は、彼の想像をはるかに超えていた。黄金の延べ板、延べ棒、ダイヤモンド、ルビー、サファイア、真珠、ペルシアやビザンチンなど諸国の金貨……それらの間に、張康がすわりこんで、途方にくれた表情をしている。

「何をしていたのだ？」

「いえ、それが、銀の延べ板が列《なら》んでいたので、試《こころ》みに算《かぞ》えてみたのですが……」

「物好きなやつだな。それで、何枚あった？」

「千枚まで算えましたが、もうやめました。その五、六倍はありそうで……」

郭侃は笑いを堪《こら》えて、張康の背中をかるくたたいた。

「おれやおぬしのような貧乏人には、一生、縁のないものだ。まとめて全部、フラグ汗の御前に運べ。くれぐれも慎重に、徹底的にやるのだぞ」

「わかっております」

モンゴル兵は、掠奪した金品を、私物化《わたくし》することはない。かならず上官に差し出し、最終的に総帥のもとに集める。それを総帥が公平に分配する。この規則に背《そむ》いた者は、総帥の分配権を侵《おか》したとして斬罪に処せられる。「聖君」チンギス汗が定めたものだ。

文字どおり山と積まれた金銀財宝を眺めて、フラグは感心したというより、あきれた表情で首を横に振った。山岳地帯の城塞にたてこもり、巨億の財宝を死蔵して、イスマイル派の長老たちは、結局、何をやりたかったのか。フラグにも理解できなかったようである。

「まあ、二割ていどはモンケ兄に贈って……あとは何か使途《つかいみち》を考えるとしよう」

フラグは顎《あご》をなでた。

「それにしても、アラムートを一日どころか、一刻で陥《おと》しおったか」

メソポタミアからシリア、パレスチナ、ヨルダンの一帯には、大小算《かぞ》えきれない王侯が割拠し、その数だけ城がある。巨大壮麗なものばかりではなく、砦《とりで》ていどの粗末なものもあるが、いずれにせよ膨大な数だ。そのすべてをフラグは手に入れるつもりだった。

フラグは、郭侃を呼びつけた。

「郭侃《クウオカン》、城を陥せ」

何とも、おおざっぱな命令である。郭侃も簡単に受けとめた。

「御意。ですが、いずれの城を」

「眼に見える城をすべてだ。いちいち判別していたら、何年かかるか知れぬわ」

アルマリク近辺で一年以上も遊猟していた者の台詞とは思えない。

「そなたに一任する。好きにやれ」

「では、臣におまかせくださいさい」

「うむ、全部まかせた」

こうして、郭侃の攻城戦が開始された。二千の兵と攻城兵器を預けられ、一時フラグの本営を離れて行動することになる。

百二十八。半年たらずの間に郭侃が陥した城の数である。激しく抵抗した城もあれば、みずから門を開いて降伏する城もあった。一日に三城を陥したこともある。

「記録が追いつかんわ」

陥した城の名、その兵員、物資、位置、戦況などを冊子《ノート》に記録していた公孫英が、悲鳴まじりの声をあげた。李宗建が笑う。

「絵図も描いておくよう言われただろう？」

「これから描く。しかし、冊子も筆も墨も、いつまで保《も》つか。張、酒など嘗《な》めていないで、調達してこい」

「どこからだよ。西方《こっち》には筆も墨もないぞ」

「インクでもペンでもいい。さっさと集めてこい！」

張康はひとつ肩をすくめて立ちあがった。

「郭将軍と親しいペルシア人に頼んでみるか」

「それがよい。ジュワイニーとかいったな、貸しを返してもらうさ」

郭侃は気象だけでなく、地形にも奇妙な感性があった。なぜかわかるのである、ひそんでいる敵の気配が。とくに、谷間や窪地に近づくと、皮膚の上を大きな蟻《あり》が歩いているような感触をおぼえる。

あるとき、郭侃は山間に陣地をつくらせたが、完成すると、陣地はそのままに、全軍を出立させた。兵士たちは不満ながらも命令に従い、近くの林の中にひそんだ。ほどなく日が没しかけると、喊声《かんせい》がわきおこり、三千ほどの敵軍が陣地に突入してきた。だが、陣地内には一兵の影もない。狼狽して離脱しようとするところへ、四方から火矢の雨が降りそそぎ、刀槍をかまえた漢人部隊が、逃げる敵をかたはしから斬り殺した。

西暦一二五七年五月、郭侃は赫々《かっかく》たる武勲をあげてフラグに再合流し、イスマイル派の長老フルシャーの行末を知らされた。

「フラグ汗があの暗殺者の親玉を助命するとは、思いませんでしたなあ」

「求められて、花嫁までくれてやったそうだ」

呆気《あっけ》にとられた三人に、郭侃は手短かに事情を説明した。

「へえ、で、長老が娶《めと》ったのは、ペルシア女ですか、サカルトベロ女ですか」

「モンゴル女だそうだ」

「ペルシア女やサカルトベロ女には飽きたんですかな」

「うらやましそうだな、張」

「ふん、おれは女より酒だ」

「負け惜しみばかりうまくなったじゃないか」

三人の会話に、郭侃が苦笑すると、

「ですが、フラグ汗がイスマイル派の長老を助命して、もし逃げられたりしたらどうするのです。モンケ大可汗の勅命に背くことにはなりませんか」

李宗建が眉をひそめた。

「李よ」

「はい」

「よけいな心配はせんでよい。我々には関係ないことだ」

郭侃の言葉は、自分自身に向けたものでもあった。

この時点で長老フルシャーはすでに殺されていたのだが、郭侃らはそれを知らない。

もともとモンケ大可汗は、フラグに対して、イスマイル派教徒を剪滅《せんめつ》するように命じていたのであり、フラグとしては長老フルシャーとの約束より大可汗の命令のほうを重んじた、というだけのことにすぎない。

モンゴル軍の占領地いたるところで、イスマイル派教徒の大殺戮が継続された。老若男女を問わず、幼児も乳児も容赦されなかった。

長老フルシャーの親族は全員が殺され、彼の血統は完全に絶たれた。ホラーサーン地方だけで、殺された者は一万二千人に達し、山野は死体と血臭におおわれた。

フラグはまったく後悔しない。

「やつらの先祖どもが四百年もつづけた悪業の報いだ。怨《うら》むなら先祖を怨め」

西暦一二五七年の夏には、各地で分散して戦っていた諸将もすべてフラグに合流した。

フラグはペルシアのほぼ全土を支配した。これからいよいよメソポタミアに侵入し、バグダードを攻略することになる。

「新しい王国の都は、バグダードになさいますか、父上」

アバカが気の早いことを問う。

「他人の使い古しはごめんだ。砂漠の中に住もうとも思わん。緑がなくては、モンゴル人は生きていけぬ」

フラグが自分の王都にと考えているのは、北方のタブリーズであった。ペルシア西北方の高原に位置し、ウルミエという名の広い湖をひかえている。肥沃《ひよく》な農耕地帯の中心にあり、緑が豊かだ。

西暦一二五七年十一月になると、郭侃はフラグの命を受け、北へ進んで、セルジューク・トルコの領内に入った。これは戦争ではない。先方からの依頼で、王位争いの調停をするためである。ふたりの候補者のうちから、バイジュは年長者を選び、郭侃はそれに賛同した。

「やれやれ、うちの大将は、フラグ汗に使い潰されるぜ」

張康がささやくと、公孫英がささやき返す。

「有能すぎるのも考えものだな」

彼らの話を耳にしながら、郭侃は何も言わなかった。セルジューク・トルコの西にひろがるという大海のことを想っていた。

「それにしても、サカルトベロの女王とやらの御尊顔を、ひとめ拝みたかったものよな」

「まだ言ってやがる」

「だって、バトゥ大王が惚《ほ》れこんだほどの女だぜ。眼もくらむほどの美女だったろうよ」

モンケは大可汗位に即《つ》くと、無二の盟友であり、かつ恩人であるバトゥに「大王」の称号を贈ったのだった。そのバトゥ大王も、現在《いま》はない。郭侃も、一度バトゥ大王には会ってみたかったのだが。

「それにしても、はかないものだ」

そう思わざるを得なかった。

一夜、郭侃はバヤンとともにフラグの帳幕《オルド》に呼ばれた。慰労のための、三人だけの酒宴であったが、じつのところ、八割がたの酒はフラグひとりの胃に入ったであろう。

「ふん、宗教とは、よほど儲《もう》かるものらしいな」

フラグは掌《てのひら》にあふれるほどの金貨を、傍の革箱《かわばこ》からすくいあげて、皮肉に笑った。アラムート城内にたくわえられていた金銀財宝は、マイムーン・ディズ城塞のそれに劣るものではなかったのだ。歴代の長老が収奪しつづけた財宝も、いまはすべてフラグの手中にある。

「この分だと、バグダードの宮殿は、天井も壁も黄金でできているかもしれんて……」

「それほど貯《た》めこんで、何に費《つか》うつもりだったのでしょう」

生真面目《きまじめ》にバヤンが応じる。

「さてな。いずれにしろ予が有効に費《つか》ってやるわ。ところで、郭侃《クウオカン》」

「はい」

「予の味方であってよかったな。もし敵であったら、そなたのように危険な男、とても生かしてはおけんからな、ははは」

胡坐《あぐら》をかいたフラグは、何十杯めかの大杯をあおぐ。つぎの瞬間。

フラグは音をたてて後方に転倒した。

「殿下！」

おどろいた郭侃とバヤンが駆け寄って、主君の左右にひざまずく。見ると、フラグは白眼をむき、口角から泡を噴いている。とっさに郭侃は自分の服の袖《そで》を裂《さ》いた。バヤンがフラグの口をこじあける。ふたりして、フラグの口に布を押しこんだ。フラグが自分の舌を嚙《か》まないように、である。

「これは……癲癇《てんかん》の発作《ほっさ》？」

郭侃とバヤンが顔を見あわせたとき、帳幕の出入口が開いて、宿衛の兵士が顔を出した。

「物音がいたしましたが、何ごとですか」

「侍医を呼べ！」

バヤンにどなられた兵士は、あわてて顔を引っこめた。

第五章　バグダード総攻撃

I

ほどなく駆けつけたのは、六十歳前後のペルシア人医師であった。助手であろう、若い男に、唐草《からくさ》模様の箱を抱えさせている。彼らを郭侃《かくかん》がフラグの枕頭へとみちびき、バヤンは、医師をつれてきた兵士に厳しく告げた。

「この件、絶対に他言無用ぞ。他の者に知られたときは、汝《なんじ》も汝の家族も砂漠に生き埋めにされると知れ」

バヤンの眼光に射すくめられたモンゴル兵は、青年将軍の足もとにひざまずき、何度も叩頭《こうとう》した。

「誓いまして、蒼天《テングリ》と聖君《せいくん》陛下の御霊《みたま》に誓いまして、けっして他言いたしませぬ。何とぞお信じ下さいませ」

「よし」

バヤンは兵士の手もとに、ペルシア金貨を一枚、放りなげた。それをつかんだ兵士は、もういちど叩頭し、帳幕《オルド》の外へ走り去る。

郭侃は声に冷汗をにじませて問いかけた。

「フラグ汗《ハーン》におかれては、以前からこのような御症状が？」

「いえ、末将《それがし》も存じませんでした」

実年齢よりはるかに老成したバヤンも、顔を蒼白にしている。フラグは死者のように全身を硬直させ、帳幕の天井部をにらんだまま、医師に生命をゆだねていた。

癲癇《てんかん》そのものは死病ではなく、生命を失う心配はない。だが、戦場や、外国の使節を引見《いんけん》する場において発作をおこすようなことがあれば、フラグ個人にとどまらず、あらたに創《つく》られる「イル汗国」の命運にかかわる。

ペルシア人の老医師は、無表情のまま、薬草をすりつぶし、何かの薬液をまぜている。助手の若い男は、慄《ふる》えながらバヤンと郭侃のほうを窃視《せっし》していた。フラグが治療の甲斐《かい》もなく死んだら、自分たちも殺される、と思いこんでいるのだ。たしかにそうであった。

この当時、イスラム諸国の自然科学や医学は、ヨーロッパより、はるかに進んでいた。「アストロ」とか「アルコール」とか「ケミカル」とかいう言葉も、十字軍の騎士たちが故郷に持ち帰ったものだ。

「万一のときは、アバカ殿下を擁《よう》して西征をつづけるしかあるまい」

バヤンの台詞《せりふ》は、独語のように見えて、郭侃に聞かせるものであることが明白だった。バヤンの台詞にうなずきつつ、郭侃は内心で舌を巻いた。この時点で、そこまで考えるとは、バヤンの明哲《めいてつ》さと深慮は底が知れない。

「キド・ブカやバイジュどころではない。全モンゴルの柱となるべき男だな」

声に出さず、郭侃はそう評価した。

郭侃もバヤンも、イスラム医学に関する知識などない。ひたすら老医師の治療を見守るしかなかった。いっそ何者かが乱入してきてくれたほうが、対処すべきことができて、ありがたいくらいである。

ようやく変化がおとずれた。牀《ベッド》の上でフラグが身動きし、薄目を開く。低いうめき声が上下の歯の間から洩《も》れた。

「殿下！」

バヤンが呼びかけると、フラグの両眼がはっきり開き、帳幕の内部を見まわした。

「……報酬をやって医師を帰せ」

声は低いが口調は明晰《めいせき》で、郭侃は安堵《あんど》のあまり膝《ひざ》が折れそうになった。老医師はペルシア金貨の袋を受けとると、助手をともなって去った。バヤンと郭侃だけが帳幕内に残った。

「そなたらが、おってくれたのか」

バヤンと郭侃が首肯《しゅこう》すると、フラグは、彼に似あわぬ溜息をついた。

「この六年ばかり、発作がなかったので、つい油断した。だが、いくら気をつけても、発作が出るときは出る」

言いながら、フラグが牀《ベッド》から起きあがろうとしたので、バヤンが制止した。

「殿下、どうか御無理をなさらず、すこしお休みください。このたびは、このていどですみましたが、御身に万一のことがあれば……」

「心配いらぬ。この病気との交際《つきあい》は、そう短くもない」

フラグは慎重に上半身を起こした。

「そなたら両名が、どうやら予の生命の恩人らしいな。感謝するぞ」

「もったいなきお言葉」

「だが、この件が他人に知れれば、恩も讐《あだ》に変わるぞ。たとえ、そなたら両名でも赦《ゆる》されぬと思え」

「心得ております。医師にも、かたく緘口《くちどめ》をいたしました」

「うむ、あの老人は信用しておる。でなければ、生命は預けぬわ」

笑おうとする主君に、バヤンが問う。

「出過ぎたことを申しあげますが、この件、アバカさまには？」

「知らせる必要はない。予が急死したくらいで狼狽《ろうばい》するようでは、予の後継になどなれぬわ。これから、いよいよバグダードを攻めるというときに、よけいなことは知らせぬでよい」

イスラム教の開祖ムハンマド。英語ではマホメットと呼ばれるが、彼が建設し、東はインダス河から西はイベリア半島におよぶ大帝国は、おおざっぱに「イスラム帝国」と称される。ヨーロッパ人はこれを「サラセン帝国」と呼んだ。イスラム帝国というと、分裂し分立したイスラム教の諸国とまぎらわしくなるので、サラセン帝国と記すことにしよう。

衰えたりとはいえ、サラセン帝国は全イスラム圏の宗主たる地位を保ってはいるから、モンゴル軍につぎつぎと侵攻されるイスラム圏の王侯、領主、豪族、首長たちから、算《かぞ》えきれぬほどの救援要請がバグダードにもたらされた。サラセンの皇帝——教主《カリフ》がひとたび令を発すれば、諸国は結集して反モンゴル連合軍を築きあげたであろう。

「西戎《せいじゅう》は大国なり、地は方八千里、父子相伝うること四十二世、勝兵数十万」

と、『元史』はアッバース朝サラセン帝国の富強を記録している。

斜陽の時代とはいえ、敵国の強大さを、むろんフラグは承知している。あの名将チョルマグンが二度にわたって教主の軍に敗れたのは、武略の差ではなく、戦力の差だ。

フラグの軍は十五万。戦死者が出る一方、途中から参加した者もおり、カラコルムを出立したときと、ほとんど変わらない。これに対して、サラセン帝国のほうはどうか。教主が普通の感覚を持っているなら、諸国に令して、救援軍を派遣させるであろう。だが、東方のペルシアは、すでにフラグの手に落ちた。援軍を求めるなら、西の方角になる。

いちど枕に頭をつけたフラグであったが、ふたたび上半身を起こした。

「バヤンよ、バグダードの西の国々について存じておるな」

「シリアとエジプトは存じておりますが、それより西についてはあまりよく存じませぬ。バイジュ将軍なら知っておりましょう」

過去二回の大西征に従軍した将軍バイジュは、フラグにとって不可欠の助言役になるはずだった。地理の知識と戦闘経験が豊富で、ヨーロッパや十字軍についても情報を持っている。

過去の経緯から、フラグは心からバイジュを信頼してはいなかったが、実力は認めており、使えるだけは使ってやろう、と考えていた。役に立たなくなれば、引退させればよいし、叛《そむ》けば殺すまでだ。

「シリアの西は海だったな」

「地中海と申す海が拡がっておるそうでございます。エジプトの西はさらに陸地がつづいているとか」

バヤンの言葉に、郭侃の動悸《どうき》が高まった。シリアの西に拡がる地中海。それこそ、彼が長いこと夢に見てきた「日の没するさいはての海」なのであろうか。

「念を入れておこう」

フラグの口調は、ほとんど平常にもどっている。

「バグダードを孤立させよ。周辺の諸国、諸城は、ことごとく降伏させるのだ。イスラム教であろうと、キリスト教であろうと関係ない。背後を衝《つ》かれてはならぬぞ」

「かしこまりました」

「まあ一年あれば充分だろう」

フラグの視線が、郭侃に据《す》えられた。

「郭侃《クウオカン》、どの隊もそなたを欲《ほ》しがる。とくにアバカやバヤンはな」

「恐懼《きょうく》のきわみに存じます」

「だが、こうなると特定の誰かに、そなたを預けるわけにもいかぬ。不公平になるからな。そこでだ、郭侃よ、今回もそなたに独立行動を許す」

「はっ」

「漢人部隊が二千人おるな。ペルシア兵、クルド兵、トルコ兵、ウイグル兵、アルメニア兵を、それぞれ千人ずつ預ける。合計七千人だ。モンゴル兵はおらぬ。どうだ、それでよいか」

「……御高配おそれいります」

とんでもない混成部隊を押しつけられたものだ。いったいどの国の言語で指揮すればよいのか。郭侃は困惑を禁じえなかったが、やがて考えを革《あらた》めた。五千人のモンゴル兵を統率するより、はるかにましだ。モンゴル兵は漢人指揮官の命令など諾《き》かないであろう。ペルシア兵やウイグル兵などは、いずれも被征服民、つまり敗者であって、漢人である郭侃と似た境遇である。

それでは、「非モンゴル人部隊」の功績と実力を、モンゴル兵たちに見せてやろうか。とかく被征服民を見下しがちなモンゴル人たちに。

そう決意して、郭侃はフラグの顔を見やった。フラグは何くわぬ表情《かお》で郭侃を見返す。うまくはめられたな、と、郭侃は思ったが、決意は変わらなかった。

Ⅱ

李宗建《りそうけん》、公孫英《こうそんえい》、張康《ちょうこう》。三人の表情を見て、郭侃は笑ってみせた。

「おぬしらが言いたいことは、わかっているつもりだ。フラグ汗は、おれをおだてて、非モンゴル人の部隊に全力をつくさせるつもりさ」

「おわかりでしたら……」

言いかける公孫英の脇腹を、李宗建が肘《ひじ》でつついた。

「だが、否とは言えんし、手を抜くわけにもいかん。他に方途《みち》はないし、おれとしては、全力をつくして、フラグ汗を驚かせるほどの戦果をあげるつもりだ。モンゴル人どもの胆《きも》を思いきり拉《ひし》いでやろうではないか。どうだ」

三人の幹部は六本の視線をかわしあったが、たいして間も置かず、そろって礼をほどこした。

「承知いたしました」

李宗建につづいて張康が声をあげた。

「どのモンゴル人の将軍より、みごとな戦果をあげて、見せつけてやりましょうぜ」

「たのむぞ」

いささか忸怩《じくじ》たる思いが、郭侃にはある。彼ら非モンゴル人たちは、フラグの掌《てのひら》の上で踊らされている。結局はモンゴルのためにモンゴルの敵と戦い、被征服者を増やし、大モンゴル帝国の拡大に貢献することになるのだ。

だが、郭侃自身が語ったように、他に方途はない。大モンゴル帝国の実現が、結果として長い平和をもたらすなら、戦う意味もあろう。

「では、クルド人、ペルシア人、アルメニア人、トルコ人、ウイグル人の部隊長たちを集めてくれ。話をする」

「何語で話しますかね」

「ううん、とりあえずペルシア語が話せる連中を集めてもらおうか」

三人を行かせて、郭侃は間を置いて帳幕を出た。灰色の空からは白い真珠のようなものが断続して降って来る。空の下には西北ペルシアのなだらかな丘が無限につらなっていた。

この広大無辺な大陸を東西につらぬく長い長い道は、流血と白骨の行路でもある。モンゴル軍が、これを貫通させた。「聖君」チンギス汗がなしとげた。

およそ遊牧騎馬民族史上、最初の大帝国を築いたのは匈奴《きょうど》で、紀元前三世紀末のことだが、その王者は単于《ぜんう》と称した。「可汗」と称したのは柔然《じゅうぜん》族で、紀元五世紀のこと。以後、突厥《とっけつ》、契丹《きったん》と、その称号を踏襲した。

チンギス汗は前例を破った。突厥や契丹の勢力は、アム河《ダリヤ》やシル河《ダリヤ》の線で停止したが、チンギス汗はそれを超《こ》えた。少年のころ父を失い、部族を追われ、一家の長となって母や弟たちを養ったという。その小さな集団に、ボオルチュが加わり、ムハリ、ジェベ、スブタイなどが集まって、難戦苦闘をかさね、ついにモンゴル高原を統一した。不思議なものだ。中華でもサラセンでも、おそらくヨーロッパでも、大国が興隆するときには、かならず多くの人材が蝟集《いしゅう》する。「世界の涯《はて》までも征服する」というモンゴル人の欲望と執念は、郭侃の理解の外にあった。漢人なら中原を制したら都城に居《い》すわって、四方の外国から使節が訪れるのを待っているだろうに。チンギス汗の壮大な雄志は、宗教化して、彼の子孫たちを拘束している。郭侃には、そう思われた。もちろん、口には出さぬ。アバカやバヤンのように、郭侃に好意的な人物たちでも、彼の見解には同意しないであろう。無理に納得させる必要もないことである。

ペルシア兵、アルメニア兵らの代表らしい男たちが、十人ばかり、李宗建らにともなわれて、郭侃のもとを訪れた。最初は拙劣《へた》なペルシア語が飛びかったが、やがてペルシア兵の代表が通訳役をつとめて、郭侃の意図を伝えた。何といっても、郭侃には、回回砲を駆使してイスマイル派暗殺教団を壊滅させた実績がある。ついに、一同、手をたずさえあって奮戦する誓約が成立した。

西暦一二五六年から五七年にかけて、ほぼ一年の月日は、バグダード攻略の準備に費《つい》やされた。諸将軍は各方面に散って戦い、フラグはお気に入りの西北ペルシア高原に本営をさだめて、昼は狩猟、夜は酒宴という生活を送りつつ、諸将の報告を受けて情勢を確認し、謁見《えっけん》を求める諸侯や領主たちに対応し、彼らの差し出す兵を軍に編入し、大作戦の計画を練っていた。

郭侃は、アバカやバヤンと再会を約して、バグダードの北方へと出立した。ところが出立した直後に、変事がおこった。回回砲の砲車を牽引《けんいん》するラバの轡《くつわ》をとっていた漢人兵士が、疾走するモンゴル兵の乗馬にはね飛ばされたのである。

公孫英が馬から飛びおり、地に倒れこんだ漢人兵士を助けおこした。兵士は恐縮の表情をつくって、公孫英に何度も頭をさげる。顔からは血が流れ落ちていた。

「待て！　そのまま行く気か！」

怒声がおこって、モンゴル兵が振り向く。

「馬にも騎《の》らず、そんなところをのろのろ歩いているからだ。地を這《は》うしか能のないやつが」

「人間が自分の足で歩いて、何がおかしいか⁉　文字も読めない蛮族のくせに！」

張康の怒声は、モンゴル騎兵の顔をたたいた。モンゴル兵が両眼を細めた。

「漢人、いま何と言った？」

「知りたいなら、もういちど言ってやる」

郭侃が張康の肩をつかんだ。

「やめろ、張」

「やめないのは、あちらのほうです」

もがく張康をおさえつけて、郭侃が頰《ほお》を張りとばそうとしたとき、あらたに馬蹄《ばてい》のひびきが急接近してきた。

「何をしている、やめよ！」

バヤンであった。彼は若々しい顔をモンゴル騎兵に向けると、激しい口調のモンゴル語で叱咤《しった》した。モンゴル兵は不満そうな表情をしたが、バヤンがもう一喝すると、しぶしぶ一礼して走り去った。

「バヤンどの、おかげで助かりました。こら、張、お前も御礼を申しあげろ」

「いや、郭侃《クウオカン》どの、こちらこそ失礼いたした。漢人やペルシア人を見下すな、と、つねづね言っているのですが……」

バヤンは苦々《にがにが》しげに言って頭を横に振った。

「バヤンどの、貴公の公正さには、まったく感銘を受けました」

バヤンは、やや表情をあらためた。

「郭侃《クウオカン》どの、我らモンゴル人の数は、漢人やペルシア人の何十分の一に過ぎぬのです。それが漢人やペルシア人の土地を支配し、統治する。ひとたび失政や暴政をおこなえば、大帝国とは名ばかり、たちまち瓦解《がかい》いたしましょう」

「金《きん》王朝の例がありますな」

「……では失礼いたします。御武運を」

郭侃を見送ると、バヤンは馬を返して、主君フラグの帳幕を訪れた。バヤンの顔を見て、フラグは感じるものがあったようだが、何も言わず、坐《すわ》るように手で指示した。

「バグダードの教主《カリフ》の評判はどうだ」

フラグの問いに、バヤンが答える。

「いささかお耳汚しの風聞がございます」

「ふん？」

「先代の教主があまりに勇猛、剛毅であったので、彼が亡くなった後、重臣どもが謀議し、あえてもっとも惰弱《だじやく》な皇子を後継者に選んだとか」

フラグは両手の指を組んだ。

「主君と臣下と、どちらが腐っておるのかな。まあ、腐った実は地に落ちる運命《さだめ》。我らがすこし樹を揺すってやるとしようか」

イスラム圏各地から殺到した救援要請を、バグダードの教主はまったく無視して、一兵も出さなかった。そのことで、教主の覇気のなさは明白である。フラグは、みずからの油断を戒《いまし》めるだけでよかった。

Ⅲ

フラグがバグダードの教主《カリフ》ムスタースィムに対して使節団を送ったのは、西暦一二五七年九月のことである。

記録によれば、この教主は在位十五年、暴虐な人物ではなかったが、決断力にも責任感にも乏しく、日々を安楽のうちにすごしていた。政事、外交、儀式、すべて大臣たちに委《ゆだ》ねて、酒宴にふけり、後宮の美女、道化《どうけ》師、奇術師、楽士、賭博《とばく》師などに取りかこまれて、ひたすら王者の特権をむさぼっていたのだ。

彼に拝謁《はいえつ》するため旅をしてきたイスラム諸国の王侯たちさえ、彼に会うことを許されなかった。教主の宮殿の門には、一枚の黒絹の布がかけられており、王侯たちはそれに接吻《せっぷん》することで、教主に対する礼節とするしかなかった。

教主ムスタースィムは、他人に会うことを嫌ったらしい。たまに外出することがあっても、彼は黒い紗面《ヴェール》で顔を隠していた。したがって、バグダードの市民たちも、教主の顔を見た者はいなかった。

そういうありさまでも、まだ教主の権威は絶大なものであった。

どこかの王国で、王位の交替があったとする。あたらしい国王は、教主に王位継承の承認を求める。するとバグダードから使者がやって来る。新王が使者の前にひざまずくと、使者は教主の勅任状を読みあげ、イスラム教国の王として義務をはたすよう告げて、新王の肩に王者の袍《うわぎ》をかける。新王が教主に対する忠誠を誓うと、使者はバグダードからつれてきたラバを王の前に引き出させる。このラバには宝石を飾った毛布がかけられており、教主の代理ということになっていた。新王は上半身をかがめてラバの蹄《ひづめ》に接吻する。そこでバグダードからの使者が、新王が玉座に即《つ》くことを認める。こうして新王は王位の正統性を認められ、使者に教主への莫大な貢物《みつぎもの》を託して鄭重《ていちょう》に送り出すのである。

真実《ほんとう》はもっと面倒でややこしいのだが、これだけ記述すれば充分であろう。アブー・アル・アッバースがアッバース王朝を開き、第二代教主マンスールがバグダードを帝都とさだめて以来、およそ五百年、すっかり衰えたと言われながらもこうであったから、最盛期の繁栄は想像を絶する。

九月までの間に、モンゴル軍はバグダード周辺の完全な平定に従事した。郭侃も、漢・ペルシア・ウイグル・トルクメン・セルジュク・アルメニアの六民族混合部隊七千名を統率して、ケルマンシャーとルリスターンを中心とする広大な山岳と高原の一帯を転戦した。

「他の部隊はいざ知らず……」

郭侃は部下たちに厳しく通達した。

「わが部隊においては、無用の殺戮と掠奪《りやくだつ》を、かたく禁ずる。違背《いはい》する者あらば、ただちに斬刑に処するから心せよ」

一方で、抵抗する城には容赦なく回回砲《フイフイ》の一撃を加えた。各民族の部隊は競いあって善戦し、のべ三千里を踏破した。

「平安の都」を攻撃する前に、フラグはいちおう手順を踏んだ。降伏勧告文を送ったのである。もちろんフラグが自分の手で書いたものではなく、文章はペルシア語であったろう。

西暦一二五七年九月二十一日、フラグの使節団がバグダードに入城する。フラグの書面は長文であったが、要するに、

「汝の帝国がいかに栄光を誇ろうとも、我らチンギス汗の軍隊の前では、太陽の前の月にひとしい。賢慮《けんりよ》して全面降伏すれば、充分な敬意を以《もつ》て遇されるであろう。しかし、身のほどをわきまえず抵抗すれば、蒼天《テングリ》の怒りの雷《いかずち》が、汝をバグダードもろとも焼きつくす。よく考えて保全の方途《みち》を選べ」

という内容であった。

教主《カリフ》ムスタースィムは、よく考えたのかどうか、とにかく返書をフラグに送った。フラグの文

書より長かったが、内容は詩句まじりの空疎なもので、「バグダードを攻撃する者には神《アラー》の罰が下るぞ」というだけの内容でしかない。フラグは一笑して返書を焼きすて、全軍に進撃を命じた。

バイジュと郭侃は東北から、キド・ブカは西南から、フラグとアバカ、バヤンは東から、主としてクルド人の住む山岳地帯を越えて、ペルシアとメソポタミアの境界地帯を過ぎる。チグリス河に到ると、郭侃は他の部隊のためにも、頑丈な大橋を建造し、ユーフラテス河にまで至る大平原を南下した。

つぎに郭侃はフラグの本隊に合流して西進し、東南から進軍してきたキド・ブカと合流した。

「キド・ブカよ、そなたが先鋒をつとめよ」

「御意!」

キド・ブカは、宗教にたいしてあまり興味をもたない他のモンゴル人と異《こと》なり、キリスト教ネストリウス派の熱心な信徒であった。モンゴル風の甲冑の胸に、頸《くび》から十字架を垂らしている。キド・ブカをフラグが先鋒に任じたのは、彼が勇猛であることはもちろん、キリスト教徒がイスラムの帝都を攻撃するありさまを、バグダード周辺のキリスト教徒住民に見せつけるためでもあった。キリスト教徒たちは、モンゴル軍のバグダード攻撃を妨害するどころか、歓迎するであろう。いわば宗教を戦争のために利用したわけだが、フラグはキリスト教の神の罰など、いっこうに畏《おそ》れなかった。彼が畏れるのは、祖父たる「聖君チンギス汗」の霊だけであった。

西暦一二五七年の十一月から十二月にかけて、モンゴル軍のバグダード全面攻撃の態勢は完全にととのった。イスマイル暗殺教団の潰滅後、ちょうど一年のことである。フラグの戦略は成功した。

フラグは本営にアバカ、バヤン、バイジュ、キド・ブカ、郭侃らの諸将を集めて労をねぎらってから問いかけた。

「いまバグダード城内の人口はいかほどか」

バイジュが答える。

「八十万と聞きおよびます」

「八十万だと？」

「千一夜物語《アラビアン・ナイト》」で有名な教主《カリフ》ハールーン・アル・ラシードの最盛期ならいざ知らず、現代のバグダードにそれだけの人口があるのだろうか。フラグは眉をしかめて考えこんだ。バヤンと郭侃が顔を見あわせてうなずきあい、バヤンが口を開く。

「ありえるでしょう。四方から戦火を逃《のが》れて円形の城壁の内部へと駆けこむ民が、大勢おります。臣らは、無人となった町や村を、いくつも見ました」

「包囲されれば出口のない袋の奥へと逃げこむか」

今度は郭侃が述べる。

「その反対に、バグダードから逃げ出す民もいるかと存じます」

「まあいい。八十万いれば八十万、百万なら百万、城内にひそむ者、皆殺しだ。数にこだわる必要はない。ことごとく殺せ」

恐ろしい命令を、かるく言ってのける。

「キリスト教徒がいたら、いかがいたしますか」

郭侃の言葉に、フラグは、またすこし考えた。

「そうだな、キリスト教徒はなるべく生かしておくか。バグダードの最後を伝え残す証人が要《い》る。おお、そうだ、忘れるところであった」

フラグは手を拍《う》って、キド・ブカに語りかけた。

「キド・ブカよ、バグダード城内に突入する際にも、そなたに先鋒を命じる」

「あっ、ありがたき幸せに存じまする」

「そなたはネストリウス派のキリスト教徒であったしな」

「御意」

「バグダードの教主《カリフ》は、そなたらの神の敵だ。遠慮はいらぬぞ」

「礼は守りますが、遠慮はいたしません」

「ふむ、よい返事だ」

フラグの軍には何百人もの占星術師やチベット仏教僧が従軍している。フラグは彼らを呼び寄せ、バグダード総攻撃の吉凶をうらなわせた。意見はさまざまで、

「軍中にペストが流行する兆《きざ》しがございますれば、攻撃は中止なさったほうがよろしいかと存じます」

「フラグさまが教主の座を奪いとる旨《むね》、蒼天《テングリ》はお許しくださいます。ぜひ攻撃を」

「星辰《ほしぼし》を観測いたしますに、バグダードを攻撃すれば大地震がおこるとのこと。お考え直しを」

フラグは不敵に笑った。

「どの予言が的中するか見とどけるために、バグダードを攻略してくれようぞ」

一二五七年十一月、フラグはあらためて全軍を三隊に分け、三方向からバグダードへ進撃を開始した。バイジュとバヤンは北から、キド・ブカは東南から、フラグ本人と郭侃は東から、「千一夜《アラビアン・ナイト》の都」「平安の都」をめざして矢のように突進する。正確に何日のことかは不明だが、東からバグダードの円城を見はるかす丘の上に馬を立てたフラグは、諸将を見まわして、遠く へ答《むち》を指《さ》した。

「見よ、あれがバグダードだ。『平安の都《マディーナト・アッサルーム》』だ」

陽炎《かげろう》が揺れている、と見えた。熱砂の海に浮かぶ幻影の巨城とも見える。西暦七六二年、アッバース朝サラセン帝国の第二代教主《カリフ》マンスールが首都として建設した都市は円形をした三重の城壁に囲まれ、東西南北の四城門を持ち、そこから中央へ四本の大街路が伸びて、中央宮殿に至る。教主ハールーン・アル・ラシードの治世には、人口は百万を優に越え、世界最大、最も繁栄した巨大都市であった。唐の長安は、有名な安禄山《あんろくさん》の大乱を経て衰退へ向かい、パリの人口は五万、ロンドンは三万という時代である。

だが、それも、過ぎ去った栄華の影となっていた。

Ⅳ

年が明けて一二五八年一月、モンゴル軍の三人の将軍——バイジュ、ブカ・ティムール、スウンジャクは、チグリス河とイーサー運河とのまじわる地点で渡河作戦を敢行した。むろん郭侃が舟橋をかけたのである。

近郊の住民たちは恐怖に駆られて、バグダードの城内に避難した。押しあいへしあい、怒号や悲鳴のなかで、河へ転落する者があいついだ。

「地獄から来た悪鬼を追い返してくれるぞ！」

バグダード城内にも主戦派は存在していた。一万二千名のサラセン兵が、避難民を蹴散らすようにアジャミー門から突出した。

サラセン軍の武将、老練なファト・ウッディーンと若いアイベク、それにカラ・ソンコルは、モンゴル軍を発見して、恐れることなく攻撃を加える。

「インシャラー！」

喊声《かんせい》とともに、三日月刀を閃《ひらめ》かせて突進して来るイスラム軍を見ると、モンゴル軍はろくに戦おうとせず、馬首をめぐらして後退した。

「神《アラー》の敵め、口ほどもない」

アイベクが馬腹を蹴って追撃しようとすると、ファト・ウッディーンが制した。

「あれは逃げているのではない。我々をおびき出そうと企《くわだ》てておるのだ。敵が再来する前に、バグダードにもどったほうがよい」

アイベクは、老将の忠告を諾《き》こうとしなかった。

「何を言う。現在《いま》こそ好機ぞ。まず、逃げるやつらを追撃してこれを破り、そこから反転して、やつらの援軍を撃つ。迅速に行動すれば、モンゴル軍を各個撃破できるのだ。教主《カリフ》に対する忠誠心をすりへらした老人は、だまって見ておればよいわ」

アイベクが兵をひきいて突進していくので、ファト・ウッディーンとカラ・ソンコルもしかたなく追随した。

モンゴル軍はチグリス河から西へ走りつづけ、バシュリーヤの村を通過してドジャイールの大きな街まで至った。この街はチグリス河の水運の要地であったが、ここまで来ると、モンゴル軍はいきなり反転してサラセン軍を迎撃した。

両軍は激突した。血が空をおおい、首や腕が宙を舞う。いずれが優勢とも知れず、死闘は夜の帳《とばり》が下《お》りてくるまでつづいたが、モンゴル軍はじわじわと押され、低地から丘の上へと追いあげられていく。

「あとひと息だ。神《アラー》の敵を地獄へ追い帰せ！」

アイベクが叫び終えないうちに、天地が鳴動し、おそるべき咆哮がとどろいた。愕然《がくぜん》とするサラセン軍が見たものは、高くそびえたち、しかも肉薄してくる褐色《かつしょく》の巨大な壁であった。飛沫《ひまつ》がはねる。水の壁だ。モンゴル軍は上流の堤防を決壊させたのである。

サラセン軍は濁流と泥濘《でいねい》のなかで全滅した。戦死者が六千人、溺死者が六千人といわれる。ファト・ウッディーンとカラ・ソンコルは、泥水のなかで矢をあびて落命《らくめい》した。かろうじて、アイベクだけが血路を開き、百人ていどの兵士をつれてバグダード城内へ逃げこんだだけである。

チグリス河の堤防を決壊させ、イスラム軍を泥と水のなかに沈めたのは、もちろん郭侃であった。この一連の戦いは、「アンバールの戦い」と呼ばれたが、サラセン軍が一万二千の精鋭を失ったのに対し、モンゴル軍の損失は五百余人にとどまった。

一二五八年一月十七日のことである。

帰城したアイベクは、教主《カリフ》の前に泥水をかぶったままの姿で叩頭し、惨敗の罪を謝した。逆上した教主は彼を死罪にしようとしたが、重臣たちに制止された。

「アイベク将軍を処刑なされば、バグダードの防御を指揮する者がいなくなります。ここは、功を以て罪を償わせるべきかと存じます」

アイベクは助命され、バグダードの城壁を強化するよう命じられたが、一方、チグリス河を支配したモンゴル軍は、灼《や》けた鉄環《てつかん》のごとく、バグダードを締めあげにかかっていた。馬上でフラグが呼ばわる。

「郭侃《クウオカン》！」

「御前に」

フラグは笞《むち》をあげてチグリス河の流れを指《さ》しながら命じた。

「チグリス河の両岸に土塁《どるい》を築いてバグダード全城を包囲し、城の側には濠《ほり》を掘れ」

「御意」

「三日間でやるのだ、よいな」

「いえ」

郭侃は首を横に振った。

「一日あれば充分でございます」

「ほう、そなたらしくない大言を吐くの」

「ただ、この作業は漢人だけでは人手が不足いたします。モンゴル兵にも参加してもらいます」

「よかろう、好きなだけモンゴル兵を使え。そなたの指示にしたがわぬ者は、予《よ》が直々に誅殺《ちゅうさつ》してやる」

「ありがたく存じあげまする」

土木工事にモンゴル兵をこき使ってやれる、というのは、郭侃にとっては愉快なことであった。

「この工事は二十四時間で完成した」

と、A・C・M・ドーソンは簡潔すぎるほど簡潔に述べている。具体的な描写はいっさいないが、バグダード攻略作戦の土木技術面における責任者は郭侃なのであり、以前から計画を練っていたのは当然であった。

郭侃は、李宗建、公孫英、張康の三人を通じて命令を下し、三万人のモンゴル兵を大工事に従事させた。漢人たちの命令を受ける立場になったモンゴル兵たちは不平満々であったが、アバカとバヤンが抜剣《ばつけん》して監視したので、反抗のしようもない。郭侃はまず地上に白線を引いて濠を掘らせた。それによって大量に土が出る。その上を騎馬隊に踏み固めさせた。工事は驚くべき速さで進み、濠にチグリス河の水を引きこんで完成した。

「まことに一日で完成させおったな。しかも濠と防塁とを同時にしあげるとは、やるものよ」

喜んだフラグは、さっそくバグダード包囲部隊の配置を決定した。イルゲイ将軍はカルワーザー門の前面に布陣し、クリ、ブルガイ、トタル、シレムン、ウルクトの五将軍はスーク・スルタン門の正面に軍旗をひるがえす。ブカ・ティムールは北門の正面に位置し、バイジュはスウンジャクとともに東門に向かって隊列を組んだ。フラグ自身はバヤンと郭侃を左右にしたがえて、アジャミー門に対する。

百六十三の城塔を持つバグダードは、いまや陥落の刻を待つばかりとなった。モンゴル軍は、すぐには攻城を開始しなかった。フラグは、まさに魔王のように、掌中《しょうちゅう》の獲物が死に瀕して戦《おのの》く姿を娯《たの》しむがごとく、あえて数日間を待機した。

一月三十日、ついにフラグは命を下した。

「全軍、バグダード城内へ突入せよ！」

キド・ブカが胸の十字架を揺らしながら馬を駆る。さらにフラグは郭侃に命じ、バグダード城内に高々とそびえる「ペルシア塔」を破壊するように命じた。郭侃は東方の丘陵上に回回砲を据え、照準をさだめて命じた。

「撃て！」

雷鳴さながらの音がとどろくと、火の尾を曳《ひ》いて一里離れたペルシア塔を直撃した。大小無数の石片が市街に降りそそぐ。

「さて、二発めが必要かな」

フラグがつぶやいて、城内のようすを遠望していると、アジャミー門を猛攻していたキド・ブカが部下を派遣してきた。

「何ごとだ」

「教主《カリフ》が講和の使者を派遣してまいりました。いかがなさいますか」

「………」

「追い帰しますか、生首にして返しますか」

「まあ、会うだけは会ってみよう」

やがてキド・ブカが、自身で教主からの使者をつれて来て、フラグの前にひざまずかせた。盛装をした銀髪の老人である。

「大汗に神の御加護がございますように」

「お前はイスラム教徒には見えんな。何者だ」

おびえたように、老人は頭をたれ、右手に持った十字架を差し出した。

「臣は、マキコと申しまして、ネストリウス派キリスト教の法王《カトリコス》でございます」

「キリスト教の、それも法王《カトリコス》たる者が、なぜこんなところにおる?」

「おそれながら、大汗の軍勢が押し寄せると知り、避難すべき場所に困っておりましたところ、バグダードの教主《カリフ》が受けいれてくれました」

「美談よな」

フラグは嘲笑《あざわら》った。

「だが、お前には何の権限もあるまい。帰って教主に伝えよ。本気で講和を願うなら、宰相《ワジール》と元帥《ダワートダール》を使者によこせ、と」

法王《カトリコス》マキコは殺されず、バグダードに帰っていった。フラグはつぎの使者を待ったが、翌日になっても教主からの反応がなかったので、攻撃の再開を命じた。

むろん郭侃にも命令が下ったが、困ったことがおきた。

「将軍、このあたりには、石弾になるような石がございません」

「しかたないな」

郭侃はフラグに時間の猶予を願い、北方のハムリーン、ジャルーラーというふたつの山から石を運ばせることにした。さらに周辺の椰子《やし》の実を大量に集めさせた。椰子の実は、中身をくりぬき、油に浸した布をつめこんで火炎弾に使うのである。

キド・ブカ、バイジュ、バヤン、ブカ・ティムール、イルゲイ、クリ、ブルガイ、トタル、シレムン、ウルクト、スウンジャクなどの諸将は、先を争うようにバグダードの城壁にせまった。攻城塔車や破城槌《はじようつい》が先に立つ。

郭侃は回回砲を用いて、アジャミー門の厚い扉に大穴をあけることに成功した。キド・ブカの兵が突入を図《はか》ったが、城内からは矢の雨が水平に飛んで来る。

攻防戦は六日間におよんだ。血煙と砂塵《さじん》の渦巻くなかで、バグダード軍は必死の抵抗をやめない。

「案外やりおる」

敵の善戦を認めたフラグは、一時的に戦闘を停止し、六本の矢文をバグダード城内に射こませた。内容はおなじである。

「開城されたし。すべての非戦闘員の生命を保証する」

矢文が射こまれるのを見ながら、バヤンが低い声で主君に問いかけた。

「ほんとうに助命なさるのですか」

フラグは、青年武将を横目で見やった。

「若いな」

それだけしか言わず、フラグは城の正面を見つめる。バヤンは郭侃を見やったが、郭侃も応じようがなく、黙然と首を振ることしかできなかった。

二月一日、ついにアジャミーの門楼《もんろう》は完全に破壊され、モンゴル軍は突入して、激闘の末、城内の一画を占拠した。サラセンの城兵たちに、フラグの布告が示された。

「バグダードを出て、エジプトかシリアへ去るなら後は追わぬ」

戦いに疲れはて、絶望していた兵士たちは、その言を信じ、城門を開いて逃げ出した。彼らを待っていたのは、シリアやエジプトへ通じる道ではなく、モンゴル軍の刀槍《とうそう》や弓矢であった。

二月五日までの間に、城を出ようとした兵士や民衆はことごとく殺され、死体は山を成して城門をふさぐほどであった。

バヤンと郭侃が無言で主君を見やる。フラグは平然とその視線をはね返した。

「やつらがシリアやエジプトへ逃げ去るという保証はないぞ」

それは覇王というより魔王の笑いであった。

第六章　サラセン帝国滅亡

I

二月五日の戦闘は苛烈《かれつ》をきわめた。

チグリス河の東岸部で両軍が激突する。敵と味方が入り乱れて白兵戦となったため、郭侃《かくかん》は砲弾も火箭《かせん》も撃《う》ちこむことができず、機を見て兵を投入せざるを得なかった。

刀剣が閃《ひらめ》き、モンゴル兵の首が冑《かぶと》をかぶったまま宙を飛ぶ。胸から背まで槍につらぬかれたサラセン兵が、チグリスの河面へ転がり落ちていく。甲《よろい》に突き立てた刃が折れ飛び、刀の持ち主自身の顔に突き刺さる。モンゴル兵とサラセン兵が取っくみあい、たがいの頸《くび》を絞《し》めあう。刀を持ったまま右手を斬《き》り落とされた兵が、身体ごと敵兵にぶつかっていき、その咽喉《のど》に噛《か》みつく。肉食獣も辟易《へきえき》するような光景のはるか上を、冬の太陽が東から西へ移動していく。

「こんな戦いで死ぬことはありませんぜ」

返り血をあびた赤い顔で、張康《ちょうこう》がどなった。普通なら声をひそめるところだが、怒号、悲鳴、刃鳴りのたちこめるなかである。しかも漢語だ。モンゴル兵に聞かれようと、サラセン兵の耳にとどこうと、張康にしてみれば知ったことではない。

「攻城具を守る、と称して、後方に退いても、誰も責めやしませんぜ。自分たちが功績を独占できると思って、かえって喜びますさあ」

郭侃はどなり返した。

「すこし黙っていろ。おれも考えている」

バグダードは、かならず陥《お》ちる。いつ、どのような形で陥ちるか、それが問題だ。このまま孤城として亡《ほろ》びるのか、それとも、思わぬ援軍が出現して、よみがえるのか。

二月五日の戦いは、バグダードのすべての城門を血に染めて終わった。結局、モンゴル軍は城内に侵入できず、「腐ってもバグダード」を思い知らされて、汗と土塵《どじん》にまみれながら陣営にもどった。郭侃は香を焚《た》いて、自分の陣営から血臭を追い払った、と伝えられる。

翌二月六日、アジャミー門はモンゴル軍の猛攻によって、破られる寸前まで行った。門を守っていたのは、「アンバールの戦い」でただひとり生き残ったアイベク将軍であったが、三カ所の刀傷を負ってとらえられた。フラグの本営には、つぎつぎと報告が入る。

「投降する者が出てまいりました。いかに処置するか、御命令を」

フラグの返答は短かい。

捕虜《ほりょ》となったアイベクと対面していたフラグは、表情をつくらずに命じた。

「殺せ」

「最初から投降すれば、害は加えぬものを。いまさら遅いわ」

フラグはそう吐きすて、スライマン・シャーという名の投降者には眼を向けようともしなかった。引き立てられるスライマン・シャーに、冷厳な声を投げつける。

「城の外で死ぬか、内《なか》で死ぬか、それだけは選ばせてやる」

その言葉を理解できたかどうか、スライマン・シャーは縛られたまま両軍攻防の場まで連行され、乱刃乱槍《らんじんらんそう》のただなかに放りこまれた。土塵に赤い色彩がまじり、すぐに消えた。

アイベク将軍が処刑されたのは、二月八日のことである。バグダードの城壁を望む丘の上で首を刎《は》ねられたが、モンゴル軍の捕虜となった身では、幸福な最期《さいご》であったろう。

処刑された者たちの首級は、羊皮の大きな袋にまとめて入れられ、投石機でバグダード城内に投げこまれた。バグダードの市民たちは慄《ふる》えあがった。まったく、モンゴル軍に対する恐怖には、慣れるということがない。

無力な市民は、ひたすら神《アラー》に加護を祈るしかなかったが、有力者たちはあがいた。彼らは家族や財産を小舟に載せ、夜蔭《やいん》に乗じてチグリス河を下り、包囲陣をすり抜けて逃亡しようと試《こころ》みた。だが、ことごとくモンゴル軍に発見され、河岸から矢、火矢、石弾をあびせられた。ある小舟は帆《ほ》を炎につつまれて沈没し、ある小舟は石弾に直撃されて転覆《てんぷく》し、ある小舟は逃亡を断念してバグダード城内へ逃げもどった。転覆した小舟から岸に這《は》いあがった者もいたが、すべて殺された。

二月九日、防衛戦の指揮もとらず後宮に隠れていた教主《カリフ》ムスタースィムは、午前中に重臣ダームガーニーとイブン・ダルヌースに金銀をつめた匣《はこ》を持たせ、停戦交渉の使節として送り出した。彼らはモンゴル兵にともなわれて、フラグの本営にたどり着いたが、対面も許されずに追い返された。

そこで教主ムスタースィムは、あらたな決断をした。後宮の妃たちの裡《なか》から、きわだって美しい者七人を選び、金銀をつめた大箱を宦官《かんがん》たちにかつがせ、夜になって教主専用の飾りたてた舟に乗りこんだ。黒人奴隷《ザンジ》たちに舟を漕《こ》がせ、水門からチグリス河へと漕《こ》ぎ出す。兵士を乗せた三隻の舟がそれに従った。

「成功した前例はなかったのに、教主は、自分だけは成功すると思ったのだろう」

と、イスラム史家の筆は厳しい。

たしかに途中までは、うまくいったが、突然、舟が前進を停止した。

兵士が悲鳴じみた声を発した。

「河に舟橋がかけてあります。突破することができません」

その声も終わらぬうちに、舟橋の上に伏せていたモンゴル兵が、一斉《いっせい》に起ちあがり、教主の船団めがけて攻撃を開始した。兵士たちの胸を矢がつらぬき、火矢が船体に突き立って炎をあげる。石弾も飛来して、気の毒な黒人奴隷《ザンジ》のひとりが頭を砕《くだ》かれた。

「いかん、もどれ、もどるのじゃ」

　教主《カリフ》が命じたときには、すでに三隻の舟が炎上沈没している。河面に投げ出された兵士の姿が波間に呑《の》まれていく。教主は七人の美姫《びき》を自分の周囲に坐《すわ》らせ、その輪の中で頭を抱えてうずくまっていた。

　舟はチグリス河の暗い水面上を右往左往し、火矢の影が波に反射して、妖《あや》しい夜景美を醸《かも》し出したが、それを観賞する者はおらず、悲鳴と怒号が飛びかう。帳幕《オルド》の内ですでに三本の葡萄酒《ぶどうしゅ》を空《あ》けていたフラグは、騒ぎに気づいて外へ出たが、河岸に立つと、たちまち事態をさとった。

「教主か？」

「どうやら、そのようで」

「臣民《しんみん》たちを置き去りにして、自分だけ逃げようとするか。統治者としての資格なし。かまわぬ、撃ち沈めよ」

　ひとたびは、そう命じたフラグであったが、すぐに命令を撤回し、別命を発した。

「いや、バグダード城内にもどらせよ。いまは殺すな」

　フラグとしては、その時点で教主ムスタースィムを溺死《できし》させるより、とらえて公開処刑することを望んだのである。

　郭侃もまた、李、公孫、張の三人をつれて河岸に出てみたが、李宗建が、河上の舟を指《さ》して、おどろきの声を発した。

「あの舟に乗っているのは教主ではありませんか」

「え、まさか」

住民を置き去りにして教主《カリフ》だけが逃げ出すとは、郭侃には信じられなかった。「自分の首を差し出すから住民は助命してくれ」というのが、統治者の統治者たる所以《ゆえん》ではないか。

「何が神《アラー》の代理人か。醜悪《しゅうあく》にもほどがある。おれの弓を持って来い。他の者も射よ」

激怒した郭侃は、彼にしては珍しく、容赦《ようしゃ》ない攻撃を命じた。李宗建、公孫英、張康は飛びあがって、命じられたとおりにした。郭侃が強弓に矢をつがえる。

「攻撃をやめよ。矢を射かけるな。フラグ汗の御意である。背《そむ》く者は誅《ちゅう》されるぞ！」

いくつもの声がそう告げるので、郭侃は、やむをえず弓をおろした。釈然《しゃくぜん》としないが、主君の命令にはさからえない。

教主ムスタースィムは、半《なか》ば炎上する舟に乗って、どうにか水門にたどりつき、一命を拾った。ただ数日間、寿命が伸びただけであったが。

二月十日、十一日、十二日と、凄惨《せいさん》な攻防がつづいた。

二月十三日、ついにモンゴル軍はバグダード城内に乱入した。城壁の内外は赤い泥濘《でいねい》と化した。

「殺せ！　焼け！」

兇暴《きょうぼう》な雄叫《おたけ》びを放ちながら、モンゴル騎兵は五百年の都に躍《おど》りこむ。この日、カルワーザー門とアジャミー門がほぼ同時に破られ、城壁の三カ所には石弾で大穴が穿《うが》たれた。

「殺せ！　焼け！」

若き猛将キド・ブカは直刀を振りかざし、彼の突進するところサラセン兵が血煙をあげて倒れる。やがて、キド・ブカは、将軍らしいサラセン人と遭遇した。

「殺せ！　焼け！」

キド・ブカが斬ってかかると、相手もアラビアの半月刀をふるって応戦し、二十合ほど烈《はげ》しく撃ちあった。やがてキド・ブカの刃が敵の左の頸動脈《けいどうみゃく》を断ち斬り、地上へ転落させた。この敵将の名は、アミール・ハッジュといった。周囲では殺戮《さつりく》と放火が渦を巻き、サラセン兵の勇敢な抗戦が弱まっていく。

一二五八年二月十三日。「平安の都」バグダードは血と炎で紅《あか》く染まった。

Ⅱ

ついに教主《カリフ》ムスタースィムは、モンゴル軍に降伏した。三人の息子、アブドゥル・ラフマーン、アフマド、ムバーラク。サイード族の首長。財政大臣《サーヒブ・ディーワーン》。法官《カーディー》。貴族に将軍に官僚など三千人あまりが従っている。

後宮からは七百人あまりの美姫《びき》と千人の宦官《かんがん》が、恐怖と絶望に駆られつつ出てきた。

「案外すくないな」

フラグはそう言ったが、本気か皮肉か冗談か、彼の表情からは判然としなかった。

その間にも、城内では、虐殺《ぎゃくさつ》と掠奪《りゃくだつ》と放火がつづいた。白い煙と黒い烟《けむり》が、冬の青空に向かって立ち昇った。

郭侃は混乱と恐躁《きょうそう》を突っきって、バグダード城内を東から西へ進攻した。

「キリスト教徒は殺さなかったろうな」

郭侃は張康に問いかけた。

「殺されておりません。それどころか、キリスト教徒たちはモンゴル軍を解放者として迎え、一緒になってイスラム教徒を殺しまわっておりますよ」

「とくにサカルトベロの兵士たちが、酒に酔ったように殺しまくっています。口々に、『キリスト教の神はイスラム教の神に勝る』と喚《わめ》きながら、男女老幼《なんにょろうよう》、おかまいなしです」

「神というのは、恐ろしいものだな」

たいして独創性のない感懐を、いまさらのように心に抱きながら、郭侃は、秩序ある行動を味方の兵に呼びかけた。どうせ無益だとは思いつつ、指揮官としては、やっておかねばならないことである。

郭侃は教主《カリフ》の宝物庫を占拠し、衛兵を立てて、無秩序な掠奪をふせいだ。イスラム史書によれば、この日、帰陣した郭侃は、主君フラグに対して、宝物庫の鍵と、黄金でつくられた七十二弦の琵琶《ウード》、それに高さ五尺の珊瑚《さんご》づくりの燭台《しょくだい》を提出したという。

「すんだか、郭侃《クウオカン》」

「御意」

「殺すべきものは殺し、生かすべきものは生かし、奪うべきものは奪ったな」

「……御意」

「よし、では全軍が城外へ出たら、この城を焼きつくせ」

　フラグの口調は軽いが、内容は重い。まだ城内の各処に潜《ひそ》んで隠れているバグダードの民を、ひとり残らず殺してしまえ、と言っているのだ。郭侃は声が出なかった。

「どうした、郭侃《クウオカン》」

「図書館もでございますか」

「図書館だと？　ああ、黴《かび》だらけの書物を積んである建物だな。あたりまえだ、焼いてしまえ。サラセンの匂いをとどめるものは地上から消し去るのだ」

　郭侃の袖《そで》を、誰かがそっと引いた。横目で見ると、バヤンであった。その表情が、「これ以上いうと危険だ」と告げている。

「おそれながら、殿下」

「今度はバヤンか。何だ」

「臣が思いますに、ペルシア語やアラビア語の文書の中には、新兵器の設計図などもふくまれているか、と。であれば、焼くのは惜《お》しゅうございます」

「新兵器だと？」

　フラグは眉《まゆ》をしかめたが、一瞬後には笑声をはじけさせた。

「ばかばかしい。新兵器の設計図などがあれば、教主めはそれを使って我らに抵抗したはずではないか。バヤンよ、迂遠《うえん》なことは申すな。そなたらは、サラセンの文化がどうのこうのと申したいのであろうが、サラセン語など、商売に使えればよいのだ」

そこへペルシア人文官ジュワイニーが決死の形相で駆けつけ、フラグの足下に平伏して、図書館を焼かぬよう歎願《たんがん》した。どうやらフラグは面倒になったらしく、ジュワイニーの歎願を受《う》け容《い》れた。バヤンと郭侃は退出した。

「郭侃《クウオカン》どの、お役に立てず、申しわけない」

「否、否、末将《それがし》こそ無用なことにこだわって、バヤンどのを巻きこむところでござった。申しわけないのは末将でござる」

郭侃が頭を下げると、バヤンはうなずいて、軽く歎息した。

「末将らは、フラグ殿下の御命令を忠実に守るのみでござるな」

だが、郭侃やバヤンは、城内を焼かずにすんだ。フラグの息子アバカが、父親を諫《いさ》めたのだ。

「父上、バグダードはすでに父上の所有物《もの》になりました。枢要《すうよう》の地ゆえ、今後、役に立つこともありましょうし、まだ隠されている財宝もございましょう。焼くのは何時《いつ》でもできます。いまでなくてもよいのでは？」

「ほう、そなたも言うようになったな」

財宝の山から眼をそらしたフラグは、教主《カリフ》ムスタースィムに皮肉っぽく問いかけた。

「教主よ、これらの金銀珠玉は汝の所有物《もの》か」

「そ、そうじゃ。すべてわしのものじゃ」

フラグは口もとをゆがめた。

「では汝に返そう」

「…………!?」

不審と喜びが教主の顔に浮かぶ。フラグは従者にガラスの大皿を持って来させると、それに宝石や金貨を盛りあげて教主に突きつけた。

「汝のものだ。食え」

「こ、これは食物ではない」

「ほう、食えぬか。では何に使うのだ」

「…………」

フラグは笞《むち》を振って、大理石の床を撃った。

「これだけの財宝がありながら、なぜそれで兵士を集めなかった？　なぜ兵士たちに分かち与えなかった？　何に使おうとて、これほど貯《た》めこんだのだ。眺めるためにか？　その愚《おろ》かさが、教主よ、汝を亡ぼすのだ！」

フラグは蔑《さげす》みの声をあげて、笞を一閃《いっせん》させた。真珠、緑玉《エメラルド》、紅玉《ルビー》、ラピスラズリ、ペルシア金貨などが、はね飛んで教主の顔を打つ。

教主ムスタースィムは宝物の大皿を前に、しばしうなだれていたが、やがて声を絞《しぼ》り出した。

「語ることは、何もない」

磨きあげた鋼のような眼で、フラグは、イスラム世界の最高権威者を見すえた。敬意も同情もなかったが、最低限度の礼節は彼なりに守る気であるらしい。

「モンゴルでは貴人の身に刃は加えぬ。聖君チンギス汗以前より、そうであった。今回もそれに倣《なら》うとしよう」

フラグは大皿を置いたまま立ちあがると、周囲の将兵に向かって、ただちに教主《カリフ》の死刑を執行するよう命じた。

「最上の絨毯《じゅうたん》を選べよ」

そう言いつけると、フラグは、教主をかえりみることなく、宮殿から歩み出た。

西暦一二五八年二月二十一日のことである。教主ムスタースィムは、縛られて処刑場に引き出されると、辞世の詩を作った。

朝《あした》に我らの住まいし館は天上にも似たり
夕辺《ゆうべ》にはもはや住む場所なし

教主の身は、最上のペルシア絨毯によって二重三重に巻かれ、絨毯の両端は太い綱で縛られた。教主の身が地上に転がされると、「ホーホー」と奇声がひびき、十騎ほどのモンゴル兵があらわれ、教主の身をめがけて馬を駆け寄せた。

馬蹄《ばてい》が絨毯の上から教主の身を踏みにじる。一騎が走り去ると、つぎの一騎が同様に教主を馬蹄にかけた。

頭蓋の割れる音、肋骨《ろっこつ》の折れる音、内臓のつぶれる音、死にゆく者の悲鳴。それらは馬蹄のひびきに半ばかき消されつつも、処刑を見守る者たちの鼓膜を震動させ、数日も数年も、完全に消え去ることはなかった。

教主《カリフ》の息子や側近の宦官たちも、おなじ方法で処刑された。

郭侃は他の武将たちとともに、処刑のありさまを見とどけた。絨毯の中のようすを想像すると、かるい吐き気をもよおしたが、口に出すことは何もなかった。

処刑は一日では終わらなかった。翌二十二日、サラセンの皇族は、老若男女を問わず、つぎつぎと斬首された。もはや、絨毯で巻いて馬に踏み殺させる、などという、ある意味で悠長な処刑法はとられなかった。

血の海の中で、ただひとり、三歳の男児だけが生き長らえた。あまりに幼く、あどけない姿に、フラグの五人の妃のひとりが憐《あわ》れをもよおし、助命を願ったのである。苛烈《かれつ》なフラグも、助命しても害はない、と判断したのであろう、その願いを諾《き》きいれた。この幼児は無事に成人し、モンゴル人女性と結婚したという。その後、教主の最後の血脈がどうなったかは記録にない。

バグダードの殺戮と掠奪は、教主の死後もつづいていたが、その間、いたるところで火災が発生し、何本もの黒煙が冬空に向かって立ちのぼった。

「中途半端に焼けおったわ。やはり全城に火を放つか。どうせ二度と、この都は復興せぬ」

フラグを諫《いさ》めたのは、バヤンと郭侃である。

「バグダードは、すでに殿下の所有物となりました。アバカ様のおっしゃるとおり、いつでも焼けますれば……」

「ふん、そなたらは気が合うことよの」

笑いとばしはしたが、結局フラグは両者の諫言《かんげん》を受け容《い》れ、殺戮と掠奪を終了するよう全軍に命じた。じつのところ、フラグ自身も血臭と死体に飽きていたのかもしれない。

フラグがバグダードで掠奪した財宝を運び出すには、四千頭の駱駝《らくだ》が必要であった。さらに千人の兵士が、厚い銀の延べ板をせおった。

フラグは、今後のバグダードを統治する人物を選任した。アリ・バハドルが総督に、イブン・アル・アルカミーが副総督に、それぞれ任じられた。さらに、イルゲイとカラ・ブカの両将軍が三千騎をひきいて駐留し、バグダードにおける治安の回復、死体の処理にあたるよう命じられた。

こうしてフラグは死臭たちこめるバグダードを出、ヴァクフに置かれた本営にもどった。教主《カリフ》のみならず富裕な市民たちがたくわえていた巨億の財宝はどうなったか。バグダードの周辺地域を平定すると、フラグは郭侃に命じた。

「モンケ大可汗《カアン》に報告して正式な命令を受けるまで、教主の財宝は安全に保管されねばならぬ。郭侃《クウオカン》よ、ウルミア湖の中央部にタフという島があること、存じておるな」

「はい、山がちで、なかなか険峻《けんしゅん》な島でございます」

「夏になったら、そなたはその島に赴《おもむ》き、堅固な要塞を築くのだ。そこに教主の財宝を保管し、千人の兵士に守らせる。兵士は一年ごとに交替させる。鍵をつくって、それを予に渡せ。よいな」

「かしこまりました」

郭侃はフラグの命令に忠実にしたがった。バグダードの死臭から解放され、ウルミア湖の爽《そう》涼《りょう》な風に吹かれるのも悪くない。

こうして巨億の財宝は、ペルシア西北端の高原のただなか、湖中の島に隠されることになったが、その後の消息は不明で、「イル汗の秘宝」として伝説に残ることになる。

Ⅲ

教主《カリフ》の後宮にいた七百人の美姫は、サラセン人、ペルシア人、ビザンチン人、トルコ人と多岐《たき》にわたった。漢人やフランス人、シチリア人までいた。フラグは彼女たちのうち百人を自分で取り、百人はカラコルムのモンケ大可汗《カアン》に贈ることとし、残る五百人は美姫を求める将軍や領主たちに分かち与えた。女性は財宝の一部としてあつかわれた。千人いた宦官は、「多すぎる」として半数が殺された。

三月に入ると、フラグは、全軍を一時、バグダードの城外に出した。城内の死臭は、モンゴル兵にも耐えがたく、また死体から疫病が発生する恐れがあったからである。

フラグは全軍を整列させた。味方の死体を並べ、もはや助からぬと判断された重傷者は、味方の兵に心臓をつらぬかれる。

そこへ偵察部隊から急報がとどいた。

「西より敵襲！　兵力はおよそ七万と見受けられます」

「七万？」

フラグは眉をしかめた。この期《ご》におよんで、七万もの兵力が、どこに存在していたのか。もしその兵力が十日早く到着していれば、モンゴル軍はバグダードの内外から挟撃《きょうげき》されていたかもしれない。

「郭侃《クウオカン》！」

「はっ」

「いまの報告を聞いたな。七万の敵だと」

「どこから湧《わ》いて出たのでございましょう」

「それは予にも判断しかねるが、わざわざ殺されに来たのだ。願いどおり殉死《じゅんし》させてやれ」

「御意」

「兵力はどれほど要《い》る？」

「お預かりしている七千で充分でございます」

内心、郭侃には奇妙な安堵《あんど》感があった。無抵抗の者がつぎつぎと断首される光景を眺《なが》めつづけるより、武器を持った敵と互角な立場で戦うほうが、よほど快《こころよ》い。

漢兵、ペルシア兵、ウイグル兵、トルコ兵、トルクメン兵、アルメニア兵の混成部隊七千名。これまで死傷者はごく少数で、生きている者は郭侃に心服《しんぷく》している。統制に服しないモンゴル兵を与えられても迷惑だ。

「敵は十倍だ。遠慮はいらんぞ」

郭侃の声が、モンゴルに征服された兵士たちを奮《ふる》いたたせた。郭侃はアバカやバヤンに見送られて出撃した。

報告によれば、敵は西から近づきつつあるという。西とすれば、エジプトか。迎え撃つならユーフラテス河の線になるであろう。

七万と七千。これほど彼我《ひが》の兵力差が大きいとは思わなかったが、ユーフラテス河を西の防衛線とする郭侃の戦略は、とうに脳裏《のうり》に描かれていた。

「侃の兵至り、其《そ》の兵七万を破る」

と、『元史』の記述は簡略にすぎるが、つまり郭侃の作戦はことごとく的中したのだった。

郭侃は人が悪い。征服された側として、征服した側に仕《つか》える以上、お人好《ひとよ》しではいられない。先方がこちらを利用する以上、こちらも先方を利用しなくては生きていられないのだ。

今回、郭侃は、フラグが申し出たモンゴル兵の参戦を、鄭重《ていちょう》に謝絶した。ただし、

「戦場となるべき場所には、石材や木材や油がございませぬ。モンゴル兵の方々に、それを運んでいただければ」

そう願って、フラグの了承を得た。猛悍《もうかん》な戦士集団であるモンゴル兵を、物資の輸送役に使役したのである。モンゴル兵がしぶしぶ驢馬《ろば》や駱駝《らくだ》を引いて木石を運ぶ姿を見て、漢兵のみならず、ウイグル兵やペルシア兵も笑いを堪《こら》えた。彼らはべつにモンゴル人が偉いと思って従っているわけではない。征服され、国を亡ぼされたから隷従《れいじゅう》しているだけのことだ。「ざまあ見ろ」と言いたいところなのである。

ユーフラテス東岸に着くと、郭侃は、

「御苦労でござった。おぬしらのおかげで敵に勝て申す」

と、体裁《てい》のよい台詞《せりふ》でモンゴル兵を追い帰し、彼らの姿が見えなくなると、部下たちに向かって叫んだ。

「さあ、モンゴル兵ぬきで敵に勝つぞ！」

ペルシア兵もアルメニア兵も、熱狂的な歓呼で指揮官に応じた。

それからは多忙だった。まずユーフラテス河に舟橋をかけ、西岸に渡ると、河と並行して壕《ほり》を掘る。その作業が終わるころ、地平線が白く霞《かす》みはじめた。敵の巻きあげる砂塵が接近して来る。

「急げ！」

最後の作業を終えると、舟橋はそのままにして、東岸に布陣する。

あとは、白紙に図面を描くようなものであった。

「やはりエジプト軍か」

平原を殺到して来たエジプト騎兵は、モンゴル軍が少数であるのを見て、勢いのままに突進した。地軸を揺るがすほどの勢いである。たちまち壕に落ちて、もがく人馬の上を、あらたな騎馬が跳びこえ、踏みつけてなお前進する。河岸に着いて舟橋を渡ろうとするところへ、回回砲《フイフイ》が石弾を撃ちこんだ。多数だから、撃てば的中する状態で、エジプト軍はなぎ倒された。

逆上し、多数を恃《たの》んだエジプト軍は、冬で水量のすくない河を騎馬で渡りはじめる。だが河中には数百本の木杭が打ちこまれ、その間に綱が張りめぐらされていた。河中で動きがとれず、密集したところに、東岸から石弾と矢の雨が降る。さらに上流から油が流され、火が放たれた……。


戦いの後、郭侃は、何気なく部下に問いかけた。

「我々はアラムート以降、いくつ城を陥《おと》したかな」

公孫英が恐縮した。

「三百までは記録しておりましたが、以後はもう算《かぞ》えておりません」

「こいつは三百までしか算えられないんですよ」

「張、おぬし、ほんとに口が減らんな。その割に女にもてんが」

ユーフラテスの河面と西岸を埋めつくす敵兵の死体は、一万五千を算えたという。冬、北から吹きつける強風が、屍臭《ししゅう》を南へ運びつづけ、郭侃の感覚を守ってくれた。累々《るいるい》たる死者の群れの各処に、折れた刀や槍、切り裂かれた軍旗、割れた盾などが混じって、荒涼の感を強める。もはや見慣れた光景であった。

「生き残った敵は、南へ逃げ散りました」

「天房《アラビア》の砂漠か。追わなくてよいぞ」

「投降者が二万人ほどもおりますが」

「武器だけ取りあげて、追い放せ。捕虜はいらん」

「かしこまりました」

捕虜にしてモンゴルの軍営に連行しても、惨殺されるだけであろう。

郭侃は、巨大な墓地のただなかに馬を立てて、寒風に身をさらしつづけた。

「郭侃よ、つぎはシリアだ」

彼は自分に言い聞かせた。

「シリアに行けば、いよいよ海が見えるぞ」

郭侃の顔が紅潮した。

だが、その前に郭侃はフラグの重要な命令を、ひとつ果たさなくてはならなかった。ウルミア湖上に城を築き、イスマイル派暗殺教団と教主《カリフ》から奪った、気の遠くなるような量の財宝を収蔵することである。あの財宝を、フラグはどう生かして費《つか》うのだろうか。

「バグダードへ帰る。フラグ殿下に御報告だ」

「はっ」

「教主の財宝は、ウルミアの湖畔まで、モンゴル兵たちに運んでもらおう」

郭侃は戦披《マント》の襟を立て、いずこともなく遠くを見た。


「バグダードがモンゴル軍によって陥落し、教主ムスタースィムは処刑、城内の民は老幼男女を問わず八十万人が虐殺され、華麗なる千一夜《アラビアン・ナイト》の都は地上最大の墓地と化した」

その流言を、フラグは取りしまるでもなく、むしろ四方に広めさせた。彼は慈愛をもって西アジア一帯を征服できるなどと思ってはおらず、恐怖と戦慄《せんりつ》をもって敵の戦意を削《そ》ぎ、抵抗をへらすほうが戦略的であった。

イスラム諸国は震撼《しんかん》していた。バグダードが陥落したというのは、彼らにとって全世界が崩壊したも同様である。流言は眼に見えぬ邪鳥《じゃちょう》となって彼らの頭上を飛びまわった。

「バグダードが陥ちた」

「教主《カリフ》様も殺されなさったとよ」

「逃げよう、逃げなければ」

「どこへ逃げようと言うんだ」

「シリアかエジプトなら、まだ無事だ」

「阿呆《あほう》、まだ無事ってことは、バグダードのつぎに攻撃されるってことじゃねえか」

「いっそ攻められる前に降参したほうがいいぞ」

邪鳥のはばたきは西アジアの空をおおって、やむことがなかった。

結局、バグダード陥落のおり、何人が殺されたのだろうか。後日、フラグ自身がフランス国王ルイ九世に宛《あ》てた書簡で、

「朕《ちん》はバグダードにおいて二十万人以上を殺した」

と述べている。戦果を誇示しているのだから、過少に告げているはずもなく、逆に、脅《おど》すなら諸国に流布する八十万という数字を使うであろう。この犠牲者数は信用度が高いといってよいように思われる。だが、むろん二十万でも大殺戮である。

後世、「モンゴルの平和《パックス・モンゴリカ》」と称して、大モンゴル帝国《ウルス》の世界制覇を賞賛する見解がある。だが、その「平和」のために、どれだけの血が流されたか、考えてみてもよいであろう。

バグダードから西南西へ、約二千二百里。エジプト王国の首都カイロが存在する。悠久の大河ナイルをへだてて、薄白い砂塵の裡《なか》にたたずむピラミッドとスフィンクスの雄姿が、王宮の露台《バルコニー》から、はるかに望まれる。

左眼が白濁《はくだく》した三十代半ばの武将が、歯ぎしりしつつ、手にした矢をへし折った。

「たとえバグダードが陥《お》ちても、イスラムは亡びぬ。モンゴル人ども、報《むく》いの日は近いと思え！」

「バイバルス」

玉座からそう呼びかける国主《スルタン》クトゥッヅの声は重い。

「何でしょう、国主」

「わがエジプトには十万の兵がおった。そのうち七万をユーフラテス河で失った。十万のうち七万だぞ！」

「残りは三万ですな。末将《それがし》は無学な奴隷軍人《マムルーク》ですが、そのていどの計算はできます」

クトゥッヅは、かるく天をあおいだ。

「聴け、バイバルス。七万のわが軍が敗れたのは、フラグ汗の本隊ではなく、少数の別動隊だったのだ」

「存じております。敵の兵数は七、八千だったそうですな。十分の一の相手に敗れるとは、簡単にできることではござらぬ」

クトゥヅは声を抑えようとして失敗した。

「敵を軽視するなと言っておるのだ！　モンゴル軍には、恐るべき軍略家がおるのだぞ」

「それは確かに」

「人とも思えぬ。神人とでも言うべきか」

『元史』には、「東天《とうてん》の将軍は神人なり」と記されている。

主君の台詞に、バイバルスは、見える眼と見えない眼を、同時に細めた。

「それは愉《たの》しみでござる。十年前にとらえたフランス国王は、善人でござったが、戦《いく》さのほうは、から、きし、いでございましたからなあ」

フラグの本営に急報がもたらされた。

「殿下に申しあげます。バグダードを陥し、教主《カリフ》を誅《ちゅう》した件につき、強硬な抗議の書簡が届きました」

「抗議？　誰からのだ」

返答はフラグの想像を絶していた。

Ⅳ

「バトゥ大王の弟君ベルケ殿下でございます」

「何⁉」

フラグは愕然《がくぜん》とした。モンゴルの王侯貴族が仏教やネストリウス派キリスト教を信仰するのは、ありふれたことだ。だが、「聖君」チンギス汗の直系の孫がイスラム教を奉じるのは、きわめて珍しい。

フラグの表情を最悪の予想がよぎるのを、郭侃は見た。このままエジプトへ進撃すれば、ペルシアが空《から》になる。これまでは、後方すべてがモンゴルに威服していると思って安心していたが、北方に強大なイスラム教圏が突如、出現したら状況は一変する。

「まさか、ベルケめ、おなじモンゴルどうしで干戈《かんか》をまじえる気はなかろうが……まずくすれば、前後に敵を抱《かか》えることになる」

ベルケからの強い抗議は、フラグを困惑させた。彼はごく若いころから、ジュチ家とトゥルイ家との堅固な同盟を信じていたし、バトゥを心から尊敬しており、バトゥの弟であるベルケに対しても敬意を払っていた。それが、いきなり平手打ちをくらったようなものである。動揺して、ベルケに敬称をつけることを忘れてしまった。

フラグは、礼儀正しく傍《そば》にひかえている若い将軍に諮問《しもん》した。

「バヤンよ、そなたはどう思う？」

「意外な仕儀《しぎ》となりましたな」

「そんなことはわかっておるわ。現在の状況から、今後どうなるか、と、問うておるのだ」

バヤンは慎重に言葉を選ぶようすだった。

「もし本気でベルケ汗が軍を南下させるとすれば、西進するわが軍は退路と補給路を絶たれ、前方はエジプト軍に阻《はば》まれ、前後を挟撃されることになります。この事態だけは避けねばなりませぬ」

フラグは無言で、組んでいた膝《ひざ》をたたいた。カフカス山嶺の雪が融《と》け去る前に、タブリーズへもどる必要がありそうだ。

「バヤン」

「はい」

「何か言いたそうだな。思うところがあれば残らず申してみよ」

二十代半ばになったバリン部の若い武将は、おちついて主君の諮問に応じた。

「ではお許しを得て申しあげます。ベルケ殿下におかれては、信仰もさることながら、アルメニア、アゼルバイジャン、サカルトベロなど、カフカス大山脈の南方を欲しておいででしょう」

「つまりは領土欲か」

フラグは舌打ちした。

「ベルケの母親がイスラム教徒であったことを、すっかり失念しておったわ」

バトゥとベルケは母親が異なる。ベルケの母親は中央アジアの小領主の娘で、熱心なイスラム教徒であった。ベルケは母親の感化を受けたのである。

「あの豊かな地方を、むざむざベルケめにくれてやるわけにはいかぬ。バヤン、策があるか」

「策と申すよりも、当然の対処として、返書をお出しになればよろしいかと存じます」

「どう書く？」

「事実を。そもそもバグダードの一件は、フラグ殿下の恣意《しい》に非《あら》ず、モンケ大可汗《カアン》陛下の勅命によるもの。ベルケ汗の御心情には同情するが、御不満がおありならカラコルムへ、と」

「何やら下手《したで》に出ているようだが」

「無用に敵を増やす必要はございません」

「確かにそうだ。よし、ウイグル文字の返書を、いそぎつくらせよ」

命じてから、ふたたびフラグは舌打ちした。モンケから課せられた使命を果たし終えて、計らずも気の弛《ゆる》みがあったようだ。これからは、北方にも潜在的な敵国が存在すると自覚しておくべきであろう。

春から夏になり、秋から冬になったが、北方のベルケは不気味な沈黙を守っていた。ベルケのほうにも、軽々しく兵を動かせぬ事情があったのであろう。

一二五九年九月十二日、フラグはみずから総指揮をとってシリア方面へ出陣した。

先鋒をつとめるのは、キド・ブカ。右翼をひきいるのは、バイジュ、ソンコルの二将軍。左翼をひきいるのは、スウンジャク将軍。中軍はフラグ自身が統率し、アバカの弟イシムトが副将となった。アバカは、バヤン、郭侃らとともに、本拠地タブリーズの留守と、後方の援護とを命じられた。

「バグダードの奪還を企図するほどの勢力が、まとまって残っているとも思えんが、いよいよベルケ汗が動き出すのだろうか」

アバカの言葉に、バヤンが反応する。

「お父上の御心を、軽々しく忖度《そんたく》することはできませぬが、タブリーズを留守にすると見せかけ、ベルケ汗が動いたら反転して迎撃なさる御心算《ごしんさん》かもしれませぬ」

「モンゴル人どうしが、地の涯《はて》で戦うことになるか。郭侃《クウオカン》はどう思う？」

「臣が思いますに、今回のシリア出兵は本格的なものではないのでございましょう。その前段階だと愚考《ぐこう》いたします。フラグ汗は、五万の兵しか、おつれになりませんでした。タブリーズに十万も残されました」

「たしかに、父上は郭侃《クウオカン》も残していったな。予《よ》としては心強いが」

アバカは郭侃の顔を見やった。エジプトの国主《スルタン》から「神人」と称された漢人武将は、敵の賞賛を受けたことを知る由《よし》もない。まさかシリア遠征から外《はず》されるとは思わず、「日の没する海」を見る機会を失ったことを、胸中で歎《なげ》くばかりである。

青天から落雷が直撃するような凶報《きょうほう》は、突然おそいかかってきた。

「モンケ大可汗、崩御《ほうぎょ》！」

アバカは足下の大地が揺らぐのを覚えた。

兇報は二度、三度ともたらされた。バヤンと郭侃も、顔を見あわせて、にわかに声も出ない。

モンケ大可汗は弟フビライに南宋の征服を委《ゆだ》ねていたが、進捗《しんちょく》が遅いのに憤り、モンゴル本土に末弟《まってい》アリク・ブガを置いて、みずから南進した。四川《しせん》地方の要害合州城《ごうしゅうじょう》を攻囲中に、暑熱のため病を得て急死したという。

「ただちに父上に急使を出せ。もはやシリアどころではない。ベルケ汗に知られる前に、タブリーズに帰っていただく」

このとき、すでにフラグはハッカール山嶺を越えてクルド地方一帯を席捲《せっけん》していた。キド・ブカもバイジュも、騎馬戦が困難な山岳地帯において着実に勝利をかさねている。この地方を平定すれば、サカルトベロなどカフカス諸国の南に強力な防衛線を構築し、ベルケの南下を阻止できるはずであった。

「モンケ兄が死んだと……？」

剛愎《ごうふく》なフラグも、声をのんで立ちつくした。彼は長兄がまだ壮年の働きざかりと信じていたのだ。息子のイシムトが問いかけた。

「いかがいたします、父上、ただちに軍を返しますか」

「…………」

「大可汗が崩御なされたとあれば、大集会《クリルタイ》が開かれます。それに御出席なさらねば……」

息子が言い終えるのを待たず、フラグは決断を下した。

「いや、このままシリアへ侵攻をつづける」

「よいのですか」

「大集会《クリルタイ》は一年や二年では終わらぬわ。その間に、シリアとエジプトを征服し、わがイル汗国の礎《いしずえ》を固める」

「兵力が足《た》りましょうか」

「兵力を増強する。バヤンと郭侃《クウオルン》に、五万の兵をひきいてシリアへ急行させよ。遅くとも十一月中には到着するよう命じる。アバカは引きつづきタブリーズの鎮守《ちんじゅ》にあたれ。この件、鳩を以《もっ》て通告せよ」

「御意！」

一礼して帳幕《オルド》を駆け出る息子の背に眼もくれず、フラグは、報告書を掌《てのひら》の中で握りつぶした。

北方の金《シグ・オルド》帳汗国には、すでに冬が来ている。東方の事態を知っても、ベルケはすぐには動けない。その間に、地中海東岸一帯において、イル汗国の覇権を確立しておくべきだ。フラグはそう考えたのであった。

第七章　アイン・ジャールートの決戦

I

さらにアゼルバイジャン、サカルトベロ方面で二万の兵力を補充すると、フラグの鋭鋒《えいほう》はいよいよエジプト方面に向けられた。

先鋒はキド・ブカ、つぎに郭侃《かくかん》、そのつぎにフラグの本隊がつづく。アバカとバヤンは本隊に属した。この大軍には、西アジア各地のキリスト教徒の王侯領主たちが加わっており、さながらモンゴル・キリスト教徒連合軍の趣《おもむき》があった。

マンビジ、アル・ビーラ、ナジュル、ジャバール、カロニクス、ラーシュ……メソポタミアからシリアにかけて存在していた大小の都市国家群は、たがいに連係することなく、つぎつぎとフラグの軍門に降り、殺戮《さつりく》と掠奪《りゃくだつ》の後に、服従と忠誠を誓った。

一二五九年の末までに、フラグはシリアの大半を征服し、年末年始は例によって盛大な酒宴に明け暮れた。バヤンと郭侃だけは、フラグが突然の発作《ほっさ》をおこすことを危惧《きぐ》し、心から酒宴を愉《たの》しむことはできなかった。

一二六〇年一月。ネストリウス派キリスト教徒のモンゴル人将軍キド・ブカは、一万二千の兵をひきいて、シリアの主要都市アレッポを攻撃した。郭侃もそれに従った。

アレッポは難攻不落の堅城として知られる。城内のイスラム教徒たちは、悲壮な覚悟で城門を固め、ダマスクスからの援軍を願いながら、モンゴルの猛襲にそなえた。

ところが、総攻撃前夜、ひそかに郭侃の天幕を訪れてきた者がいる。白髯黒衣《はくぜんこくい》の老人は、アレッポ城内でイスラム教徒に迫害されている、ヤコブ派キリスト教徒の長老である、と名乗った。

「いったい、いくつ宗派があるのだ」

内心あきれつつ、郭侃は長老の話を聴いた。

「もしモンゴル軍が、アレッポ城内のイスラム教徒どもを殺し、我らキリスト教徒を解放してくだされば、我らはあなたがたに協力し、今後の忠誠をお誓い申しあげます。ぜひ諾《よし》とお答えくださいませ」

通訳を通して話を聴き終えると、郭侃は小首をかしげて考えるふりをした。じつは考えは決まっている。「諾《よし》」である。イスラム教徒とキリスト教徒が、モンゴル人相手に協力することなどありえない、という事実を、郭侃はすでに承知していた。即答しなかったのは、ささやかな政治的演技というものである。

「よかろう、だが、おれの一存というわけにはいかぬ。総大将のところへ行くから一緒《いっしょ》に来い」

「お、お口添えしていただけますか」

「心配はいらん」

キド・ブカは悪い男ではないが、矜持《きょうじ》が高く、気むずかしい。彼の面子《メンツ》を立ててやる必要があった。

長老の訴えを聞くと、キド・ブカは横目で郭侃を見た。郭侃が自分の考えを丁寧に述べると、キド・ブカもすぐに納得した。ただし、長老を威《おど》しつけることは忘れなかった。

「もし我らを裏切ったら、汝《なんじ》だけにとどまらず、汝の家族全員、生きたまま皮を剝《は》いでやるぞ。覚悟しておけよ」

「けっして裏切ったりいたしませぬ」

「よし、では気をつけて帰れ。イスラム教徒どもに見つからぬようにな」

ヤコブ派の長老を帰すと、キド・ブカは郭侃をかえりみて、低く笑った。

「もうアレッポは陥《お》ちたも同然だ。おぬしは回回砲《フイフイ》で城門を吹き飛ばしてくれればよい」

それ以上よけいな行動《まね》はするな、ということだ。郭侃は一礼して承諾した。

一月十八日、キド・ブカはアレッポに対して総攻撃を開始した。郭侃は回回砲で城門を破壊すると、キド・ブカの戦いぶりを後方で見守った。アレッポ軍は老王ムアッザムの指揮下に善戦し、モンゴル軍の侵入を阻《はば》みつづける。六日たっても城が陥ちないので、短気なキド・ブカは郭侃に良策がないか、多少いまいましげに尋《たず》ねた。それに応じて郭侃は、二十台の投石機を城の四面に配置し、城内に石の雨を降らせた。

一二六〇年一月二十四日、キド・ブカはついにアレッポの城壁を突きくずし、城内に突入した。

たちまちアレッポ城内は流血と悲鳴の巷《ちまた》と化した。キド・ブカは胸の十字架をきらめかせながら突進し、右に左に敵兵を撃ち倒しつつ命令を下した。

「イスラム教徒でも、シーア派の者は殺すな。スンニ派の者なら、いくら殺してもよいぞ。それと、ユダヤ人も殺してはならん」

掠奪、放火、虐殺は五日間にわたってつづいたが、キリスト教やユダヤ教の寺院に避難していた人々は、危害を加えられなかった。例によってモンゴル軍は莫大《ばくだい》な財宝を得たが、十万人の婦女子が捕虜《ほりよ》となり、カフカスやヨーロッパ方面に奴隷として売られたという。

郭侃は走りまわって、城内の木工、土工、陶工、織工、金銀細工の工人、馬具の工人など、技術を持つ者とその家族を保護した。モンゴル人は物をつくる技術を持たず、持つ気もない。「物をつくる」など下等な業《わざ》は、支配した民族にさせればよい、と思っている。

「モンゴル大可汗《カアン》の宮廷には、あらゆる国の美術品がそろっている。中華美術、ペルシア美術、アルメニア美術……ないのはモンゴル美術だけだな」

郭侃は皮肉っぽく考えた。

「モンゴル自体には何もない。この大帝国は、借り物だけで成り立っている」

とは言え、借り物をうまく使っている。モンゴルを軽蔑《けいべつ》する気はない。

アレッポの老王ムアッザムは虜囚《りよしゆう》となってフラグの本営へ送られたが、フラグはこの老王の善戦を嘉《よみ》し、処刑を免《めん》じた。せっかく助命されたムアッザムであったが、心身を消耗しつくしており、五日後に死去した。

アレッポが陥ちれば、つぎはダマスクスである。またも武勲を樹《た》てんものとキド・ブカは張りきったが、ダマスクスの王ザイン・ウル・ハーフィズィーは無益な抗戦を断念し、モンゴル軍に降伏の使節団を派遣した。

フラグがダマスクスに入城するにあたっては、三人のキリスト教徒が先導役をつとめた。アンティオキア王ボエモン、キリキアおよびアルメニア王ヘトゥム、そしてネストリウス派キリスト教の信徒にしてモンゴルの将軍キド・ブカである。

フラグは馬上ゆたかに城門をくぐった。これでフラグは、地中海沿岸の一部をのぞいて、ほぼシリアの全土を制圧したことになる。

ダマスクスは全面降伏によって、アレッポのような惨劇をまぬがれた。ダマスクスの周辺百八十五カ所の領主たちが、街路の左右に平伏し、フラグに対して万歳《ばんざい》を称《とな》える。フラグは満足し、彼らの裡《なか》でもっとも名門であるナースィルという人物を立たせると、

「エジプトを征服したあかつきには、そなたをシリア全土の領主にしてやろう」

と告げた。

郭侃が一騎、地中海の岸へと馬を走らせたのは、翌日のことである。

「ああ、陽《ひ》が沈む……」

郭侃は声をあげた。目で見たことを口に出しただけであり、何の文飾《ぶんしょく》も修辞もなかった。小童《こども》の感想と異《こと》ならない。

太陽の下端が水平線に触れると、深紅色と黄金色のないまざった太い線が、天と水を分けた。馬蹄に小波《さざなみ》が触れ、郭侃は馬を降りて、海水と砂浜を自分の足で踏んだ。視線は太陽に吸いついて離れない。細くなる両眼を、懸命に見開きながら、郭侃は右手を鞍《くら》に置き、ゆっくりと没しつづける太陽を見守りつづけた。その靴を、波が洗っては退《ひ》いていく。

太陽が没するにつれ、空の色はいくつかの層に分かれていった。最下層は深紅と黄金。その上は黄。その上は白く、さらにその上は水色となり、上にいくほど碧《あお》さが増し、天頂は濃藍《のうらん》となる。郭侃の背後では、音もなく、影の長さが伸びつづけていた。

空の藍色は濃さを増すとともに幅を拡げ、太陽を水平線下に押し下げていく。ふと郭侃は上半身を折り、地中海の水を掌《てのひら》にすくいあげた。感触は東の海と変わらないように思えた。掌上の海水を吸うと、塩の味が口腔内をやわらかく刺す。手を振ると、ふたたび彼は馬にまたがった。

「この後は余生だな」

ごく自然に、郭侃はそう思った。小童《こども》のころからの夢を実現し、そのために、彼自身には意味のない戦いをつづけた。総計して七百以上の城を陥《おと》し、算えきれないほどの人命を奪った。もう充分だ。

フラグは多忙をきわめていた。ダマスクスやアレッポの総督を任命し、降伏してきた各地の城塞を破却《はきゃく》するよう命じ、なお抵抗するハリーム城を陥して住民を殺戮させ、流行し始めた黒死病《ペスト》の防疫にあたっていたのである。

春から夏へと季節がうつろうころ、郭侃はフラグの本営に呼び出された。

Ⅱ

フラグの命令は意外なものであった。

「キプロス島へ渡れ」

「臣が、でございますか」

「迂遠《うえん》なことを申すな。この場に、そなたの他に誰がおる」

精力的なフラグも、疲労がたまっているのか、微妙な刺々《とげとげ》しさが声にある。

「不敏《ふびん》をお恕《ゆる》しください。それで、兵と船はいかほど用意すればよろしゅうございましょうか」

「兵は二十名、船は中型のが一隻あればよかろう」

郭侃は当惑した。

「攻撃するのですか」

「逆だ。そなたは友好の使者として赴《ゆ》くのだ」

友好か。郭侃は苦笑したが、表情には出さなかった。まず友好と称する使者を送りこみ、相手が拒絶すると、待っていたように大軍を以て攻撃する。フラグにかぎらず、それがモンゴル軍の常套《じょうとう》手段であった。もちろん、おとなしく服従すれば話は別である。

「しかし、キプロス島を重視するという、フラグ汗の考えは正しい」

郭侃はそう思った。キプロス島は地中海の東部に位置し、この島を支配下に置けば、アジア、アフリカ、ヨーロッパの三大陸を結ぶ航路を扼《やく》することができる。地政学上の要地であり、古くはマケドニアのイスカンダル双角王《アレクサンドロス》が、新しくはイングランドの獅子心王《ライオン・ハーテッド》リチャード一世が、この島を占領した。フラグも先人の例に倣《なら》うつもりなのだろう。

「つつしんで、御命令を拝受いたします」

「うむ、頼んだぞ」

「それで、彼らが拒絶したら、いかがいたしましょう」

フラグはすでに葡萄酒の瓶を手にしていた。

「もちろん、一戦に攻め亡ぼしてくれる。拒絶すれば、バグダードの二の舞いだと言ってやれ」

「御意」

郭侃は頭をさげたが、歴史は繰り返されないだろう、と思った。モンゴルは軍船団を持たず、それ以前にモンゴル兵は水を恐れる。キプロスへの使者として、フラグが郭侃を選んだのは、信頼すると同時に、モンゴル人の将軍たちが船に乗るのをいやがったからである。このような状態で、モンゴル軍がキプロスに侵攻できるはずもない。

ルーシ（ロシア）を征服したバトゥでさえ、大平原を縦横に走る大小の河川や点在する湖沼の前に、モンゴル騎馬隊を自在に動かすことができなかった。しかたなくバトゥは、冬を待って、厚く氷結した河を渡るしかなかった。もっとも、その結果バトゥは、「冬のロシアを征服した世界史上唯一の人物」になるのだが。

「それにしても、船は誰が用意してくれるのですか」

「ベネチアだ」

「……なるほど」

ベネチアは商業と航海の都市国家だ。利益となれば手段を選ばない。競争相手のビザンチン帝国に打撃を与えるため、第四回十字軍をそそのかして帝都コンスタンティノープルを攻略させたほどだから、異教徒のモンゴル人と密《ひそ》かに手を結ぶくらい、容易なことであろう。

郭侃は李宗建《りそうけん》と張康《ちょうこう》に部隊を委《ゆだ》ね、フラグからギリシア語の親書をあずかった。公孫英《こうそんえい》以下、二十人の漢人兵士をともない、漢式の甲冑《かっちゅう》をまとってダマスクスを出る。ダマスクスから騎馬で三日、バイルートの港に到着した。後世では一般にベイルートと呼ばれ、レバノン国の首都となる。

すでに待機していたベネチアの商船に乗りこむと、やたらとギリシア語やラテン語で話しかけられたが、郭侃には理解できない。

「うるさい」と漢語で応じて、あとは無言をつらぬいた。風は順風、海はおだやかで、キプロスまでは一泊二日の航海であった。無事にパフォスの港に着く。古代ギリシア以来の古都であり、アフロディテ女神の神殿がある。ただちに王宮に案内された。

声こそ出さなかったが、郭侃は刮目《かつもく》した。

玉座に着いているキプロス国王ユーグ二世は、まだ十歳ほどの少年であった。黒い髪を飾る王冠の下には、聡明そうな顔があったが、肌は青白く、豪奢《ごうしゃ》な王衣がいかにも重そうである。病弱らしい、と、郭侃は看《み》てとった。

郭侃は立ったまま、しかし鄭重《ていちょう》に一礼した。少年国王は坐《すわ》ったままで礼を返したが、しばらく無言のまま郭侃の顔を見つめた。熱のためか、碧《あお》い両眼は潤《うる》んでいるようだ。やがて赤い唇が開いて、言葉を紡《つむ》ぎ出した。

「予は昨夜、夢を見た。この地を神人が訪れて修交を申し出る、という夢だ。見慣れぬ甲冑を着ていたが、そなたの姿を見るに、神人とは、そなたのことらしい」

『元史』には、「吾《われ》、昨所《ゆうべ》、神人を夢にみる。すなわち将軍なり」と記されている。郭侃が「神人」と称されたのは、これが二度めである。

少年王ユーグ二世は、それだけ語ると、苦しげに呼吸して、傍《そば》にひかえる重臣らしい人物を見やった。意見を求めたらしい。

その人物は、名は不明だがユーグ二世の母親の弟であり、キプロスの摂政《せっしょう》を務《つと》めると同時にアンチオキアの領主でもあった。誠実な人物で、幼い甥《おい》の王位をうかがおうとはせず、複雑怪奇をきわめる国際情勢の裡《なか》で、さまざまに努力しているようである。

「陛下は何とぞお引きとりください」

摂政がやさしく告げ、少年国王はうなずくと、よろめきつつ玉座から立ちあがった。

「かわいそうに、永《なが》くはあるまい」

左右を侍従たちにささえられながら、少年国王は奥へと去る。その後ろ姿に一礼しながら、郭侃の胸は傷《いた》んだ。あの少年を病床から引きずり出す権利など、ローマ教皇にもモンゴル大可汗にも、なかろうものを。

郭侃は自分が何をすべきか迷って周囲を見まわし、海に面した露台《バルコニー》へと歩み出た。まだ日没には至らず、底知れぬ深い青紫色の海面が眼下から遠くまで拡がっている。

古代ギリシアの詩聖ホメロスは、エーゲ海の水の色を「葡萄酒色《ぶどうしゅ》」と表現している。むろん郭侃は、そのような故事は知らないが、

「これはこれですばらしい」

と感歎しつつ、波のざわめきに耳をかたむけた。と、男の声が遠慮がちに背をたたいて、郭侃を振り向かせた。

「モンゴルの使者の御方」

「摂政どのか。何か言いたいことが?」

摂政は二、三歩、郭侃に歩み寄って、また一礼した。

「お願いがございまして」

郭侃が黙然と眼でうながすと、摂政はささやくように告げた。

「国王は使者どのにお会いして、モンゴル帝国に臣従するつもりでございます」

「殊勝《しゅしょう》なことだ。フラグ汗も嘉《よみ》したもうであろう。摂政どのには、べつの意見がおありなのかな」

「いえいえ、そうではございませぬ」

摂政は、あわてて手を横に振った。

「このキプロスは、イスラム教勢力もキリスト教勢力も、長く眼をつけておる海上の要地でございます。それがモンゴルに臣従したとなれば、彼《か》の者たちが、何かたくらむのではないかと心配でございまして」

「たしかにな」

「それで、お願いがございます。この島にモンゴルの軍勢を常置していただきたいのでございます。五千、いや、三千でけっこう。モンゴル兵が常駐しているとなれば、イスラム教徒もキリスト教徒も、うかつに攻めてはまいりますまい。この件、いかがでござろう」

「ふむ……」

郭侃は即答できなかった。

摂政の願いは当然であった。臣従を要求する以上、保護を約束する義務がある。問題はモンゴルのほうにあった。河や湖でさえ忌《い》みきらうモンゴル兵が、船に乗って海を渡り、島に来るであろうか。

郭侃は思案した。幼年でしかも病弱なキプロス国王を、フラグの本営に参上させるわけにはいかない。旅の途中で死去してしまうであろう。では叔父《おじ》たる摂政をつれていくか。だが、そうなるとキプロスを統治する者がいなくなる。摂政不在の間に、キリスト教勢がキプロスを攻撃してきたとき、防衛戦を指揮する者がいない。

「三千も兵がいれば、この島は充分に守れる。だが、モンゴル兵が船に乗ってキプロスまでやって来れるか……」

とうてい不可能だな、と、郭侃は思う。駐留させるなら、シリア兵やサカルトベロ兵になるであろう。指揮官の人選も問題だが……。

「おれがやってもいいな」

不意にそう考えが浮かび、郭侃はおどろいた。もし彼がモンゴル帝国軍キプロス駐屯隊の指揮官に就任したら、生涯、漢地に帰って妻子に再会するのは不可能であろう。そう思いつつ、突然の誘惑を、郭侃は、すぐにしりぞけることができなかった。

Ⅲ

郭侃はキプロス島を離れた。自分が中華帝国の歴史上、陸路でもっとも西に達した武将、ただひとり地中海を見た漢人武将であることを知らぬままに。その事実を、郭侃は死ぬまで知ることはない。また、後世の人間たちも、この歴史事実を知る者は、ほとんどいない。

島を去る前、郭侃は摂政に、彼の要請をフラグ汗に伝えることを約束し、少年国王ユーグ二世に対して、要請があればペルシア人医師を派遣することを伝えた。もう一度ユーグ二世に会いたかったが、少年国王の心身に負担をかけることになる、と思って自重した。

往路と逆の路《みち》を通って、バイルート港に着き、ダマスクスにもどってフラグに事の次第を報告する。

「キプロスの摂政は賢明なようだな。歓迎しよう。ペルシア人医師の派遣についても問題はない。ヨーロッパの医療水準はひどいものだと聞いておるからな。ただ、問題は、モンゴル軍を駐留させる件だが……」

フラグは、すこし苦《にが》い表情をつくった。剛腹《ごうふく》なイル汗であっても、モンゴル兵に海を渡らせる自信はなかったのである。

後日、キプロス島服属の件は、なしくずしに立ち消えとなった。モンゴル兵が島に渡れない、という事情はともかく、イル汗国がパレスチナ、シリアなど地中海沿岸の領土を失い、内陸部への後退を余儀なくされたからである。

結果的に郭侃はキプロスに対する約束を守ることができず、うしろめたい気分を払拭《ふっしょく》することができなかった。

「とりあえず、海路より陸路だ」

自分自身を説得するように、フラグは言ったが、モンケ大可汗の急死から刻《とき》が立ち、シリアとパレスチナの征服を完了した現在《いま》、関心が東へと向きがちになっていた。一日《いちじつ》、フラグはキド・ブカを自分の帳幕に呼びつけた。傍に息子のアバカをひかえさせただけで、決心したようにキド・ブカに語りかける。

「キド・ブカよ」

「はっ」

「東方の形勢を観《み》るにしても、北方の金帳汗国に備えるにしても、シリアは地の利に薄い。予はいったんペルシア方面に戻り、タブリーズに本営を置く」

「うけたまわりました」

「さりとて、シリア以西を空《から》にはできぬ。よって三万の兵を残し、エジプト軍に備えることとしたいが、うかつな者に兵をあずけるわけにはいかぬ」

キド・ブカの両眼が光を増した。心に期待が芽ばえ、増殖していく。

「そこで、キド・ブカよ、そなたをシリア総督に任ずるゆえ、三万の兵をあずかってほしいのだが、やってくれるかな」

「ありがたし、名誉のきわみでございます。一命《いちめい》を以《もっ》て」

フラグは一笑した。

「何も一命を棄《す》てるにはおよばぬ。生きてエジプト軍をたたきつぶし、アフリカ大陸の土を踏め」

「御意！」

「郭侃《クウオカン》と回回砲《フイフイ》十二門を、そなたにあずけることにする」

「ありがたき仰せなれど、このたびは野外での会戦が多いかと存じます。貴重な回回砲を臣が独占いたしますのは……」

「カイロの城壁も、騎馬隊だけで陥《おと》すつもりか」

「それは……」

フラグは笑いすてた。

「郭侃《クウオカン》が漢人で、しかも年長なので、あつかいにくいか。だが、バヤンはうまくつきあっておるぞ。キド・ブカよ、シナイ半島を突破し、カイロを炎上させ、話に聞くナイル河を渡れ。中華の長江《ちようこう》に匹敵する大河だそうな。もっとも、予は長江を見たことがないがな」

「御意にしたがいまする」

キド・ブカは深く一礼した。

こうして、サラセン帝国滅亡の後、シリア方面軍の総司令官となったのは、キド・ブカであった。麾下《きか》の兵力は三万。その他に、二千の漢人兵と十二門の回回砲を擁《よう》する郭侃《クウオカン》がいる。若く、精悍《せいかん》で、責任感と矜持《きようじ》に富むキド・ブカは、勇猛なモンゴル騎兵の先頭に立って、大平原で正面から激突するのを好んだ。回回砲を軽視するわけではないが、なろうことならモンゴル騎兵軍団の力で勝ちつづけたい。

フラグの本営を出ると、思わぬ人物に声をかけられた。

「キド・ブカ将軍」

「おう、郭侃《クウオカン》どのか、何用か」

「いささか出すぎた仕儀《しぎ》ながら、何やら屈託《くつたく》がおありのごようすとお見受けいたしました。もし末将《それがし》でお役に立つことがござれば……」

キド・ブカは笑ったが、その笑いには爽快感が欠けていた。彼にはめずらしいことである。

「漢人はモンゴル人より眼が悪いそうだが、郭侃《クウオカン》どのは例外と見える」

「ご不快なれば、お赦《ゆる》しくださいい」

「……いや、すこし気になることがあってな」

郭侃のほうから話しかけられれば、キド・ブカも、すげなくはあしらえない。

「じつは、わが部隊の半数はタジク人とトルコ人の兵士なのだが……」

キド・ブカは歩きながら語りはじめた。

「タジク人は農民や商人が多く、もともと兵士に向かぬし、馬にも騎《の》れぬ。トルコ人は兵士としては優秀だが、モンゴルに対する忠誠心が薄くてな、信用ならぬ」

「厳しく監視する必要がござるが、そうすると、よけいな反感を買いますな」

「そのとおりだ。戦いの最中に、タジク兵が逃げ出すのはまだしも、トルコ兵に矛《ほこ》を逆《さか》しまにされたら、目もあてられぬよ。そこで考えたのだが……」

「お聞かせください」

「そこで、おぬしに頼みたいのだ。回回砲をそろえて、全軍の最後尾を守ってくれぬか。そして、もしトルコ兵やタジク兵に不穏な動きが見えたら、遠慮なく回回砲を撃ちこんでほしい」

「味方を撃て、と、おっしゃる?」

「逃亡者や裏切り者を味方とは呼べまい」

郭侃はキド・ブカを凝視した。が、すぐに頭をさげた。

「承知いたしました」

彼らの行手《ゆくて》には、往年のジャラル・ウッディーンにまさる雄敵《ゆうてき》が爪牙《そうが》をとぎすまして待ちかまえている。世界の歴史を変える戦いが始まろうとしていた。

郭侃のほうからキド・ブカに話しかけたのは、属将として行動する以上、なるべく関係をよくしておきたかったからである。だが、キド・ブカはバヤンとは異《こと》なった。モンゴル人武将としては、バヤンのほうが少数派なのだ。キド・ブカとどう適当な距離を保つか、郭侃は頭痛の種を抱えこんだ気分であった。

キド・ブカ軍は聖都エルサレムへは向かわず、ガザ方面へと進撃した。パレスチナを南下して、エジプト本土を直撃しようと図《はか》ったのである。

「直接エジプトへ来るか」

国主《スルタン》クトゥヅはバイバルスの激励を受け、モンゴルと戦う覚悟をさだめてはいた。だが、もっと味方がほしい。ユーフラテス河畔の大敗が、いまさらに悔やまれる。

「近隣のキリスト教諸国と同盟を結びましょう」

というのが、バイバルスの提案である。

「同盟と申しても、モンゴル軍に味方しないでくれ、というだけの内容でござる。もともと彼らをあてにはできませんが、こう申しこんでおけば、彼らも安堵《あんど》いたしましょう」

「ふむ、そうしておくか」

クトゥヅはうなずいたが、じつのところ、バイバルスが戦場以外にも広く目配りできるのが、わずかに不快感をおぼえさせる。この隻眼《せきがん》の男は、戦場で勇猛であってくれればよいのだ。それ以上の能力は必要ない。

当時のエジプトは、マムルーク王朝が開かれてちょうど十年を経過していた。

マムルークとは、もともと「奴隷」という意味であったが、武人集団として、しだいに力をつけていった。アフリカ系の人々ではなく、トルコ人、ペルシア人、ギリシア人、アルメニア人、クルド人など北方系の民族によって構成され、西暦八四〇年ごろにまとまった軍団として承認されると、四百年余の年月を経《へ》て、西暦一二五〇年には、ついに前王朝を簒奪《さんだつ》し、自分たちの王朝をカイロに樹立した。

国主《スルタン》の地位は世襲ではなく、一代ごとに選出された。現在の国主《スルタン》は三代めのクトゥヅで、二代めの国主《スルタン》マンスールが若く、遊興にふけって国政をかえりみないことに不満を持ち、彼から王位を簒《うば》って幽閉し、みずから国主となったのである。

モンゴル軍を前に思い惑うクドゥヅに対し、隻眼の猛将バイバルスの決断は明快にして迅速であった。

「ただちにモンゴルの使者を斬り、首を城頭に晒《さら》して、全軍でキド・ブカと戦うべきでござる」

「勝算はあるのか。キド・ブカは不敗の勇将だぞ」

「勝算はござる。たとえ敗れても、マムルークの誇りは残り申す。ここでモンゴルに膝《ひざ》を屈するのであれば、我らはそもそも何のために新王朝を建てたのでござるか」

またもクトゥヅはバイバルスの意見を容《い》れざるを得なかった。君主たる者、臣下に弱気を見せるわけにはいかない。

一二六〇年八月。エジプト国主《スルタン》クドゥヅは全軍に「聖戦《ジハード》」の命を下した。

そのときカイロに到着した四人のモンゴル軍の使者こそ不運であった。彼らはたちどころに首を刎《は》ねられ、その首はひとつずつ、カイロの四つの城門に晒《さら》されたのである。

Ⅳ

郭侃はキド・ブカの指示を受け、クドゥヅに書状を送った。降服を要求する文書だから、修辞も内容もことさらに威圧的なものとなった。

「エジプトの国主《スルタン》と称するクドゥヅよ。汝はもともとエジプト人でもなく、北方のキプチャクより拉《らっ》しられ来《きた》った奴隷《マムルーク》にすぎない。一方、我らは天命を承《う》けて、世界を支配するものである。汝はただちに天命に従い、カイロの城門を開いて我々を迎えよ。さもなくば、ただちに天罰が下されるであろう」

この文書はサラセン語、つまりアラビア語で記され、カイロへ送られた。そして、文書をとどけた四人の使者が、哀《あわ》れにも、城門に首を晒されるという結末になった次第である。

使者の死後に文書を読んで、バイバルスは哄笑《こうしょう》した。

「おもしろい、フランス国王ルイ九世の二の舞いにしてくれる。もっとも、あの国王、身代金と引きかえに、生命は助かったがな」

ルイ九世は、第七回、第八回と、二度にわたって十字軍を指揮した、世界史上唯一の人物である。「聖王」という異名にふさわしい名君で、フランス国内では善政を布《し》き、「正義の王」とも称された。貴族たちの叛乱《はんらん》を制圧し、イングランド軍を撃退し、フランスを大西洋から地中海にまたがる大国とした。フランス一国にとどまらず、「キリスト教世界の守護者」として、ローマ教皇にも敬重《けいちょう》された。

そのルイ九世を捕虜としたバイバルスは、敵王と対称的な前半生を送っている。ルイ九世はフランス国王の息子として生まれたが、バイバルスはキプチャク草原の遊牧民の子として生まれ、侵攻してきたバトゥのモンゴル軍に捕われて奴隷にされ、エジプトに売られて奴隷軍人《マムルーク》となった。だが、きわだって勇敢だったので士官に選ばれ、かずかずの武勲を樹《た》て、ついには二十七歳のとき、第七回十字軍をひきいるルイ九世を捕虜とするのである。

バイバルスの隻眼は生まれつきのもので、そのため奴隷としても廉《やす》く売りとばされたのだが、バイバルスは身分不相応の大志を抱いて、険阻《けんそ》な栄光への道を駆け上り、一二六〇年には、マムルーク朝の国主《スルタン》クトゥヅ麾下《きか》で最高最強の将軍となっていた。時に三十八歳である。

クトゥヅはバイバルスの軍略と勇猛を厚く信頼していたが、一面、警戒もしていた。なにしろクトゥヅ自身が前王に不満を抱いて簒奪《さんだつ》におよんだのだから、クトゥヅが大きな失敗を犯したとき、バイバルスが忠誠を守りつづけてくれるかどうか、予断を許さない。もっともバイバルスは、疑われるような行動《まね》はいっさいとらなかったが。

バイバルスが先頭に立って、エジプト軍はカイロから出陣し、疾風《しっぷう》のごとくシナイ半島を横断して、パレスチナを北上した。生まれつき左眼が白濁したこの男は、大言壮語《たいげんそうご》の癖《くせ》があったが、兵士たちの信望が厚いのは、みずからの大言壮語に背《そむ》いたことが一度もなかったからである。

「バイバルスの下にいれば、かならず勝てる」と、エジプトの兵士たちは信じていた。

突如として、モンゴル軍に兇報がもたらされた。ガザに進軍していたモンゴル軍の先遣隊二千が、ほぼ同数のエジプト軍に急襲され、敗走したのである。モンゴル軍の知るところではなかったが、このときのエジプト軍指揮官は、隻眼のバイバルスであった。

小さな前哨戦《ぜんしょうせん》ではあったが、バイバルスは状況を生かす名人であった。

「モンゴル兵は算を乱して逃げおったぞ！　やつらは無敵でも不敗でもない。招かれたわけでもないのに、のこのこ地の涯からやって来た、ただの侵掠者《しんりゃく》だ。恐れるな。怯《ひる》むな。勝利は我らのものぞ！」

バイバルスの宣言はエジプト兵を鼓舞《こぶ》した。

一二六〇年九月三日、モンゴル軍三万二千とエジプト軍三万は、アイン・ジャールートの野で対峙《たいじ》した。イエス・キリストが少年期をすごした土地として有名なナザレの近くである。

アイン・ジャールートは、『旧約聖書』にも登場する。古代イスラエルの少年ダビデが、ペリシテの豪雄ゴリアテを討ちとったとされる古戦場だ。郭侃は全然、知らなかったが、ネストリウス派キリスト教徒であるキド・ブカはいささかの知識があって、その故事を郭侃に語って聞かせた。

「まあ、エジプト軍にゴリアテのような戦士もおるまい。郭侃《クウオカン》、おぬしは戦う必要もなかろう。後ろで見物しておれ」

「は、しかし……」

「二千人の兵で、回回砲《フイフイ》を守っておればよい。騎馬での追撃戦になれば、回回砲は鈍重でじゃまになる」

キド・ブカは悪人ではないし、傲慢《ごうまん》な男でもないが、このときは奇妙に自信満々だった。

郭侃の異常な感覚は、このとき不吉な翳《かげ》りを、キド・ブカの勇姿の上に見た。キド・ブカの武勇も矜持《きょうじ》も、この日、小石となって砕け散るような予感におそわれた。エジプト軍は、総数を十万と称している。もちろん郭侃は敵の宣伝を頭から信じはしなかったが、予備兵力が何処《いずこ》かに潜《ひそ》んでいるのではないか。

エジプト軍の総兵力が十万に達する。そう聞いても、キド・ブカは恐れなかった。

「たとえ十万が二十万であろうとも、エジプト軍ごときに我らが敗れるはずがあろうか。一戦して奴らの血で砂漠を赤くしてやるだけよ」

たのもしいと言うべき自信であったが、郭侃の不吉な予感は、太陽の上昇とともに増大する一方であった。彼に最後尾に退くよう命じかけて、キド・ブカは相手の表情を読んだ。

「何か言いたそうだな、郭侃《クウオカン》」

「いや……」

「よいから言ってみよ。もうすぐ戦いが始まる。話を聴く時間などなくなるぞ」

「では申しあげる。このまま直進すれば、多少の不安が後方にござる」

「後方？」

郭侃は馬上から、北方を指さした。

「アッカに十字軍が駐留しておる。万が一、エジプト軍が利を以《もっ》て十字軍を誘い、彼らを動かせば、タブリーズにおわすフラグ汗との間が遮断されますぞ」

キド・ブカは、おかしげに郭侃を見やった。

「おぬしら漢人が言うところの杞憂《きゆう》というやつだ。十字軍がエジプト軍と結託などするものか」

郭侃もそう頭では思うのだが、そもそも戦場とは異常な場所であり、何ごとが生じても不思議ではない。

キド・ブカは強く舌打ちした。

「よし、念を入れておこう。勝ったらすぐアッカに使節を派遣し、神の敵たるイスラム教徒を我らとともに討ち亡ぼそうと提案する。拒《こば》まれれば、後日、報復してやるだけのこと。さあ、戦いが始まる。最後尾に退《さが》れ」

言いすてると、キド・ブカは馬首をめぐらし、最前方へと走り去った。郭侃がなおためらっていると、三人の幹部が馬を寄せて来て、キド・ブカの走り去った方向に、非好意的な視線を向けた。

「言われたとおりにいたしましょうや、将軍、さからっても無益ですぜ」

「たしかに、騎馬での追撃戦となれば、回回砲は鈍重で、置き去りにされるだけです」

「混戦になって敵味方が入り乱れたら、砲弾を撃ちこむわけにもいきませんからな」

張康、李宗建、公孫英、三人がそろって進言する。キド・ブカに好感を抱いていないのは明らかだった。郭侃にしても、キド・ブカに邪魔者あつかいされながら、強《し》いて同行する気にはなれない。

「よし、今回の武勲はキド・ブカ将軍にくれてやろう」

冗談めかして郭侃が応じると、三人は喜んで回回砲を駱駝《らくだ》に牽《ひ》かせつつ後退を始めた。

郭侃と別れると、キド・ブカはただちに麾下の三万騎に進撃を命じた。

「急げ、回回砲がなくとも、エジプト軍など恐るるにたりぬわ。二、三日の裡《うち》に、アフリカ大陸の土を踏んでやる」

キド・ブカは郭侃を敵視はしないまでも、競争意識を抱いていることは確かだった。彼は戦うにあたって、事前に周辺のキリスト教徒たちから、エジプト軍に対する正確な情報を得ようとしたが、失敗していた。これはキド・ブカに非があった。二月の末に、キド・ブカは、シドンという城市のキリスト教徒の城主と抗争して、彼を殺し、さらにシドン城内に乱入して虐殺と掠奪をおこなったあげく、城に火を放って灰塵《かいじん》と化せしめたのである。

モンゴル軍は自分たちの味方だ、と思いはじめていたキリスト教徒たちは、頭から冷水を浴《あ》びせられた。これまでは、もっぱらイスラム教徒がモンゴル軍の馬蹄の犠牲となっていたが、イスラムが亡びた後はどうなるか、キリスト教徒たちは気づいてしまったのである。

一方、エジプト軍はというと、バイバルスの激励で士気は高まっていたものの、「兵力は十万」と称したのは、誇大宣伝に過ぎなかった。確かに最初は十万人いたのだが、そのうち暴走気味に先発した七万が、郭侃のためにユーフラテス河畔で全滅してしまい、残る三万を総動員したのである。

その郭侃は、アイン・ジャールートの地勢を観《み》て、不安を募《つの》らせていた。

「至るところに、小さな丘陵や森がある。伏兵を配置するには、持って来いだ。うかつに急進すると危険だが……」

郭侃が考えこんでいると、李宗建が告げた。

「どうやら前方で始まったようです」

ほとんど無風であったが、五里ほど前方から、両軍の喊声《かんせい》、馬蹄のとどろき、剣や槍の撃ちあうひびきが伝わってくる。空の下半分が砂塵で白くなっている。それが次第に近づくと思いきや、遠ざかっていくのは、キド・ブカの軍が敵を押しまくっているのか。

「……いや、ちがう。引きずりこまれているのだ！」

郭侃は全身に緊張を走らせた。キド・ブカが危ない。

「神《アラー》は偉大なり《・アクバル》！」

叫びとともに、バイバルスは大剣を突き出した。重く鋭い刀身は、モンゴル騎兵の軽い甲をつらぬき、肋骨《ろっこつ》の間をくぐり抜けて腎臓《しんぞう》に達する。即死して鞍上から転落する敵に眼もくれず、バイバルスは刃に付着した人血を振り落とした。

「モンゴルの総大将はどこにおる!?　臆病者《おくびょうもの》でなければ、我が前に姿を見せよ」

その声は、怒号、悲鳴、馬蹄のとどろき、刀槍の衝突音を圧して、朗々とひびきわたった。

第八章　生還と帰還

I

西暦一二六〇年九月三日、「アイン・ジャールートの決戦」。

この戦いにおいて、エジプト軍が採《と》った作戦は、本来モンゴル軍が得意としたものであった。最初の衝突から退却し、ときおり小規模な反撃をくり返して、敵を引きずりこむ。左右の伏兵が起《た》って敵を挟撃《きようげき》すると同時に、本隊が反転攻勢にうつり、包囲殲滅《せんめつ》するのだ。

モンゴル式戦法の申し子ともいうべき猛将キド・ブカは、天意か皮肉か、みずからの身を以《もっ》て、その戦法の有効性を天下に知らしめることになったのである。

郭侃《かくかん》と漢人部隊は後方に置き去りにされた体《てい》で、前方の死闘を見守るだけだ。漢人の視力はモンゴル人にはるかにおよばないので、巨大な砂の壁と、その中をちらつく人影が見えるだけだった。郭侃は思わず指を嚙《か》んだ。キド・ブカと共死《ともじに》するつもりなど毛頭ないが、いま見すてるわけにはいかない。彼は李宗建《りそうけん》を手招いて命じた。

「キド・ブカ将軍に急使を出せ！　追撃をやめて後退せよ、と」

「将軍の前進が速すぎます。追いつくのは困難かと……」

「出す前からあきらめるな」

郭侃はどなったが、つぎの瞬間、息をのむ破目《はめ》になった。左右の丘から、半月を描いた旗をひるがえした騎馬隊が躍《おど》り出て、漢人部隊の前面で合流し、人馬の壁をつくったのである。漢人部隊は前進をはばまれた。

「分断された！」

郭侃は慄然《りつぜん》とした。漢人部隊は前進を阻止《そし》されたが、先行するキド・ブカの本隊は退路を断たれたことになる。エジプト軍の強烈な戦意を思い知らされた。彼らはキド・ブカの本隊を完全包囲し、単に勝利するだけでなく全滅させようとしていた。

「回回砲《フイフイ》、撃て！」

地軸を揺るがす火器の咆哮《ほうこう》とともに、血と砂の雨が降りそそぎ、エジプト軍の陣列に穴があく。郭侃は呼吸をととのえ、最後の努力をこころみた。

あわただしく馬を寄せてきた公孫英《こうそんえい》に、郭侃はさらにあわただしく命じた。

「ただちにキド・ブカ将軍のもとへ走って伝えよ。すぐ軍を返して我らと合流すべし、とな。これは罠《わな》だ。このままでは挟撃され、分断される、と。急げ！」

公孫英は一礼すると、前方へ向かって馬を走らせた。だが、ほどなく、甲《よろい》の右袖に矢を突き立てた姿で駆けもどって来た。

「だめです。もうすでに挟撃され、分断されております。キド・ブカ将軍のお姿も見えません」

エジプト軍の陣頭では、隻眼《せきがん》の将軍がつぶやいていた。

「ふん、モンゴル軍のなかにも、物の見えるやつがおると見える。だが、惜《お》しいかな、すこしばかり遅かった。きさまらの使ってきた戦法で、きさまらを鏖殺《おうさつ》してくれるぞ……用意はできておるな」

「はい、バイバルス将軍」

「よし、喇叭《ラッパ》を鳴らせ」

高く低く、嚠喨《りゅうりょう》たる喇叭の音が空の下を奔《はし》りわたる。それが合図であった。

モンゴルの軍列をはさむ左右の丘や林から、一斉にエジプト軍が群らがり起《た》った。算《かぞ》えきれぬ矢が、死の雨となってモンゴル軍に降りそそぐ。それは弩《おおゆみ》から放たれる重い矢で、モンゴル兵の軽くて薄い甲《よろい》を易々《やすやす》とつらぬき、馬をも転倒させた。モンゴル軍は人馬もろとも砂塵《さじん》の中に倒れこみ、手から飛んだ直刀が宙を舞う。

「殺せ！」

隻眼のバイバルスの号令は、喇叭の音も馬蹄のひびきも圧して、天と地の間にとどろきわたった。

「これまでお前たちの同胞《どうほう》が、モンゴル軍に何百万人も殺された。城は壊され、村は焼かれ、女は奪われ、国は亡ぼされた。あげくに、やつらは、『天なる神のつかわされた軍隊』などと自称しておる。不敬の極《きわ》みよ。世に神は唯一、アラーのみぞ。いまこそ、お前たちの同胞の仇《かたき》を討て。神に背《そむ》く異教徒どもを殺せ。一兵も余すな！」

バイバルスの叫びに、万雷《ばんらい》の喊声《かんせい》が応《こた》える。エジプト軍は馬首をめぐらし、数千の矢を斉射《せいしゃ》した。モンゴル軍の最先頭を地上に薙《な》ぎ倒すと、つぎは半月刀をかまえ、振りかざし、振りおろし、砂漠に人血と屍体《したい》をまき散らす。先頭のバイバルスが腕を振るたびにモンゴル兵の首が宙に飛んだ。

「おお、まるでジャラル・ウッディーンの再来を見るようじゃ」

感激した老兵が声を震わせる。二十年以上もモンゴル軍と戦ってきた古強者《ふるつわもの》であろう。だが、彼はまちがっていた。バイバルスはジャラル・ウッディーンの再来ではなかった。個人的な武勇が互角であったとしても、用兵家として、戦略家として、さらに政治家として、バイバルスはジャラル・ウッディーンに勝《まさ》ること数段であった。後世、イスラムの英雄として彼と並び称されるのは、第三回十字軍を退《しりぞ》けたサラディンのみである。

エジプト軍の矢は、いよいよ烈《はげ》しく降りそそぎ、モンゴル軍は至るところで砂上に転落していく。

「退《ひ》け！」

郭侃は叫んだ。敵の作戦によって地の利を失ったうえ、敵の勢いのすさまじさを肌で感じると、採《と》るべき方途《みち》はひとつしかない。モンゴル軍の敗北は、すでに決まっていた。逃げて全滅をまぬがれるしかない。

「退け、退くのだ」

「キド・ブカ将軍を見殺しになさるのですか」

李宗建の声に、非難のひびきはない。ただ、郭侃の意思を確認しただけで、彼自身も「退け、退け」と叫んだ。

郭侃の異能は、このとき唯一の退路を東北方に見出している。エジプト軍の追撃をかわすには、ダマスクスやアレッポを棄《す》て、シリアとメソポタミアの境界線上を北上するしかない。フラグ汗のいるタブリーズまで一カ月はかかるだろう。

斬撃《ざんげき》と刺突《しとつ》の、はてしない応酬。

青《かぶと》が吹き飛ぶ。甲《よろい》が裂《さ》ける。盾《たて》が割れる。頭蓋《ずがい》が砕ける。胸骨の間から血がほとばしり、腹の開いた傷口から腸が飛び出す。

怒号。悲鳴。絶叫。馬蹄のとどろき。刃と刃が激突し、火花と閃光《せんこう》が舞いくるい、エジプト兵の何倍ものモンゴル兵が斃《たお》れていく。

「きさまらが――きさまらが」

怒りと憎しみに満ちた声が、キド・ブカの耳にとどいた。

「呼ばれもせぬのに、こんなところまでやって来るから、こんな惨状《こと》になったのだ。モンゴルへ帰れ！　さもなくば地獄に堕《お》ちろ！」

そう叫んで、キド・ブカに斬りかかったエジプトの将軍は、ジャマール・ウッディーン・アクーシュといった。キド・ブカはその挑戦に応じ、烈しく剣を撃ちあわせたが、勝敗は決さず、やがて離ればなれになった。

　キド・ブカは乱刃の渦中にあった。右から左から、前から後から、半月刀や長槍が死の波となって押し寄せてくる。

　キド・ブカは常勝将軍であった。大小何十もの戦闘で、彼は武芸と勇気と指揮能力を証明してきたのだ。だが、はじめて劣勢に直面して、冷静さを失いつつあった。

「やはり、郭侃《クウォカン》と回回砲《フイフイ》が必要だったか」

　その考えが脳裏《のうり》をかすめたが、キド・ブカは振り払った。モンゴルの将軍として、イル汗国のシリア総督としての矜持《きょうじ》が、後悔を許さなかった。漢人の助力など要《い》らぬ。エジプト一国ごとき、独力で征服してみせる。

「逃げるな、恥を知れ！」

　エジプト軍の猛攻の前に退却していく味方を、キド・ブカは見るに堪《た》えなかった。すでに彼は兵士たちに戦術上の指示を下すことができず、一個の戦士としてしか存在していない。

「お逃げください、キド・ブカ将軍」

　味方の呼びかけに、キド・ブカは直刀に付着した血を振り落とし、怒号で応じた。

「モンゴルの将軍が、どのように死ぬか、見とどけてフラグ汗にお報《しら》せせよ！」

　キド・ブカは、なお屈しない。モンゴルの直刀も甲冑も、エジプト兵の血にまみれ、馬も傷ついて、自由に動けなくなりつつあった。その姿を見たエジプト兵たちは、死出の同伴者《みちづれ》にされることを忌避《きひ》し、彼から遠ざかった。

「おれが相手だ、モンゴルの将軍」

出現した壮年のエジプト将は隻眼であった。左眼が白濁し、右眼だけが碧《あお》くきらめいている。彼の甲冑もまた、敵兵の血に染まっていた。

「敵として不足なし」

自分のほうから、キド・ブカは突進した。彼は熱狂的であったが、バイバルスは冷静であった。形状の異なる二本の刃が、二十余合を撃ちあって火花を散らし、やがて一本の刃がたたき折られた。

そのころ郭侃は、東北方の山中へとつづく橋を部下とともに渡り、声をからしていた。

「あの橋を撃て！　橋をこわせ！」

二千人の砲兵は熟練している。たちまち二門の回回砲が大気を震わせ、追ってきた十騎ほどのエジプト兵もろとも、橋を粉砕した。

郭侃は味方を見まわした。漢人部隊と回回砲は無傷。対照的に、救い出したモンゴル兵、トルコ兵、ペルシア兵八千ほどは血と汗と砂にまみれている。

去っていく敵兵を眺《なが》めて、追撃路を断たれたエジプト兵が口惜しげに訴えた。

「バイバルス閣下！」

「もうよい、深追いするな。モンゴルの本隊を潰滅《かいめつ》させただけで充分だ。あまり欲をかくと、モンゴル軍の撤《てっ》を踏むことになるぞ」

「は……」

「さあ、引き返せ。今宵《こよい》の酒は美味《うま》いぞ」

バイバルスは、キド・ブカを捕虜とし、全軍をととのえて、エジプト軍の大本営に帰還した。この戦いで、モンゴル軍の死者は一万二千、エジプト軍の死者は八百といわれる。西征のモンゴル軍にとっては、空前の大敗であった。さらに捕虜となった者が八千人ほど。彼らはエジプトの奴隷市場で売り物にされることになる。

Ⅱ

歓喜に沸《わ》きたつエジプト軍の陣中を、敗将キド・ブカが引き立てられて来た。冑《かぶと》を失って髪が乱れ、甲《よろい》は裂け、エジプト兵と彼自身の血にまみれ、後ろ手に縛りあげられている。だが、悪びれることなく昂然《こうぜん》と頭をあげた姿には、敗将の惨《みじ》めさはなかった。

クトゥヅが笑って声をかけた。

「モンゴルの将軍よ、さても運の悪いことであったな。汝らの奉じる神は、汝を救う手段を費《つか》いはたしたと見える」

地上に胡坐《あぐら》をかいたキド・ブカは、血と土塵にまみれた顔をあげ、胸を張ってエジプト軍の領袖《りょうしゅう》たちをにらみわたした。

「愚かなエジプト人ども、ただ一度勝ったからとて、心驕《おご》るなかれ。我が死を知れば、ご主君フラグ汗は全軍をあげてエジプト全土を蹂躙《じゅうりん》なさるであろう。吾《われ》はモンゴルの忠臣。汝らごとき主君殺しと同列ではないわ。さっさと吾を殺して、報いの日を待つがよい」

バイバルスが、浅黒い精悍《せいかん》な顔に冷笑をたたえた。

「招待されたわけでもないのに、地の涯《はて》より押しよせて諸国を亡ぼし、何百万もの人間を殺し、財貨を掠奪《りやくだつ》した地獄の使者が、血に汚れた舌で忠義を語るとは、笑止《しようし》なことよ。現在《いま》こそ勝ち誇《ほこ》っているが、いずれ汝らも征服した土地から追われ、あらたな覇者の前に這《は》いつくばって慈悲を乞《こ》うことになる。その醜態《しゆうたい》を見ずにすむこと、幸福だと思え」

言い放つと、バイバルスは腰間《ようかん》の剣を抜き、ただ一撃でキド・ブカの首を宙に飛ばした。キド・ブカは享年三十四。軍歴の二十年めであった。


「アイン・ジャールートの決戦」における敗北とキド・ブカの死とは、モンゴル軍に大きな衝撃をあたえ、反モンゴル勢力を狂喜させた。

「モンゴル軍が負けた！」

「エジプト軍がモンゴル軍を破った」

「クトゥヅ国主《スルタン》か？」

「彼もだが、バイバルス将軍がすごかった」

「十年ばかり前に、フランス国王を捕虜にした、あの男か」

「バイバルスこそ、イスラム世界の守護者だ」

バイバルスの勇名は、主君をしのいで、西アジア全体にとどろいたのである。「アイン・ジャールートの決戦」は現代においてこそ無名であるが、世界史を変えうる一戦であった。このときモンゴル軍が勝利していたら、余勢を駆ってエジプトに侵入し、地中海南岸に沿ってアフリカ大陸を横断し、ジブラルタル海峡を渡って西からヨーロッパへ侵攻する、という事態さえありえたのだ。ただし、モンゴル兵たちが海を渡ることができたら、の話であるが。

そうはならなかった、永久に。

キド・ブカを喪《うしな》ったフラグの落胆は、ほどなく憤《ふん》怒《ぬ》と憎悪に転じた。彼はエジプト軍の来攻にそなえて防御をかためる一方、モンゴル軍から離反する動きを見せはじめた勢力に、地獄の鉄槌《てっつい》を振りおろした。

フラグはモスルに兵を送って、国主《スルタン》をとらえさせると、その身を野外に立てた杭《くい》に縛りつけ、盛夏の炎天下にさらした。国主はじわじわと陽光に灼《や》かれ、蛆《うじ》にたかられたが、熱中症で死に至る前に、自分の三歳の息子が胴体をまっぷたつに斬られて殺されるありさまを見せつけられねばならなかった。

さらに、力つきて降伏したマイヤファルキン城においては、領主《アミール》はやはり杭に縛りつけられ、自分の身体をすこしずつ刀で削《そ》がれて口に押しこまれ、血にまみれて絶命した。マイヤファルキンの住民たちも、キリスト教徒をのぞいて皆殺しにされた。イスラム史家の非難する「モンゴルの残虐」も頂点に達した観がある。

モスルとマイヤファルキンにおける惨劇は、モンゴル支配下の王侯たちを、あらためて戦慄させた。たとえ叛旗《はんき》をひるがえしても、敗れればどうなるか。イスラムの王侯たちをまとめて指揮する人物も存在しない。エジプトにバイバルスのような英傑《えいけつ》が存在するのを、はるか遠くから羨《せん》望《ぼう》するだけである。それでも、モンゴル軍のアフリカ大陸征服の野望は、微塵《みじん》に砕かれたのだから、すでに征服された者たちは、胸中に歓喜の叫びをあげたのだった。

キド・ブカの残兵を収容し、エジプト軍の追撃を警戒しながら、郭侃がフラグの本営に帰り着いたのは、そのような状況下においてであった。漢人部隊二千名は、まったくの無傷。回回砲十二門も無事。何とか戦場から救い出したモンゴル兵、トルコ兵、ペルシア兵は、険《けわ》しい山道と戦傷で二割近くが脱落したが、それでも生きてつれ帰ることができた。

「そなたらより早く逃げもどってきた者がおって、キド・ブカの死は、もう存じておる」

「みごとな御最期《さいご》だったと……」

「キド・ブカの一門は、子々孫々《ししそんそん》にいたるまで、功臣の家系として優遇する。そのこと、日付をいれて正確に記録しておけ」

「おお、郭侃《クウオカン》、よく生きて戻ってきたな」

入ってきたアバカが、先に声をかけてきた。郭侃は深々と頭をさげてそれに応じた。

「さぞ苦労したであろう。キド・ブカのことは残念だったが……」

「アバカ、予にもすこししゃべらせろ」

「はい」

アバカは一歩退いて、自分の父親と郭侃を等分に見られる場所に佇立《ちょりつ》した。フラグは息子に一《いち》瞥《べっ》を投げると、あらためて郭侃に向きなおる。

「アバカめ、孺子《こぞう》のくせに、予の発言を横奪《よこど》りしおった」

アバカが恐縮の身ぶりをした。

「しかし、こやつの申したとおり、郭侃《クウオカン》よ、よく戻ったな。キド・ブカばかりでなく、そなたまで喪った日には、イル汗国の屋根をささえる柱がなくなってしまうわ」

「臣に処罰をお願い申しあげます。キド・ブカ将軍をお救いできませんでした」

フラグは底光りする眼で郭侃をにらんだ。

「よく事情もわからんのに、処罰できるか。敗将の分際《ぶんざい》で出すぎるな」

「は、僭越《せんえつ》をお赦《ゆる》しください」

フラグは息を吐き出した。酒の匂いがする。

「郭侃《クウオカン》よ、予は不思議でならんのだ。そなたとキド・ブカとがそろっていながら敗れるとはな。エジプト軍はそれほど強かったか」

「それは……」

「予に説明して、納得させせろ。納得できなんだら、いくらでも処罰してやる。予が納得したら、報賞と別命をあたえよう」

そこで郭侃は「アイン・ジャールートの決戦」について、知ることのすべてを説明することになった。質問をさえぎることもなく、フラグは話を聴いていたが、郭侃が語り終えると、閉じていた両眼を開いて、何やら考えこんだ。

郭侃が何気なく視線を動かすと、フラグの玉座の蔭《かげ》に奇怪な物体が見えて、彼を愕然《ぎょっ》とさせた。それは盆の上に載《の》せられた男の生首であった。生首の主はナスィルといい、一時フラグに気に入られて、シリア一帯の領主権を約束された人物であった。

「キド・ブカ敗死」

兇報がとどく前日、フラグは、アレッポとダマスカスの国主《スルタン》ナスィルの統治権を正式に承認した。ところが、兇報を受けて逆上するフラグに、讒言《ざんげん》した者がいる。

「あの不敗のキド・ブカ将軍が、エジプト軍などにむざむざと敗れるはずがございませぬ。ナスィルめが裏切って、敵と通じ、キド・ブカ将軍を亡き者としたのでございます。何とぞ御成敗《ごせいばい》あそばしますよう」

そのようなことを言った者の目的は不明だが、冷静さを失ったフラグはそれを信じ、祝宴という名目でナスィルを呼びよせた。

敗軍をひきいて、郭侃がフラグの本営へ帰りついた夜のことである。心重く、郭侃が本営へ乗馬を歩ませていくと、前方から悲鳴がとどろいた。すぐに止《や》んだので、それ以上、気にとめなかったのだが、それはナスィルの断末魔の叫びであったのだ。

「気になるか、郭侃《クウオカン》、この首だけになったナスィルめが、裏切ってキド・ブカをエジプト軍に売ったのだ」

郭侃は溜息をついて、ひざまずいた。

「ナスィルどののことは存じませんが、エジプト軍はみごとな戦法を用いて、わが軍を完全に撃ち破ったのでございます」

「キド・ブカを完敗させるほどの武将が、エジプトにおったとはな」

アバカが溜息をつく。バヤンは黙然と考えこんでいる。彼はキド・ブカの敗因を考えているのではない。それはすでに終わった話だ。深慮遠謀のバヤンは、これからのことを考えている。思わぬ敗戦によってアフリカ大陸侵攻の野心を挫《くじ》かれたフラグが、今後、政治的・軍事的にどう動くか、推察しているのだ。そのことが郭侃には理解できた。

「郭侃《クウオカン》、もうよい、ひとまず退出せよ」

命じられて、郭侃は御前をしりぞき、自分の陣に帰った。李宗建、公孫英、張康の三人が、陣営の前で彼を待っていた。郭侃がいかに処遇されるか案じていたのだ。郭侃はうなずいて、彼らの厚意を謝した。

「モンゴルは恐ろしい。たとえ敵だったとしても、あそこまでやりますか」

李宗建が声を震わせた。モスルの君主《スルタン》、マイヤファルキンの領主《アミール》、それにナスィルらの惨殺について言っているのだ。彼らの運命を最初に聞いたとき、郭侃も吐き気をもよおした。李宗建の言葉にまったく同感であったが、彼の立場としては、部下をなだめなくてはならない。

「しかたなかったのだ。敗戦の後に甘い態度をとったら、弱みを見せたと思われる。遊びごとでやったのではない」

「それにしたって、程度ってものがありますぜ。死にかけてる親の眼の前で幼児を……」

「張、もう言うな」

郭侃の声の重さに張康は沈黙する。とりあえず酒でも、と、公孫英が提案し、四人は郭侃の帳幕へと足を向けた。

Ⅲ

一方、エジプトの国主《スルタン》クトゥヅの栄華は、ほとんど瞬間的と称してよいほど、短いものであった。

アイン・ジャールートの大勝利から五日後、クトゥヅはダマスカスに入城して論功行賞《ろんこうこうしょう》をおこなった。エジプト軍に味方して戦った近辺の小領主たちは、モンゴル軍に占領された領地を回復し、モンゴル軍に一時は屈伏していた者たちも、大半は赦《ゆる》された。クトゥヅはエジプトの境界線を大きく東へ前進させ、「ナイル河からユーフラテス河まで」の広大な版図《はんと》を確立した。

反して、敗者は惨《みじ》めである。モンゴル軍に便乗してイスラム教徒を虐殺したキリスト教徒たちは、今度は殺される番になった。多くのキリスト教寺院が火を放たれ、破壊されたのである。

満足しているクトゥヅの前に、隻眼の猛将バイバルスが姿を見せた。彼の論功行賞を、クトゥヅは後まわしにしていた。バイバルスの功績はあまりに大きいので、軽々《けいけい》には決められぬ、という理由である。バイバルスのほうでは、クトゥヅの内心を見ぬいていた。クトゥヅはバイバルスの能力と功績を恐れている。自分の地位と権力が、バイバルスによって脅《おびや》かされるのではないか、という、ありがちな恐れである。

「国主《スルタン》、お話がございます」

「何だ？」

クトゥヅは露骨に不快そうな表情《かお》をしてみせたが、そんなことで怯《ひる》むバイバルスではない。

「論功行賞の件でござるが……」

「おぬしへの報賞は大きいゆえ、いずれ……」

「お願いがあるのです。臣《しん》をアレッポの総督に任命していただきたい」

「かってなことを申すな」

「アレッポなれば、モンゴル軍とキリスト教徒軍の双方を、同時に相手どって戦うことができ申す。別の言いかたをすれば、エジプトにとって枢要《すうよう》で、しかも、もっとも危険な場所。ゆえに、臣こそが……」

「だめだ」

冷たくクトゥヅは言い放った。

「アレッポは他の者にまかせる。そなたの処遇は、カイロにもどってから決めるが、チュニジア方面の総督にでもなってもらおうか」

バイバルスの顔が、失望と怒りに紅潮した。主君が彼の実力と功績を警戒して、遠方へ追いやろうとしていることを看《み》てとったからである。

「チュニジアからモロッコまで、臣の戦うべき相手はおりませぬ。働く場がございませぬ」

「では、ゆっくり休んで、戦いの疲れを癒《いや》すがよい。モンゴルとの戦いは予にまかせておけ。チユニジアの女は美しいし、葡萄酒《ぶどうしゅ》は旨《うま》いぞ」

いずれ必ず、とは思っていた。機会は突然にやってきた。バイバルスは息を吐き出した。

「わかり申した。仰せのごとくに……」

バイバルスは床に膝《ひざ》をつき、クトゥヅの両手を押しいただいた。クトゥヅは鷹揚《おうよう》にうなずく。

一瞬の後、剣光が閃《ひらめ》き、クトゥヅの胸に激痛が走った。

「お、おのれ、主君を殺すか……！」

「おたがいさまでござるよ」

冷たく応じると、バイバルスは短剣をさらに深くクトゥヅの胸に突き立てた。クトゥヅは口を開いたが、奔出《ほんしゅつ》したのは声ではなく血であった。

「臣下の功を嫉《ねた》む君主、忠誠に値せず」

言いながら、バイバルスは短剣を引き抜き、倒れこむクトゥヅの身体と噴血を避けて立ちあがった。隻眼を光らせて周囲を見わたす。対照的に、いあわせた諸将は、いっせいに膝をついた。

「バイバルスをこそ、国主《スルタン》の座に！」

クトゥヅの報賞の不公正さに、諸将の信望は一気に離れていたのである。


フラグの本営に、大声がひびきわたった。

「バヤン！」

「郭侃《クウオカン》！」

「はい」

「はっ」

佇立《ちょりつ》するふたりに、意外な命令が下された。

「そなたら両名、これよりただちにタブリーズを発《た》て」

バヤンと郭侃は視線を見かわす。主君の命令は、いかにも衝動的に思われた。

「御命令に否やはございませんが、目的地は何処《どこ》でございましょうか」

バヤンの質問に、即答が返ってきた。

「東だ。モンゴル本土へ赴《おもむ》け」

バヤンと郭侃は、ただちにフラグの意を諒解した。

「大集会《クリルタイ》に出席せよ、との仰せでございますか」

「まともな大集会の体《てい》を為《な》しているか、あやしいものだがな」

「して、どの御方に付けばようございましょう」

「フビライ兄だ。他に、モンケ兄に代わる者はおらぬ。そなたらは、ペルシアに帰って来る必要はない。フビライ兄がすでに大可汗《カアン》位に即《つ》いていたら、そのまま兄に仕《つか》えよ。兄はそなたらを重用してくれるだろう」

郭侃は黙然と考えこんだ。一方で、バヤンは、ためらいを排するように口を開く。

「不吉なことを申しあげますが……」

「わかっておる。もしフビライ兄が敗れていたら、兄を輔《たす》けて敵と戦え。是《ぜ》が非《ひ》でもフビライ兄の手に大可汗位を渡すのだ。万が一にも、チャガタイ一族やオゴタイ一族の者が大可汗位に即《つ》いたら、我らは、みずからの手で征服した領土を、やつらに献上させられるやもしれぬ。郭侃《クウオカン》！」

「はっ」

「そなたはバヤンを案内し、故郷に帰れ。ざっと十年ぶりかな。妻子が待っておろう」

「御高配おそれいります」

「ただ、漢人部隊と回回砲は残していくのだぞ」

感情を整理できぬ裡《うち》に、郭侃はバヤンとともに宮殿を退出した。馬に騎《の》ろうとしたとき、若々しい声をかけられた。アバカである。

アバカは、すでに父の意向を知っていた。

「キド・ブカが死に、そなたら両名がモンゴル本土に還《かえ》る。寂しくなるな」

「申しわけございませぬ」

「なに、べつにそなたらの罪ではない。父上のことは、おれに委《ゆだ》ねて、東の方で思いきり暴れてくるがよい」

郭侃とバヤンは視線を見かわした。

「暴れてこい、と仰せで？」

「どうせ大集会《クリルタイ》は一年や二年では終わらぬ。終わっても、負けた者が素直に結果を受け容《い》れるものか。東方は、当分、モンゴル人どうしで荒れるぞ。そなたらが誰に付くかで、つぎの大可汗が決まるかもしれぬな」

ふたたび郭侃が視線をかわすと、アバカは一笑した。

「では気をつけて赴《ゆ》け。ペルシアを出たら、モンゴル本土まで、すべてオゴタイ家とチャガタイ家の版図だ。味方とはかぎらんぞ」

「敵国領を征《ゆ》くつもりで、小心《ようじん》いたします」

「うむ、ま、そなたら両名がそろっておれば、不覚をとることはあるまい。何分にも達者でな」

一二六〇年十一月、郭侃は四十四歳、アバカは二十七歳、バヤンは二十五歳。郭侃とバヤンは、生涯アバカと再会することはない。

バヤンと郭侃は、みたび視線をかわして、うなずきあった。アバカに告げておくべきことがある。フラグの秘密の病、癲癇《てんかん》の件であった。

両名から父の病気のことを告げられて、アバカは瞠目《どうもく》したが、動揺は見せなかった。

「そうか、よく知らせてくれた。思いあたるところがないでもない。気をつけよう。では、いつまで別れを惜しんでいても際限《きり》がない。さらばだ」

アバカは馬腹を軽く蹴《け》って走り去った。その後ろ姿に深く一礼すると、郭侃とバヤンはそれぞれの陣にもどり、あわただしく長旅の準備をととのえた。タブリーズからカラコルムまで、おおよそ一万里である。

郭侃は、李宗建、公孫英、張康の三人を呼んで、急ぎ東帰《とうき》することを告げた。

「後事は、おぬしらに託したぞ。イル汗国とは言わぬ、アバカさまのために役立ってくれ」

「またお目にかかる日を愉《たの》しみにしております」

公孫英の声が湿った。彼の台詞《せりふ》は、彼らが再会をはたしえぬことを、逆説的に語っていた。

「ああ、おれもだ。三人とも息災でな」

「御心配なく。三人とも、他のふたりより長生きしようと思っておりますからな。そろって百歳まで生きますよ」

張康が胸をそらせると、李宗建が笑った。

「たしかにな。おぬしに葬式を出されたのでは浄土《じょうど》に行けぬわ」

笑い声がおこったが、心底からの明るいものでなかったのは、是非《ぜひ》もない。郭侃は、三人に戦術上の注意をいくつかあたえ、大事にあたってはアバカの指示に従うよう告げた。

「芸のない別離の辞ですが、道中、くれぐれもお気をつけて」

「おぬしたちもな」

広大無辺な大陸の東端で生まれ育ち、西端で死ぬことになるであろう部下たちの身を想って、郭侃の両眼は熱くなった。

すこし離れた場所で、乗馬の轡《くつわ》をとって、バヤンがその光景を見つめていたが、遠慮がちに二、三歩あゆみよって声をかけた。

「郭侃《クウオカン》どの、そろそろ……」

「おお、お待たせして申しわけなかった」

郭侃は自分の馬に騎《の》り、バヤンと馬首をならべると、振り返ることなく走り去った。

これ以後、イスラム世界の史料から、郭侃の名は消える。死んだと思われたようである。なお、イスラム史料では、郭侃の名は「クオカ・イルカ」と表記されているという。

バヤンと郭侃に従うモンゴル騎兵は百騎。いずれもフラグが諸将に指名させて選抜した精鋭である。まさしく疾風《しっぷう》の勢いでタブリーズから東へと駆けに駆けた。

Ⅳ

郭侃とバヤンが去った後、フラグの覇王としての姿は、やや精彩を欠くようにも見える。エジプト軍との全面対決を避け、アフリカ大陸への侵入を断念し、地中海岸からも撤収した。それでもペルシアとメソポタミアを保全し、カフカス諸国の支配権をめぐって金帳《シグ・オルド》汗国と抗争をつづけた。

金帳汗国とイル汗国。モンゴル人どうしが争うことになったのである。しかも、ジュチ家の金帳汗国とトゥルイ家のイル汗国との強固な盟約が破れたのだ。さらに、バトゥの弟である金帳汗ベルケがイスラム教に改宗したため、それに対抗するためイル汗フラグはキリスト教国ビザンチンと同盟することになった。

長きにわたってつづく大モンゴル帝国の分裂と分立の、西方における始まりであった。

バヤンと郭侃を送り出すと、フラグは息子を宮殿の私室に呼んだ。

「アバカよ」

「はい」

「予は新しい妃《きさき》をもらうことにした」

「お気に召した婦人がおりましたか」

アバカはおどろかなかった。彼には若い義母が何人もいる。ひとり増えるだけのことだ。

「ビザンチンの皇帝がな、娘を予に嫁《とつ》がせると申しこんできた。美人だとよいがな」

「承知なさったのですね」

「頭から拒《こば》む必要もあるまい。結婚すれば、予はビザンチン皇帝の女婿《むすめむこ》ということになる。となれば、ふふ、ビザンチンの帝位を継承する資格が予にはある。そういうことになりはせんか」

さすがにアバカは愕然《がくぜん》として、父親の、つかみどころのない表情を見守った。

神ならぬ身の父子に、予知することはできなかった。五年後に世紀の縁組は実現するが、若い花嫁を見ぬうちに、フラグが四十九歳の若さで急死することを。ビザンチンの皇女マリア・パレオロガスは、キリスト教徒の保護を条件に、アバカの妃となることを。

この後、フラグ・アバカ父子と郭侃とは、再会することがないので、イル汗国の未来についてすこし記述しておこう。

フラグはアフリカの征服を断念し、シリアとパレスチナも放棄して、ユーフラテス河の線まで後退した。ただし、それ以上はエジプトの侵攻を許さず、ペルシア、メソポタミア、カフカス諸国の経営に専念したが、一二六五年二月、酒毒と癲癇の発作《ほっさ》により、四十九歳で死去した。第二代イル汗となったアバカは、ユーフラテスの国境線を死守する一方、北の金《シグ・オルド》帳汗国、東北のチャガタイ汗国と対峙《たいじ》し、宗主国の元《げん》からは何の援助もなく、独力で、カシミールまでの広大な領土を保全する。マラガには天文台を建て、ペルシア文化の吸収に努めた。一二八二年、父とおなじ四十九歳で急死するが、酒毒で腎臓と肝臓を害していたためであった。水準以上の君主であったが、彼もまた、モンゴル王族の宿痾《しゆくあ》である酒毒から逃れることはできなかったのである。

一二六〇年十一月、フラグはシリアへ再侵攻し、アレッポを包囲して猛攻をかけた。だが、バヤンと郭侃を欠くフラグ軍は、攻撃しては撃退され、犠牲を増やすのみであった。

ついにフラグは短兵急《たんぺいきゆう》な作戦を断念して、イル汗国の首府とさだめたタブリーズ方面へと後退、そこをエジプト軍に追撃されて大打撃をこうむる。災厄には災厄がかさなり、豊かなカフカス地方の支配権を主張する金帳汗国のベルケ汗が、北方から攻勢に出てきた。

西アジア一帯を分割支配していた、ふたつのモンゴル国家が、完全な敵対関係にはいったのだ。東方の大汗位抗争に関しても、フラグはフビライを支持し、ベルケはアリク・ブガを支持して、両立共存は不可能となった。

一二六〇年は、フラグにとって最悪状態の裡《うち》に暮れていった。

すさまじい速度で、郭侃とバヤンは、万里の道を駆けぬけた。以前は長く滞在したサマルカンドやアルマリクも一日で通過する。モンゴル軍と出会って誰何《すいか》されると質問で返した。

「フビライさまの軍か、アリク・ブガさまの軍か」

正確に見さだめねば、郭侃とバヤンだけのことではすまない。全モンゴル帝国、さらには世界の命運にすらかかわる。

「フビライさまの軍だ。汝らは何者か。アリク・ブガの手の者ではあるまいな」

バヤンが大音に応じた。

「我らはイル汗フラグさまより遣《つか》わされた使者。主君の意を受け、フビライさまにお会いするべく、ペルシアより参上した」

「ペルシアから？」

相手のおどろきにかまわず、

「フビライさまは何処《いずこ》におわす？」

「ここにはおわさぬ」

「では何処に？」

「現在《いま》はたしか河北《かほく》のほうに……」

「わかった」

地図と地形を見較《みくら》べ、カラコルムを避けて南寄りの道をたどる。

「イル汗フラグ殿下の代理として大集会《クリルタイ》に参加する。我らの道をさえぎれば、代償は巨大であると知れ！」

必要に応じて威迫《いはく》の叫びを放ちながらの疾駆である。護衛の百騎は、フラグが選んだだけあって、一騎の脱落もなく、両名に従って来た。

もっとも、郭侃は、バヤンほどには熱くなっていない。シリアからキプロス島へ渡り、日の没する海を見た。生涯の夢は果たした。もはや思い残すことはない。

「いや、中華の地に生きてもどれたからには、妻子の顔を見なくてはな」

郭侃はバヤンより十九も年長である。カラコルムを迂回し、ゴビ砂漠を通過するころには、かなり疲労が蓄積していた。そのようなことに気がつかぬバヤンではない。河北の平原に入《はい》ったあたりで、三日ほど休息をとった。大きな槐《えんじゅ》の下にころがって、水筒の水を飲んでいると、かなりの数の騎兵が行軍するのに遭遇した。バヤンが立ちあがって呼びかける。

「これはフビライ汗《ハーン》の軍か!?」

郭侃の大声に、おなじく大声の返答がある。

「フビライ汗ではない、フビライ大可汗《カアン》だ。無知なやつめ」

「何？　大集会《クリルタイ》はもう終わったのか」

「ああ、両方ともな」

「両方」という意味にバヤンがとまどう。郭侃がはね起きた。

「史天沢《していたく》将軍はいずこにおわす？」

「お前は史将軍の何だ？」

「旧知の者だ。将軍にお会いしたい。郭侃と伝えてくれればわかる」

漢人を見下す癖《くせ》のあるモンゴル兵だが、フビライと二十年以上の親交がある史天沢は別格である。すぐに案内してくれた。

史天沢はこのとき河南等路宣撫使《かなんとうろせんぶし》・兼・江淮諸翼軍馬経略使《こうわいしよよくぐんばけいりやくし》である。長い長い官名だが、要するに旧金国領における軍事面の最高責任者であった。

郭侃が周囲の風景から予想していたとおり、史天沢の本拠地である真定《しんてい》城までは十里ほどの距離であった。郭侃は城内の正殿《ホール》に駆けこんだ。

「史将軍！」

声に応じて姿を見せたのは白髪白髯《はくはつはくぜん》の老人だ。

「おうおう、仲和《ちゆうわ》か、夢ではないな」

郭侃と史天沢との再会も十年ぶりである。別離に際しては、二度と会えることはないだろう、と両人とも考えていた。だが、こうして再会できた。十年にわたる戦火の日々を生きぬいたのだ。史天沢は、とうに六十歳を過ぎているが、白髪白髯をのぞけば血色もよく、若々しい。

「よう生きてもどったのう」

「将軍も御息災で何よりです」

「で、どうじゃ、日の没する最果ての海を見たか？　夕日が海に沈むのを、その眼で見ることができたか」

「はい、この眼で見ました」

「そうかそうか、どうであった？」

「とてもとても、一言では言いあらわせませぬ」

「おやおや、口が達者になったのう」

歯の欠けた口を開けて笑う史天沢に、バヤンを紹介する。

「日が海に没するのを見た。それも一度ではなく、何度も。史将軍にもお会いできた。もう思い残すことはない。いつ死んでもいいいな」

そう考えて、郭侃は苦笑した。我ながら変な男だと思う。

「死なれてたまるか」

郭侃の内心を見すかしたように、史天沢が声を張りあげた。

「即位なさったとはいえ、フビライ陛下のお立場は盤石《ばんじやく》ではない。北のアリク・ブガはしぶといし、南の宋は頑強で、やつらの水軍には、いまのところ、まったく歯が立たぬ。『宋朝弱兵《そうちようじやくへい》』などと、どこの無責任な輩《やから》が放言したのやら」

史天沢は、バヤンに視線を向けた。

「おぬしはフラグ殿下に選ばれて派遣されたのじゃな」

「さようです」

「では、すぐにお引きあわせいたそう」

年齢《とし》をとって気が短くなった史天沢は、郭侃とバヤンを急《せ》かすように、フビライとの対面の準備を進めた。

疾風に乗ってユーラシア内陸部を横断した郭侃とバヤンが、フビライとの面会をはたしたのは、一二六〇年も残り数日となった時期であった。場所は上都《じようと》開平府《かいへいふ》、ないし、その近辺と思われる。フビライは四十六歳。郭侃とは十年めの再会であり、バヤンとは初対面であった。

第九章　余生

I

　十年の歳月は、フビライをほとんど変えていなかった。すくなくとも外見は。まだ老化の影もなく、壮年の英気を老練さにつつんで、円熟の頂点にあるようだ。彼は細い眼を郭侃に向けて、悠揚《ゆうよう》たる声をかけた。

「郭侃《クウオカン》よ、大陸を東から西へ、西から東へと御苦労であったな」

　郭侃は気を引きしめて応じる。

「おそれいります。臣はただ、ひとえに、与えられた務《つと》めを果たしただけでございます」

「フラグ汗《ハーン》は息災か」

　弟の名に「汗」という称号をつけたのは、さりげない政治感覚であったろう。郭侃は、ただ一点、癲癇《てんかん》の件をのぞいて、正直に答えた。

「御息災にあられます。加えて、判断力も一段と秀《ひい》でておいでございます」

「ほう？」

「何があってもフビライ兄に従え、との仰せでございました」

フビライは唇の両端を、わずかに吊《つ》りあげた。表情に柔和《にゅうわ》さが加わった。大きな猫のように、ゆったりと身体を動かす。

「たしかに正確な判断だ。アリク・ブガに付いたベルケめに較《くら》べればな」

「フラグ汗におかれては、イスマイル暗殺教団を壊滅させ、バグダードを陥《おと》してサラセン帝国を亡ぼし、ペルシア、カフカス、メソポタミア、シリアを征服あそばしました」

「みごとな成果だ。朕《ちん》は何歩も出遅れたな。いまだに宋を亡ぼすこともできぬ。見習わなくてはならぬな」

言葉だけ聞けば、焦《あせ》っているようだが、声にも表情にも、そう感じさせるものはない。

「フラグ汗より、大可汗《カアン》に対する贈り物がございます」

「それは愉《たの》しみだ」

「兵を十万、いえ、百万、託されて参りました」

フビライは口の両端をもとの位置にもどし、バヤンを凝視《ぎょうし》した。バヤンは郭侃の言葉の意味を悟って、おどろきと緊張の色を顔面に走らせたが、一瞬でそれを鎮静《しず》めた。

「ふむ、人材はいくらでもほしい」

フビライはバヤンを凝視しつづけた。発言を許されぬバヤンは、当惑を禁じえなかったが、おちついてフビライの視線に身をゆだねた。フビライは視線を動かさぬまま、郭侃に問いかけた。

「郭侃《クウオカン》よ、この者が百万の兵に値すると申すのだな」

「御意」

「それほどの者を、なぜフラグ汗は手放した」

「ひとえに、フラグ汗の、兄君に対する忠誠の御心からでございます。イル汗国最大の財宝を、大可汗に差しあげたのです」

めずらしく、フビライは声をたてて笑った。

「郭侃《クウオカン》よ、西方で軍略だけでなく、舌にも磨《みが》きをかけたようだな」

フビライは笑いをおさめて、うなずいた。

「そなたら両名をくれるとは、わが弟ながらフラグ汗も気前のよい男よ」

フビライの両眼は、細いが強い光を放った。

「そなたら両名と引きかえに、ペルシアとその西方諸国は、すべてフラグ汗の領国《もの》だ。予は西へは手を出さぬ。モンゴルと中華で充分。末長く兄弟の国として仲良くしたいものだ」

フビライは肉の厚い掌《てのひら》で顎《あご》をなでた。

「フラグ汗には、礼をせねばならんな。銀と絹がよかろう。あれは陶磁器とちがって、長旅でもこわれる心配がない」

銀や絹より、フラグは兵がほしいであろう。それも、水を恐れず、舟に乗れる兵を。郭侃はそう思ったが、口に出したのは別の言葉だった。

「聖慮《せいりよ》のほど、かたじけなく存じあげたてまつります」

それから幾言かの会話があって、郭侃とバヤンは退出を許された。郭侃は旧主から、バヤンは新主から、人事の命を受けるまで、待機せねばならない。

「しかし、一族どころか、兄弟間の争いとなっていたのか」

おどろくことはない。中華でも、イスラム教徒や西欧人《フランク》の国々でも、いくらでもあったことだ。とはいえ、フラグにとっては予想外の事態であったろう。敵はあくまでオゴタイ・チャガタイ派連合と見ていたのだから。だがフラグは千里眼のごとく、トゥルイ家の内部で分裂が生じる可能性も考慮していたのだ。

いずれにせよ、バヤンと郭侃の胸中は決まっている。フビライとアリク・ブガとが覇権をめぐって干戈《かんか》を交えている以上、前者に付いて後者と戦うだけのことだ。

「郭侃《クウオカン》どの、胆《きも》が冷えましたぞ。大可汗の御前であのような大言壮語を口になさるとは」

「すまぬすまぬ、だがおぬしをすこしでも高く売りつけぬと、フラグ汗に申しわけないのでな」

しかし、フビライも思いきったことをしたものだ。郭侃は舌を巻く思いだった。泰然たる長者の風格があるとは鑑《み》ていたが、これほどの決断力と行動力を持ち、暴挙に近いことをやってのけるとは想像もしなかった。あのゆったりした身体の裡《なか》には、機が来れば手段を選ばずモンゴル大可汗の座を奪いとる野心が充満していたのか。

否、まだ大可汗になりおおせたとは言えない。一方には、フビライの弟アリク・ブガがいる。

精悍《せいかん》な三十九歳の壮齢であり、国都カラコルムの大集会《クリルタイ》において大可汗位に即《つ》いたという点では、正統性でフビライにまさる。モンゴル本土を支配し、多くの王侯たちをしたがえている点においても、フビライをしのぐ。

だが、どうやら戦況は、フビライに有利な方向に進んでいるようだ。

郭侃とバヤンは、史天沢の帳幕《オルド》に招かれた。そこで史天沢とバヤンはあらためて挨拶をかわし、史天沢はモンケの死について詳しく語った。

四川《しせん》の役《えき》において、モンケ大可汗《カアン》の軍律は厳格をきわめた。民家の掠奪《りやくだつ》を禁じ、禁を犯した兵には死を以《もつ》て報《むく》いる。息子のアスタイが誤って麦畑に馬を乗りいれたときには、激怒して笞《むち》で殴《なぐ》りつけたほどだ。これで四川の民心はモンケにかたむき、二十余の城が戦わずして門を開いた。

こうしてモンケの四川経略は順調にすすんでいったが、その前に立ちはだかったのが、合州《ごうしゆう》城であった。城壁は高く厚く、ふたつの河、嘉陵《かりよう》江《こう》と涪《ふ》江《こう》との合流点にあって、水運の要地であると同時に戦略上の要衝でもある。加えて、守将の王堅《おうけん》は死を覚悟して徹底抗戦の意思を示し、兵士たちの人望も厚く、容易に陥すのは不可能であった。

攻城戦の前に、モンケは使者を派遣して降伏開城をすすめたが、王堅はその使者を斬って内外に見せつけた。モンケは王堅を高く評価していたが、こうなると全面攻撃せざるをえない。それでもモンケは、勝っても王堅を殺さず、説得して臣下の列に加えるつもりであった。求める人材ほど、反比例して、手に入れるのが困難なのである。

フラグがペルシア、シリア、カフカス方面で征服事業をおこなっている間、当然フビライは漠《ばく》南漢地《なんかんち》大総督として、旧金国《キタイ》の支配統治と南宋《マンジ》の征服に努《つと》めていた。容易なことではなかった。宋は中華史上、軍事的には最弱の邦家《くに》と言われているが、最強期の金国でさえ、その北半しか征服できなかったし、モンゴル騎兵も、長江に躍動《やくどう》する南宋水軍の前には無力だった。

神将孟珙《もうきょう》が健在のころは、モンゴル軍は陸上においても何度も敗れ、一二四六年に彼が死去した後にも、趙葵《ちょうき》という名将が善戦してよく国土を守った。

フビライは最初から長期戦の構えで、実際、兄のモンケに任命されてから南宋の首都臨安《りんあん》を開城させるまで二十三年をかけることになる。ただ、モンケは、弟よりは短気で、いっこうに事態が進展しないことに腹を立て、四川方面に親征して最前線で急死するに至るのである。

モンケの死後、一二六〇年一月になると、フビライは長江の最前線から燕京《エンチン》へと北上し、そこに本営を置いた。宿将のウリャンハダイは一万三千の兵をひきいて南方からフビライに合流したが、戦闘をくりかえしながらの進軍だったので、兵力は五千に減少していた。だが、史天沢とウリャンハダイは全モンゴル軍の重鎮であり、彼らがそろってフビライに与《くみ》したことは、絶大な政治的・軍事的効果をあげた。いわゆる「漠南漢地」に散在していたモンゴル軍は、陸続《りくぞく》としてフビライの陣営に投じた。

一二六〇年五月、フビライは開平府《かいへいふ》において大集会《クリルタイ》を開き、みずから大汗位に即《つ》いた。これが大蒙古帝国《イヘ・モンゴル・ウルス》第五代の大可汗であり、大元帝国《げん》初代の皇帝たる世祖《せいそ》フビライ汗である。ときに四十六歳。当時としては、すでに初老であった。

だが、フビライにはモンゴル人のみでなく、多くの漢人が味方についていた。劉秉忠《りゅうへいちゅう》、姚枢《ようすう》、それに史天沢。ウイグル人の廉希憲《れんきけん》もいれば、旧西夏《せいか》人の李恒《りこう》もいる。アリク・ブガの陣営がほとんどモンゴル人だけで構成されているのに較《くら》べて、フビライが「諸民族をたばねる王者」として期待されているのが明らかであった。

それにしても、カラコルムを遠く離れ、モンゴル人諸王侯の参加もなく、一方的に開催された大集会《クリルタイ》に、どれほどの正統性があるのか、疑問を持たれるのは無理もない。

アリク・ブガは怒髪《どはつ》、天を衝《つ》いた。彼の立場からは当然である。

「フビライ兄め、無欲な面《つら》をしながら、本性をあらわしおったわ。おれはモンケ兄からモンゴル本国の支配権をあずかった。カラコルムで大集会《クリルタイ》を開いて、そこで正式に大可汗に選出された。よかろう、どちらが唯一の大可汗か、実力で決めてくれる！」

Ⅱ

このとき宋に孟珙のような神秘的軍略家が存在していれば、あるいは一挙に北伐《ほくばつ》を敢行して、モンゴル勢力を黄河以北に駆逐したかもしれない。だが宋の独裁者・賈似道《かじどう》は、四年の歳月を、国内の権力強化と豪奢《ごうしゃ》な私生活とに費《ついや》した。

皮肉に評すれば、モンゴルは外部の脅威を考慮することなく、内部抗争に専念することができたとも言える。

「これが、おれの『余生』か」

フビライ側に立って戦いながら、郭侃は、なさけなく感じた。モンゴルの武力による世界統一が誇大な夢であるとすれば、モンゴルの血臭たちこめる内戦は、夢を破る兇《きょうちょう》鳥の叫びであろう。

「いずれモンゴルも内紛で亡びるだろう。中華やイスラムの王朝が、いくつもそうなったように」

そう考えながら、郭侃は、史天沢やバヤンとともに、華北の各地を転戦した。

「フビライ兄め、側近《とりまき》の漢人どもにおだてられて、モンゴルを農民どもの邦家《くに》にでもするつもりか」

アリク・ブガの推察は、偏見にもとづいていたが、それほど的を外《はず》してはいなかった。

姚枢や劉秉忠など、フビライの漢人幕僚たちは必死であった。もしアリク・ブガが勝利を得たら、草原世界と農耕世界の共存など望むべくもない。

「漢字が読めるのが、それほど偉いか。モンゴルに文字など要《い》らぬわ！」

騎馬民族は生産という行為を重んじない。馬や羊はともかく、小麦だろうと米だろうと、絹だろうと銀だろうと、必要なものがあれば奪ってくればよいのだ。あの土を掘り返して種を蒔《ま》いて水をやって生涯を終えるような漢人ども、一生、馬を駆って草原を疾走する愉《たの》しみを知らずに死ぬような輩《やから》に、なぜ妥協せねばならぬ？

アリク・ブガはどこまでも大草原の王者たらんと望んでいた。モンゴルは大草原の国であるべきで、南方の宋の国土などを領有する意思はない。

「あんな水田と水路だらけの土地を領有して何とする。我らモンゴルは北方にいて、時おり南方へ侵攻し、やつらの富を強奪してやればよいのだ。フビライ兄は何を考えておるのか」

フビライが考えているのは、「富の源泉」そのものを支配することであった。富を産み出す土地も、それを耕す農民たちも、彼らを統治する人材も、山のような物資を運ぶ船団も——すべてほしかった。アリク・ブガを圧倒するフビライの巨大さは、言いかえれば「貪欲《どんよく》さ」であった。

……史天沢の話は、モンケとフビライの間を往復し、飛躍もあったが、郭侃とバヤンには充分に理解できた。

「一日も早くアリク・ブガを誅《ちゅう》して、モンゴルを再統一せねばなりませんね」

「ふん、勝負はもうついておるわ。アリク・ブガが未練がましく敗北を認めぬだけよ」

史天沢の白い髯が笑いに慄《ふる》えた。

フビライの統治していた漠南漢地のほうが、アリク・ブガの支配していたモンゴル本土より、人口も物資も、はるかに豊かであった。

「シムルトゥ湖《ノール》の会戦」で敗れると、もはやアリク・ブガには、再決戦を挑む力はなく、草原を転々として、フビライ派の鋭鋒を避けるしかなかった。アリク・ブガに味方していたチャガタイ家やオゴタイ家は、すでに半ば離反している。

「ま、時間の問題じゃな。アリク・ブガはいさぎよく自殺するか、おめおめと降伏するか、裏切り者に殺されるか、三つにひとつだ。わしとしては、降伏して余生をつつましく暮らすことを勧《すす》めたいな」

史天沢が笑うと、好々爺《こうこうや》そのものだ。だが彼は、若いころ豪勇無双の戦士であり、たぐいまれな用兵家であり、国政にも参与してフビライの全面的な信頼を受ける百戦錬磨の古豪であった。

「ところで、ペルシアの文化はどうであった?」

「それは、聞きしにまさる華やかさ、すばらしさでございました。あれに匹敵するものは、漢地、とくに南宋のものだけでございましょう」

史天沢は白い髯を愉しそうに震わせた。

「おぬしは、よい経験をしたな。わしも、バグダードやら日の没する海やらを見てみたかったわ」

「機会があったら、御案内いたしましょう」

「おいおい、わしを幾歳《いくつ》だと思うとる?」

「老将軍は、百歳まで御壮健であられますよ」

「そんな年齢《とし》まで生きるのは、かえってきついわ」

その後……黄河から万里の長城を越え、ゴビ砂漠を北上し、転じてアルタイ山脈を過ぎ、郭侃は戦いつづけ、勝ちつづけた。最初はフビライに匹敵したアリク・ブガの戦力は、日に日に削《そ》ぎ落とされた。史天沢はもとより、バヤン、アジュ、アリハイヤ、董文炳《とうぶんぺい》らフビライの将星たちも、容赦なくアリク・ブガを追いつめ、窒息させていく。

一日、郭侃はフビライの大本営に呼ばれた。

「政事には口を出さぬ」

郭侃はそう思っている。戦争と土木の才を認められて重用されてはいるが、所詮《しょせん》は被支配民族の漢人である。フビライ大可汗は、漢人をモンゴル人の上に立たせる気はない。だからこそ今回の伐宋においても、アジュを総帥《そうすい》として、閲歴《えつれき》にも年齢にもまさる史天沢を下に置いた。実際に指揮をとるのは史天沢である。

「何の用であろう」

郭侃は当惑した。もともと郭侃は史天沢に推薦《すいせん》されてフビライに仕《つか》え、西征に際してフラグに「貸し出された」のである。フビライのほうに身内意識を抱いて当然であったが、およそ十年にわたってフラグに仕え、中華に帰って来てみると、フビライに対して奇妙な距離を感じるようになっていた。フラグは苛烈《かれつ》であったが、フビライより理解や洞察がしやすかった。フビライのほうがフラグより人格的には深いが、底知れぬ深淵《しんえん》をのぞきこんでいるような気分に、ときおり襲われる。

「何のことはない、おれは自分にとってつごうのよい主君を求めているだけだ」

苦々《にがにが》しさを抑えて、郭侃はフビライの御前に伺候《しこう》した。下命は思いもかけないものだった。今後のモンゴル帝国の運営に関して献策せよ、三日後に文書として提出すべし、というのである。

郭侃は、二十五カ条にわたる上奏文を提出した。モンゴルを中華の王朝として変身させるための献策である。

「正式な国号を定めること」「恒久的な都城を築くこと」「学校を建て、人材を育てること」「年号を立てること」「公正な人事をおこなうこと」……

フビライは全項目を読み終えてつぶやいた。

「どれも常識的なことばかりだな」

フビライの言葉に、軍師格の劉秉忠《りゅうへいちゅう》が応じる。

「すべて必要なことでございます。国をつくるにあたり、奇を衒《てら》っていかがいたしましょうや」

「わかっておる」

さらにフビライは郭侃に、伐宋《ばっそう》の基本的な戦略についても諮問した。

「宋は大陸の東南に拠《よ》っております。古来、呉《ご》や越《えつ》といった国々の領土でございました。これを攻めるに、最大の要地は荊襄《けいじょう》、すなわち漢水《かんすい》の流域でございます。今日《こんにち》の戦略といたしましては、まず襄陽《じょうよう》を占拠いたせば、敵は揚州《ようしゅう》・廬州《ろしゅう》の諸城にて防衛いたしましょうが、たがいに孤立してしまいます。それらを放置して、一挙に臨安《りんあん》を直撃すれば、江淮《こうわい》や巴蜀《はしょく》の地は、攻撃せずとも、おのずと平定されましょう」

「……ふむ」

フビライは地図の上で指を動かし、襄陽の上で停止させた。

「戦略は正しい。しかし、すべては襄陽を陥落させてからのことだな。まったく、あの城は堅いわ」

「御意」

「陥すのに何年かかるかな」

「何年かかろうと、陥さねばなりませぬ」

劉秉忠は考えている。地上最大の富と船団を有する宋を征服してこそ、フビライの野望は実現できる、と。モンゴルには、草原の覇者たる素質を持つ王侯貴族は幾人もいる。アリク・ブガとて、草原の覇者としては充分に務《つと》まるであろう。だが、旧《ふる》い歴史と広大な耕地を有する中華の帝王としては、フビライ以外に考えられなかった。

「フビライ皇帝以外に、遊牧帝国と農耕帝国とを両立しえる支配者はおらぬ。というより、フビライ皇帝なくして、モンゴルに中華を支配できる者はいない」

フビライに双《ふた》つの世界を統合させ、フビライの死後も長く存続する体制を築きあげる。そう劉秉忠は決意している。ちなみに彼はもちろん漢人だが、最初の名は劉侃《りゅうかん》といった。偶然にも郭侃と同名である。一時、仏僧となったが、謀画《ぼうかく》の才と学識をフビライに認められて仕えることになった。中華の歴史を代表する軍師のひとりである。その劉秉忠をもってしても、宋との水上戦は慎重を期する難問であった。

当時、南宋は世界最大の海上帝国であり、最強の海軍国であった。モンゴルの侵攻にそなえて、寧波《ニンポー》・温州《うんしゅう》・台州《だいしゅう》の三州から徴用した大小の船は、一万五千四百五十四隻を算《かぞ》えたといわれる。

フビライは旧金国の海軍を手に入れると、東シナ海から宋の首都杭州臨安府《こうしゅうりんあんふ》を攻撃しようと考えたが、宋の海軍力を知って断念し、郭侃の上書にしたがって、漢水から長江へ南下する内陸水上戦へと方針を転換した。

もはやフビライの関心は、アリク・ブガの末路より伐宋《ばっそう》——宋の征服にある。だが、モンゴル兵を舟に乗せて強敵と戦わせるのは、フビライもためらった。できれば水戦に長じた漢人にまかせたい。だからこそ投降してくる宋兵たちを寛容にあつかっているという一面もある。

一二六二年、フビライのもとに急報が入った。

Ⅲ

「山東の李璮《りたん》が叛《そむ》きました！」

「ほう、あの男がな」

フビライは小首をかしげた。李璮は厚遇してきたつもりだ。それがなぜ叛いたのか。

李璮は史天沢と同様、漢人世侯のひとりである。父親の李全《りぜん》は旧金国の豪族であったが、早くからモンゴルに帰服し、広大な領地の内政、徴税権、兵権をすべて任せられて権勢を誇った。一二二六年、宋軍と戦って敗死したが、息子の李璮が後を嗣《つ》ぐ。李璮の年齢は正確には不明だが、亡父の後を嗣いだとき二十歳であったとすれば、一二六二年には五十代後半である。いずれにしても、モンゴルに仕えること三十六年、李璮は主君を棄てた。

「史天沢に征《い》ってもらおう。郭侃《クウオカン》をつれていけ」

「御意」

史天沢は三万の兵をひきいて燕京《えんけい》を発《た》ち、南下して山東半島に向かった。郭侃と馬首を並べると、昔話が始まる。

「李瓊の母親というのが、たいした女傑でなあ」

「女傑ですか」

「女ながら武略に長じ、槍の名人でもあった。夫の李全よりも強かったぞ」

「お会いになったことは？」

「わしはないが、李全と軍議すると、いつも女房どのの意向を気にしておったな。夫婦の力関係が、はっきり知れたものじゃ」

愉快そうに、史天沢は笑った。

「それにしても、四十年近くモンゴルに仕えながら、この期《ご》におよんで、なぜ叛いたのかな、李瓊は」

「長年、不満が蓄積していたのでございましょう」

「どんな不満だ」

「そこまでは存じません」

「多少の不満で暴発するていどの男ではなかったと思うが……母親が死んで、何かが切れたかな」

李瓊の本拠地は山東半島である。山東半島は中華の大陸の東端に位置し、東、南、北の三方は海に面している。

「ふたたび、日の昇る海を見ることができようとは思わなかった」

西暦一二六二年。カラコルムを出立して、すでに九年間が経過していた。郭侃は四十六歳である。

「山東が海に面している、というのが要点です」

「海路……舟か」

「さようです。おそらく李璮は、海路によって宋と結びついたのではございませんか」

「ふん、だとしたら愚かなやつじゃ」

李璮の乱は半年で平定され、李璮はとらえられて斬られた。めざましい戦術が駆使された戦いではなかったが、投降した敵兵一万余をモンゴル人武将が鏖殺《おうさつ》しようとしたとき、

「この者たちはもともと良民で、李璮に脅《おど》されて従っておっただけじゃ。それを殺して何とするぞ！」

史天沢が叱咤《しった》し、全員を解放したことで有名である。

一方、アリク・ブガの抗戦は、なお執拗《しつよう》につづいている。だが、彼の勢力圏であるモンゴル本土は、フビライの支配地である漠南漢地に較《くら》べて、あまりにも貧しく、継戦《けいせん》能力にとぼしかった。そもそも、匈奴《きようど》以来、北方の騎馬遊牧民族が南下して漢人の土地をおそうのは、豊かな物資を強奪するためなのである。物資の生産地も補給路も、フビライの掌中にあるのだ。極端に言えば、フビライは戦わず待っているだけでよかった。待っていれば、アリク・ブガは飢《う》え、衰弱するのだ。

ゆえにフビライは、もはやアリク・ブガのことなど気にもせず、劉秉忠や姚枢らとともに、伐宋の計画立案に集中することができた。諸将がおどろいたのは、その機密会議にバヤンが参加し

ていることであった。バヤンは新参者で、しかもまだ二十代である。

このころ、西方から来た諸国の商人が、イル汗国の情況を郭侃に知らせた。三方から敵を受けたフラグ汗が劣勢である、との報《しら》せが多かった。

フラグが劣勢、と聞くと、郭侃は、フラグやアバカもさることながら、残してきた部下のことが気にかかった。李宗建、公孫英、張康、それに二千名の漢人兵士たち。

「無事でいてくれればよいが……」

フラグもアバカも、漢人部隊と回回《フイフイ》砲の重要性を、よく承知している。軽々しく死地に出動させることはないはずだ。

「おれがいたら、何かお役に立てただろうに……」

そう思いつつ、郭侃は溜息をつく。現在《いま》の彼はフラグではなくフビライの臣下なのだ。

一二六四年。「アリク・ブガの乱」は終結した。個々の戦闘に破れたのみならず、物資が欠乏し、兵の多くは逃亡離散して、アリク・ブガの気力は尽きたのである。乱の後半は、無益で散発的な抵抗と、あてもない逃走をくり返すだけであった。いさぎよく行動するのであれば、二年前に降伏していればよかった。そうしなかったのは、アリク・ブガがどうしても納得できなかったからである。自分がフビライに負けるとは、事実としてもアリク・ブガには信じられなかった。

しかし、ついにその刻《とき》が来た。疲れはて、汚れきって、アリク・ブガはフビライの大本営に出頭した。

「やつれたな、弟よ」

玉座から投げつけられた声に答えず、ひざまずいたアリク・ブガは低く頭をさげ、床に着けた左右の拳をわずかに震わせた。

「朕《ちん》とそなたは四年にわたり、生死と国運を賭《か》けて戦った。どちらが正しく、どちらが誤っていたと思う？」

悠然たるフビライの声は、アリク・ブガを殴りつけるのではなく、絞《し》めつけるようだ。アリク・ブガはすこし頭をあげたが、兄の顔を見ようとはせず、史書に残る有名な返答をした。

「四年前は、臣《しん》が正しゅうございました。ですが、現在は兄者——いえ、皇帝陛下が正しくおわします」

大可汗位を「簒《うば》われた」アリク・ブガにとっては、最大限の抗議であったろう。フビライは無言で弟の下《さ》げられた頭を見やると、無機的な声で告げた。

「そなたの罪は問わぬ。所領も息子たちに安堵《あんど》しよう。身体を労《いたわ》って静かに暮らせ」

「せ……聖恩のほど、かたじけなく存じあげたてまつる」

アリク・ブガが声をしぼり出し、ようやく顔を上げると、玉座にはすでに兄の姿はなかった。

アリク・ブガは助命されたが、二年後に死去した。病気というより、生命力を費いはたしたかのごとき衰弱死であった。

アリク・ブガの訃報を受けたフビライは、うなずいただけで、一言も語らなかった。アリク・ブガ死去のとき、フビライはすでに五十二歳。弟を悼《いた》む一片の情はあったとしても、フビライの覇業に、もはやアリク・ブガは関係のない路傍《ろぼう》の石でしかなかった。

フビライは珍しい話を聞くのが好きで、よく史天沢を呼んだが、西方から帰って来た郭侃も、老将とともによく呼ばれた。フビライは昼は青天の下で、夜は燭台の灯影を受けながら、話に聞き入った。あるとき、話が李璮の叛乱の件におよんだ。

「やつらを甘やかしすぎたようだな」

ゆっくりと言って、フビライは史天沢をかえりみた。

「史天沢よ、そなたには気の毒だが、漢人世侯《かんじんせいこう》制度は廃止するぞ」

「御意」

「反対せぬのか」

「みずから招いたこと、やむをえませぬ」

「そなたが招いたのではないがな。ま、どうせそなたが生きておるうちは、手をつけぬから安心せよ」

「ありがたく存じます」

「宋のことだがな」

フビライの口調に微妙な変化が生《しょう》じた。

「共存できればそれにこしたことはない、と、そう思っておったが、李璮をそそのかして謀反《むほん》を起こさせるようでは、とうてい信用できぬ。残す必要はなかろう」

フビライの宣言を、郭侃はやや白々しい気分で聞いた。最初からフビライは宋を全面征服するつもりであっただろうに、まさか、伐宋にうしろめたさでも持っていたのだろうか。

後日のこと。史天沢が告げた。

「仲和よ、わしは中書右丞《ちゆうしようじようしよう》相に叙任されたぞ」

「真実《まこと》でございますか⁉」

真実であった。史天沢はモンゴル帝国史上、最初の漢人宰相となったのである。フビライの信頼はますます厚いようだ。

「それはおめでたく存じあげます」

「おぬしもめでたいぞ。江漢大都督府理問官《こうかんだいととくふりもんかん》に抜擢《ばつてき》された」

「理問官、でございますか」

「そうじゃ、フビライ皇帝はいよいよ全力をあげて宋を伐《う》つ思《おぼ》し召しなれば、おぬしは伐宋の計画と実行の大半に関与することになるな」

「はあ」

江漢大都督府の江漢といえば、長江と漢水の二大河のことで、この二大河が合流するやや上流に、難攻不落の襄陽がある。フビライは郭侃の策を採《と》り、まず襄陽を陥すつもりらしい。郭侃は彼自身の策の成否を見とどけることになりそうであった。

一二六五年、イル汗国からフラグの訃報《ふほう》がもたらされた。

郭侃はフラグの死を悼《いた》んだ。恐ろしい主君であったし、残忍な征服者であったが、部下には公正で、郭侃の能力を高く評価してくれた。それにしても、カラコルムを発《た》つとき二十歳にもとどかず、まだ少年の面影さえ残していたアバカは、もう三十二歳になったはずだ。

「聡明な御仁であられたゆえ、良き汗《ハーン》におなりであろう……だが、三方に敵をかかえているのは、いかにもまずいな」

告げる機会があろうとは思えないが、郭侃はアバカのために軍略を考えずにはいられなかった。それから、イル汗国の使節団を案内してフビライの帳幕へ向かった。

フビライは劉秉忠を相手に、伐宋計画の具体化に夢中だった。

「総帥は誰がよいと思うか」

「すでに解答は御胸中にありましょう」

「いいから申してみよ」

劉秉忠は迷いなく答える。

「史天沢とバヤン」

フビライは腕を組んだ。

「やはり、あの両名しかおらぬか」

「御意」

「アジュはどうだ」

「モンゴル兵をひきいて百戦百勝するには最適の人物でございましょう。然《しか》れど、このたびの戦《いくさ》、勝てばよい、というものではございませぬからな」

黙然と、フビライはうなずく。劉秉忠は主君の顔を見ながら胸中に思った。伐宋が成功した後、フビライは何をどうするつもりなのであろうか。

そのとき宿衛の将があらわれて、郭侃がイル汗国の使節団をつれてきたことを告げた。

Ⅳ

それまでフビライと対面していた劉秉忠が傍にしりぞく。うやうやしくフビライに低頭した使者の代表が、フラグの死を報告した。

フビライの眉が動いた。

「汝らの汗《ハーン》が逝去したとな？」

「さようでございます」

「酒か？」

イル汗国の使者たちは、困惑した顔を見あわせた。

「それは臣らは存じませんが、侍医によれば、あくまでも熱病との次第にて、不摂生《ふせっせい》との旨は聞いておりませぬ」

「朕より若かったのにな」

フビライの声には、酒毒でつぎつぎと倒れていく一族に対する怒りがこめられているようだった。何しろ彼は八十歳まで長生きするのだから。

「皇帝陛下、臣らがタブリーズよりはるばる御前に参上いたしましたるは、次代のイル汗としてアバカさまをお認めあそばしますよう、伏してお願い申しあげるためでございます」

「朕の許可が必要か」

「もちろんでございます。これはご逝去なさる前より、フラグ汗から厳命されておりましたこと

フビライの針のような視線は、イル汗国の使者たちの頭上を一周した。彼らが次代の汗位についてフビライに許可を求める、ということは、イル汗国がフビライの宗主権を認める、という意味である。フビライを無視して、イル汗を称することはない、と訴えているのであった。

「フラグの長男は、アバカと申したな。今年、何歳であったか」

「御年三十二であられます」

フビライは柔和な笑顔をつくった。

「わが甥《おい》たるアバカ汗に伝えてくれ。朕はそなたの即位を心から喜ぶものである、とな」

「か、かたじけなく存じあげたてまつりまする」

「アバカ汗が礼をつくしてくれた以上、朕も喜んでそれに応《こた》えよう。アバカ汗の襲位《しゅうい》を祝《ことほ》ぐ親書を汝らにあずける。加えて、銀と絹を贈るゆえ、運んでいくがよい」

また銀と絹か。つい皮肉に思ったのは郭侃であって、イル汗国の使者たちではなかった。

やがてモンゴル帝国は、郭侃や劉秉忠らの献策にしたがって、大きく生まれかわった。

国号は「大元《たいげん》」。これは『易経《えききょう》』にある「大いなるかな乾元《けんげん》、万物資始《ばんぶつしし》す」という言葉から採用された。

年号は最初は「中統《ちゅうとう》」、ついで「至元《しげん》」。

国都は金国の燕京に置いて「大都《だいと》」と称し、夏期の間は暑熱を避けるため、高原の「上都《じょうと》」に遷《うつ》すことにした。大都は後世の北京《ペヤン》である。

こうしてモンゴルは、古来の中華諸王朝の正統な後継者として、形式を確立した。

ただし、フビライは、「すべての民族は平等である」と考えるような甘い男ではない。最上位の支配民族は、あくまでモンゴル人であり、漢人は被支配民族である。その間に西方のイスラム教徒やキリスト教徒をはさみこみ、これを色目人《しきもくじん》と称した。

郭侃は、イル汗国の使者たちが、はるばる持参したフビライへの献上品を見る機会があった。彼は瞠目《どうもく》した。高さ五尺もある珊瑚《さんご》づくりの燭台を見出したからである。それは、かつて郭侃がバグダードにおいて、フラグに献上した教主《カリフ》の財宝のひとつであった。

「なるほど、ウルミア湖中の島に収蔵された教主の秘宝が、万里を運ばれて中華までやって来たか」

郭侃は感慨を抱いたが、どういう種類の感慨であるのか、自分でもよくわからなかった。ただ、フビライに献上するためにこの燭台を選んだアバカの胸中を想うと、同情を禁じえない。フビライが宋を亡ぼした後、イル汗国に五万なり十万なりの兵を送ってやるわけにはいかないものだろうか……。

郭侃は南方の前線にもどった。アリク・ブガを降した後、フビライは心おきなく宋に総攻撃をかけることができるようになった。だが宋の抵抗は頑強をきわめ、最要衝の襄陽も五年間にわたって健在である。何か画期的な新兵器がほしい、と、こぼす江漢大都督のアジュに、郭侃は回回砲のことを教えた。

「ペルシア人たちは、回回《フイフイ》砲のことをマンジャニークと呼んでおりました」

「回回とはイスラム教のことか」

「然《しか》り」

「なかなかうまい表現だな。何より、短くて言いやすい」

アジュは快笑した後、表情をあらためて郭侃に対した。

「では、ただちに回回砲をペルシアから運んで来てもらおうか」

「皇帝陛下からイル汗アバカさまへの要請という形にしていただきます。お口添《ぞ》えいただきたい」

「ああ、よいとも」

アジュはすぐに承諾した。武勲は樹《た》てたいし、回回砲には興味があるし、漢人に対して偏見もないようだ。バヤンほどの大器ではないが、充分に軍の要職が務《つと》まる人物と思われた。敵にまわさずにすみそうだ。郭侃はモンゴル人を敵と味方に区別する気はないが、草原に固執するモンゴル人豪族の中には、「漢人など鏖殺《おうさつ》して、黄河以北の土地をすべて牧草地にしてしまえ」と主張するような人物が存在するゆえ、観察と配慮をおこたるわけにはいかなかった。

長ければ一年、と郭侃は計算していたが、タブリーズから対宋前線に回回砲が到着したのは半年後であった。砲は十二門、それに二千人の漢人部隊が「付属」している。郭侃は彼らに対面して、思わず大声をあげた。

「おう、やはり、おぬしらか！」

はるばるイル汗国から回回砲を運び来《きた》ったのは、李宗建《りそうけん》、公孫英《こうそんえい》、張康《ちょうこう》の三人であった。三人とも年齢をかさね、髪も髯も半分白くなり、西アジアの烈日に灼《や》かれた顔は赤黒く、皺《しわ》が刻まれている。郭侃は、三人の手をかわるがわる強く握った。

「アバカ汗さまは、御息災であろうな」

郭侃が問いかけると、泣き笑いだった三人の赤黒い顔を、微妙な表情がよぎった。

「それが……」

「何かあったのか⁉」

李宗建が、言葉を選ぶように答える。

「アバカ汗さまにおかれては、御壮健におわしますが、何しろ周囲は敵ばかり。ビザンチンの皇女マリア・パレオロガスさまを王妃にお迎えなさいましたが、ビザンチンは、有体《ありてい》に申しあげて、戦いではまるで頼みになりませぬゆえ、御苦労が絶えませせぬ」

郭侃は胸に痛みをおぼえた。

「それでもアバカ汗さまは、おぬしらを、こころよく送り出してくださったか」

張康が応じた。

「生きて還《かえ》って来るな、との仰せでござった」

アバカ流の激励であり、別離の言であろう。公孫英が告げる。

「郭将軍やバヤン将軍のことを、とても懐《なつか》しんでおられます。とくに、お酔いになると……」

「酔う？　酒か」

郭侃の声が鋭くなったので、李宗建と張康があわてて左右から公孫英の口をふさいだ。

「そ、それより元では水軍を本格的につくるとか……アバカ汗さまが、自分もほしいと仰せでございました」

「ごまかすな。後でゆっくり聞くぞ。ただ、水軍の件は事実だが、モンゴル兵は船に弱いからな」

「やつら自身が船に乗ったりするものですか。投降した宋兵たちにやらせるに決まっておりますよ」

モンゴルは、征服した異民族の才能を活《い》かすことに長《た》けている。悪く表現すれば、利用するのが巧《たく》みだ。そもそもモンゴルの人口はいたって少ない。広大きわまる領土と多数多種多様な異民族を支配するには、被征服民族の協力が絶対的に必要であった。

はでな足音がして、その場に駆けつけたのはアジュである。

「おお、あれが回回砲か。いや、待ちかねたぞ。しかし、覚悟していたよりずっと早かったな」

「この者たちの努力のおかげです」

「そうか、感心だ。後で砂金をやろう。どれどれ、じっくり見せて、説明してくれ」

玩具を前にした幼児さながら、アジュは素直に喜んだ。回回砲に歩み寄ろうとして、一本の旗に気づく。同日、史天沢からとどけられた新しい旗で、ふたつの文字が大きく記されていた。

「不殺」の二字を、アジュが見あげた。

「この旗には、何と記してあるのか」

郭侃が答える。

「不殺《ころさず》、と記してあります」

「殺さず、か。たしかに、ずいぶん殺してきたものだ。祖父《じいさん》も、父親《おやじ》も、おれも……」

アジュの父親はウリャンハダイ、祖父はチンギス汗の「四狗《しく》」のひとりスブタイ。三代つづくモンゴル有数の武門である。

「だがそうやって今日のモンゴルがあるのではないか。抵抗せぬ者は殺さぬが、抵抗する輩《やから》は、いくらでも殺してやる。甘く見る輩《やから》は、黄泉《あのよ》で後悔させてやるぞ」

アジュの精悍な顔に浮かんだ笑いを、郭侃は黙然と眺めやった。

第十章　赤い夢

I

五年にわたり、モンゴル軍の前に鉄壁となって立ちふさがっていた襄陽《じょうよう》城も、急速に「孤城落月《こじょうらくげつ》」の観を呈《てい》してきた。ひとつには、不敗を誇《ほこ》ってきた宋の精強な水軍が、何とモンゴルの新鋭の水軍に敗れたことにある。モンゴル水軍と言っても、水夫や兵士はすべて漢人であったが、最初の敗北は宋軍に巨大な衝撃を与えた。そこへ西方からもたらされた回回砲《フィフィ》が、襄陽城内に石弾や火炎壺を撃《う》ちこみ、炎と煙を立ち昇らせる。

アジュは手を拍《う》って喜んだ。

「おう、すごいすごい。合州《ごうしゅう》城のときに、これがあったらなあ」

モンケの死因は四川の風土病に過労と酒毒がかさなったといわれるが、合州城を守る宋兵からである。

の矢を受けたからとも伝えられる。つねに陣頭に立つ猛将モンケなら、ありそうなことであっ

た。結局、合州城は陥落したが、守将張堅《ちようけん》はとらえられ、帰順の勧告を拒否して自殺したので

郭侃は部下たちの労をねぎらった。元気な返答が返ってくる。

「何の何の、このていどのこと。ですが、ほぼ二十年、西方におりましたからな。懐《なつか》しいという

より、はじめて見る風景のように思えますわい」

「三人とも老《ふ》けたな……苦労したろう」

「苦労はしましたが、アバカ汗は我らをたいせつにしてくださいました。こう申しては何です

が、亡くなったフラグ汗より、お仕えしやすい方でしたな」

「それはよかった」

アバカの苦労を、郭侃は思いやった。元朝はイル汗国の宗主国と言いながら、一兵も援軍を出

すわけではない。ビザンチン帝国はもともと軍事力が弱く、イル汗国のほうを頼みにしているほ

どだ。結局、イル汗国が孤軍奮闘するしかないのだが、アバカは一二七〇年七月、「ヘラート河

畔の会戦」においてチャガタイ汗国の大軍に圧倒的な勝利をおさめた。チャガタイ汗バラクは敗

走した末、何者かによって暗殺される。

「ヘラート河畔の会戦」においては、アバカの巧《たく》みな軍略とともに、九十歳の老将スナタイが勇

戦して評判になった。またアバカは軍の移動に際して、農民の土地を荒らすことを厳しく禁じた

ので、イスラム史家は「きわめて公正な君主」として彼を賞賛している。

そのアバカが一二八二年に急死した後、彼の王妃となっていたビザンチン皇女マリア・パレオロガスはどうなったか。アバカの息子アルグンは、二年かけて国内の混乱を鎮定すると、気の毒な義母を鄭重《ていちょう》に故郷へ送り帰した。ビザンチンに帰ると、マリアは尼僧院で生涯を終えたが、正確な死期と享年は不明である。

西方から帰ると、あらたに巨大な戦役の渦中に立たされ、東奔西走の裡《うち》に歳月が過ぎていった。郭侃のふたりの息子は成人していたが、妻は再会して半年ほど後に逝《い》った。十年にわたる心労の結果であろう、と思うと、夫たる郭侃は罪の意識をおぼえずにいられなかった。再婚を勧《すす》める声にも耳を貸さず、中年から初老へと向かいつつある。

時が経てば西方の記憶は日ごとに薄れるものと思っていたが、逆であった。むしろ鮮明になっていくようだ。

「何か考えておいででしたかな」

バヤンの声であった。張りがあり、活力に満ちている。十九という年齢差だけでなく、これからが人生で大業を為《な》す時期だ、という高揚感がこぼれんばかりだ。

バヤンはフビライに心服している。今回の伐宋でフビライを勝たせ、その覇業の一翼を担《にな》うことに、強烈な意欲と充足感をおぼえていた。

「フビライ皇帝は、すばらしい御方です」

バヤンの表情も声も興奮を隠しきれない。フラグに対して、これほど手放しの賛辞を送ったことはなかった。どこか冷静に主君を観察する視点があったように思う。そのバヤンの明哲さや鋭敏さをつつみこむのが、フビライの「大きさ」というものであろう。ところが、なぜか郭侃はそれに同調することができず、すこしずつフビライの巨大な影から離れるように感じていた。不思議だが、誰にも告げることなく、そうなりつつある。

西暦一二七三年二月、襄陽はついにモンゴル帝国の軍門に降った。孤立無援のまま攻囲に堪《た》えること五年、世界史上に残る一大攻城戦が終わったのだ。

降服開城した守将呂文煥《りょぶんかん》を責める者は誰もいない。彼はモンゴルの大軍に攻囲されながら、沈着かつ的確に防御の指揮をつづけ、一方ではしばしば首都臨安《りんあん》に援軍を求めて使者を送った。その援軍要請をことごとく握りつぶし、一兵も送らなかったのは、宋の独裁者である丞《じょう》相《しょう》・賈似《かじ》道《どう》である。風流人を気取るこの男は、襄陽陥落の戦略的な意味を理解する能力を持たなかった。

バグダードにつづいて、郭侃は、世界史的な意義を持つ落城の光景に立ち会った。呂文煥が連日、城壁上に立って東南の方角を眺め、援軍の到来を待っていた、と聞くと、同情を禁じえない。宋朝は、というより丞相・賈似道は、この忠良の名将を冷然と見殺しにした。恥ずべきは賈似道である。

「呂将軍、恥じることはござらぬ」

陥落後の襄陽城内で、郭侃は呂文煥に声をかけたことがある。

「末将《それがし》はフラグ汗の西征に従軍して、波斯《ペルシア》、条支《シリア》、その他の国々と兵をまじえてござる。いっさいの援軍なくして、五年にもわたって抵抗をつづけた城などござらなんだ。おみごとでござる」

呂文煥は一礼したが、表情は和《やわら》がなかった。

郭侃だけではなかった。バヤン、アジュ、皇帝フビライに至るまで、元では、呂文煥を称揚する声があふれている。

ひとりだけ例外がいた。漢人将軍の劉整《りゅうせい》という人物である。神将孟珙《もうきょう》の麾下《きか》で勇戦したが、孟珙の死後、早々と宋朝を見限り、モンゴルに帰順した。勇猛で、四川方面でしばしば戦功をあげ、南京路宣撫使《なんけいろせんぶし》の地位にある。

この人物が、バヤンと郭侃が会話している場にあらわれ、襄陽の処置について意見を述べた。というより、言い放った。

「皆殺しにするべきでござる」

白い眉の下で両眼が狂熱的な光を放っている。バヤンと郭侃は顔を見あわせた。劉整は言いつのる。

「軍民男女を問わず皆殺しにして、天下の見せしめにすべし。でなくては、今後の作戦に妨《さまた》げが生《しょう》じ申そう。一日でも早く宋を亡ぼさねばならぬ」

バヤンは溜息をこらえた。

「南京路宣撫使、今回の伐宋作戦における皇帝陛下の御意は『不殺』でござる」

「不殺、とは……?」

「文字どおり、殺さぬこと」

「ばかなッ……!」

措辞《そじ》を失いかけたことに気づき、劉整はあわてて掌《てのひら》で口をふさいだ。バヤンの顔色をうかがい、呼吸をととのえる。

「まさか呂文煥《りよぶんかん》も……」

「当然、助命される」

「あ、あやつのために、伐宋が五年も遅れたのでござるぞ！　余人《よじん》はともかく、あやつだけは生かしておけぬ」

　バヤンは、重々しくうなずいた。

「さよう、呂文煥は朝廷からの援軍もなく、孤城を守ること五年、ついに力つきて天朝《てんちよう》（元）に降らざるを得なかった。これほどの守城の名将、天朝にもペルシアにもおらぬ。皇帝陛下は感歎あそばし、彼に高位を授けたもうた」

　フビライが旧敵将呂文煥に与えた地位は、「昭勇大将軍《しようゆうだいしようぐん》・侍衛親軍都指揮使《じえいしんぐんとしきし》・襄漢大都督《じようかんだいととく》」であるが、長すぎるので、バヤンも郭侃も憶《おぼ》えきれない。さらに翌年には「参知政事《さんちせいじ》」が加わる。大臣級のあつかいである。

　激情に身を慄《ふる》わせる劉整に、バヤンは冷やかな視線を向けた。

「南京路宣撫使、おぬしはもともと呂文煥とともに、神将孟珙の麾下《きか》に在《あ》ったと聞く。天運によりふたたび僚将《りようしよう》となったからには、協力して伐宋の大業を成功させていただきたい」

「…………」

「話はこれで終わりだ。お帰り願おう」

　バヤンが横を向くと、劉整は顔面を朱色に染め、全身を慄わせた。荒々しく踵《きびす》を返すと、怒気を周囲にまき散らしながら去っていく。バヤンは憮然《ぶぜん》として郭侃を見やった。

「自分の生まれ育った邦家《くに》を、あれほど憎めるものでござろうかな」

「劉将軍は……」

言いさして、郭侃は口を閉ざした。劉整の胸中にわだかまる黒雲を、漠然と看取《かんしゅ》できたような気がする。神将孟珙や、フビライに賞賛された呂文煥に較べ、劉整自身はどうか。劉整には彼なりの事情があって、宋からモンゴルに奔《はし》った。そうしなければ生命が危ういと思った。だが生涯を宋への忠誠にささげた孟珙や、五年にもわたって籠城をつづけた呂文煥と較べられれば、「早々と祖国を見すてた」と言われる余地があり、内心でも、うしろめたいのであろう。

その晩、呂文煥に会ったとき、郭侃はふたたび忠告した。

「いまや宋は、忠誠に値せぬ邦家《くに》となった。かつて漢や唐が亡びたように、宋もまた亡びる。人の世に永遠なるものはござらぬ。天意というものでござろうよ」

偉そうなことを言っている。内心で郭侃は自嘲《じちょう》した。だが、呂文煥を慰《なぐさ》める言葉を、他には思いつかなかったし、イスマイル派暗殺教団もサラセン帝国も亡びた。遠からず宋も亡びるだろう。たしかに、人の世に永遠なるものは存在しないのだ。

「でござるが、この期《ご》におよんでなお元軍に抵抗する者たちは、生命を惜しまず戦いつづけましょう。彼らは手強《てごわ》うござるぞ。御油断なきよう」

応《こた》える呂文煥の声には、奇妙な熱が感じられた。まるで宋軍に、彼に替わってモンゴル軍に最後まで抵抗してほしいと願っているような印象を、郭侃は受けた。

もし杭州臨安府がバグダードの再現になったら。落日と流血によって視界のすべてが深紅に染まったあのときを想いおこして、郭侃は悪寒《おかん》をおぼえた。劉整のような人物に大権を与えてはならない。

翌朝、急報がもたらされ、郭侃とバヤンを唖然《あぜん》とさせた。『元史』に、「其《そ》の夕、憤惋《ふんえん》として卒《そつ》す。年六十三」と記されている。劉整は憤死したのであった。極度の精神的負荷《ストレス》によって、脳か心臓に梗塞《こうそく》が生じたのであろう。

「そこまで不満であったとは……」

バヤンは首を振って絶句した。郭侃は溜息をつく気さえおこらなかった。これほどくだらない死にかたがあるだろうか、と思う。孟珙から、いったい何を学んだのか。

「けっこうじゃありませんか。バヤン丞相もこれで戦いがやりやすくなったでしょうし、劉の爺さんも、中書《ちゅうしょ》右丞《うじょう》とか上《じょう》将軍《しょうぐん》とか、何やらごりっぱな身分をもらうそうですぜ」

張康の毒舌も、今回は正しいものに思われた。

Ⅱ

いまや中書左丞相となったバヤンは、呂文煥を先導とし、漢水にそって南下、鄂州《がくしゅう》に至った。ここで漢水は長江と合流する。その軍は三十万に達していた。海のごとき長江の雄大な光景に、バヤンはしばし見とれている。

「この絶景を、ぜひ陛下に御覧いただきたいものでござるな、郭将軍。いずれ元の船がこの水面を埋めつくすでござろう」

モンゴルが大陸を制覇すれば、東西を結ぶ交通路は秩序と安全が保障され、往来と交易は空前の発展をとげるだろう。モンゴルが世界を支配してこそ、真実の平和と繁栄が全人類の頭上にもたらされるのだ――モンゴルの、これが理屈である。

(モンゴルに亡ぼされた国々の民に聞かせてやりたい理屈だ。それにしても、肝腎《かんじん》のモンゴルが内部分裂を起こして自滅せねばよいがな)

フビライはアリク・ブガを失意の死に至らしめたが、彼の息子たちは生きているし、彼を見すてた諸王侯も、心からフビライに臣従《しんじゅう》しているわけではない。フビライが隙を見せれば、たちまち毒牙を剝《む》くだろう。

「内陸部は、チャガタイ、オゴタイ家の王侯領主たちがひしめきあって、それぞれに覇をとなえている状態。いつ抗争によって内陸が混乱するか、わかりませぬ。漢地とペルシアをかたく結びつけ、モンゴルの統一を維持するには、海路を確保しなくてはなりません」

バヤンの熱弁に、郭侃はうなずくばかりである。無言のままでは愛想がないので、郭侃のほうも口を開いた。

「とすると、海路の中継地たるインドを支配下に置く必要がござるかな」

「……さて、その儀は……」

バヤンは小首をかしげる。インドは「聖君」チンギス汗さえ征服行を避けた土地である。

「なかなかもって、困難です。我らモンゴル人は暑熱《しょねつ》に弱うござるゆえ」

バヤンはどうやら、モンゴル人が水に弱いことを認めたくないらしい。郭侃はおかしくなったが、モンゴル人にとっては認めたくないことであろう。ただ、バヤンは、イル汗国のことを忘れていないようで、そのことが郭侃には喜ばしかった。

「海路が開ければ、インドとの交友関係もつくれましょう。インド人やアラビア人を兵として駐屯させれば、イル汗国の危機に対応できます」

「なるほど、おもしろうござるな。ただ、惜しいかな、モンゴルには船がない。ご存じであろう？　モンゴル人は河を小舟で渡ることすらいやがる……私も、じつは例外ではない」

バヤンは正直に告げた。彼の美点だ、と、郭侃は思う。

「南宋にはござるよ」

「宋に？」

「さよう、世界最大の船団を、宋は所有しております。陸路を金国、西夏《せいか》国、さらにモンゴルに塞《ふさ》がれながら、宋に世界の人と富が集まるのは、海路が通じているからでござるよ。末将《それがし》も自分の眼で見たことはござらぬが、臨安、泉州《せんしゅう》、広州《こうしゅう》など、宋の港には内外の船がひしめきあっておると聞きます」

「なるほど、ではモンゴルはぜひとも宋を降伏させ、良き港と大船団とを手に入れねばなりませんな」

バヤンは宋を「亡ぼす」とは言わず、「降伏させる」と言った。郭侃はその点に信頼をおぼえた。戦争である以上、一滴の血も流れない、というわけにはいかないが、バヤンの総指揮が、流血を最小限にとどめてくれるであろう。

「思えば、フラグ汗は、ずいぶんと苛烈《かれつ》なお人だったな。『ひとたび怒れば雷鳴を発する』どころではなかった……」

そう思いつつ、郭侃はフラグを憎んではいない。なつかしいだけでなく、親しみすらおぼえる。その親しみを、フビライに対して感じなくなってきつつあるのも、また不思議なことであった。

「全世界を征服する」

というモンゴルの壮大な夢は、征服される側にとっては、血染めの悪夢にすぎない。それに較べれば、郭侃の夢は「日の没する海を見たい」という、小童《こども》にも笑われそうな素朴で小さいものだ。

「だが、モンゴルの悪夢に便乗したからこそ、自分の夢は実現できた」

その点については、郭侃は素直にモンゴルに感謝している。

「聖君」チンギス汗は、別に、「地上に平和を」とか「民衆を幸福に」とか高尚な――あるいは独善的な――理想を抱いて諸国を征服したわけではない。親友ボオルチュらに明言したように、他国の領土や美女や名馬に対する欲望にしたがっただけであろう。ただ、チンギス汗は、その欲望を実現させる意志と実力と器量を持っていた。

フビライはどうであろう。祖父の強悍《きようかん》さはまったく受けついでいないようだが、その欲望と器量の大きさは祖父をしのぐかもしれなかった。

ほどなくフビライから命令がとどき、郭侃はバヤンや部下たちと別れを惜しみつつ、鄂州《がくしゅう》を離れて北方へ帰った。

その後、郭侃の「余生」は、地方行政と叛乱鎮定が主となった。大都で重職に就《つ》くことはなかった。高唐《こうとう》、武城《ぶじょう》など五県の令を兼ねたときは、「呉乞児《ごきつじ》と胡王《こおう》の乱」を平定し、白馬《はくば》県令に就いたときは「藏羅漢《ぞうらかん》と趙当驢《ちょうとうろ》の乱」を鎮《しず》めた。

何処《いずこ》の任地においても、民衆のために学校や施療所《せりようしよ》を建て、得意の土木技術を駆使して用水路や堤防をつくり、耕地を増やし、農民たちの生活を豊かにした。「吏民、畏服《いふく》す」と『元史』は記す。

「こういう余生も悪くないな」

と思っているところへ、急に大都から使者が来て、郭侃は一驚《いっきょう》した。フビライ皇帝には忘れられたものと思っていたのだ。フビライの使者がもたらしたものは、「汝を万戸長《ばんこちょう》に昇格させる」という報《しら》せであった。

「ああ、おれは西征以前から、ずっと千戸長のままだったのだな」

苦笑しつつ、書面の続きを読んでみると、「鄂州方面に赴《おもむ》いて軍務に服すべし」とある。どうやらフビライは、バヤンに激賞された郭侃の将才を思い出し、田園に置いておくのを惜しんだらしい。あるいはバヤンのほうから、フビライに、郭侃の登用を請願してくれたのかもしれなかった。

「血の匂いがしない生活に慣れかけたところだったが、いたしかたないな」

郭侃は鄂州に出立する準備を始めたが、出発寸前に命令が変更された。

「上都に伺候《しこう》して皇帝陛下の御諮問《しもん》に応じよ」

夏だからフビライは大都の暑さを避けて上都に滞在していたのである。上都は「シャントゥ」として西方に伝わり、さらに訛《なま》って「ザナドゥ」となり、イギリスの詩人コールリッジによって世界的に知られるようになる。

「やれやれ、貴人はよく気が変わる」

行く方向が逆になっただけである。郭侃はすぐ北へと旅立った。

到着すると、ただちにフビライに呼ばれた。

「曹彬《そうひん》という人物を知っておろう、郭侃《クウオカン》」

「存じております」

曹彬は宋代初期の名将である。郭侃たちの時代から三百年ほど前の人になる。「文の趙晋《ちょうふ》、武の曹彬」と並び称される建国の功臣であった。用兵の達人であったことは当然だが、武将でありながら「性、仁敬和厚《じんけいわこう》」と『宋史』に記されるほど穏やかで優しい為人《ひととなり》で知られる。戦いにあたっては、無用な殺人や掠奪をきびしく禁じ、彼が占領した土地では、治安がよく、民心が安定した。兵士たちには敬愛され、主君である太祖《たいそ》皇帝からの信頼も篤《あつ》かった。

あるとき、太祖皇帝が政治上の問題について曹彬に諮問したことがある。曹彬は答えた。

「臣は武将でございます。政治《まつりごと》に武将が口を出すのは許されませぬ」

千年の後まで通用する台詞《せりふ》である。

さらに、天下統一戦において南唐《なんとう》国を征した際には、麾下《きか》の諸将全員に誓約書を提出させた。

「ひとりの民も殺さず、彼らから一物も奪いません」という内容である。その結果、曹彬は無血で南唐国を征し、報賞としては何冊かの書物を求めただけであった。

「曹彬か」

フビライは豊かな頬《ほお》をなでた。

「曹彬の名は、右丞相（史天沢）からもさんざん聞かされた。そなたも彼《か》の者を敬重《けいちょう》するか」

「臣も若き日に右丞相より曹彬の名を教わりました」

「ふむ、右丞相はよほど曹彬なる人物に傾倒しているようだな」

フビライは二度くり返してうなずき、郭侃に告げた。

「そなたを知寧海州《ちねいかいしゅう》に任じる。そなたがいなかったら、フラグの西征は達成できなかったであろう。だが今回の伐宋はバヤンひとりで充分だ。そなたはもう休め」

つつしんで郭侃は拝命《はいめい》した。

「曹彬に倣《なら》え」とフビライに命じられたバヤンは、その命に従い、つぎつぎと宋の諸城を無血開城させていった。

ただいくつかの例外があった。とくに凄惨《せいさん》だったのは、常州《じょうしゅう》である。

臨安の北、三百五十里ほどに位置するこの城市《まち》では、守将・姚訔《ようぎん》の指揮下、兵士だけでなく住民まで敵に瓦《かわら》や石や瓶《びん》を投げつけ、徹底的に抵抗した。

激闘十日。ついに逆上したモンゴル軍は、凡人が想像もできない手段に出た。捕虜となった兵士や住民を生きたまま搾油機《さくゆき》にかけて脂肪分を絞り出し、それを溜めて常州の城壁にかけると、火を放ったのである。

炎と黒煙、さらにおぞましい悪臭が常州城をつつんだ。堪えかねて城門の外に逃げ出した兵士や住民は、待ちかねていたモンゴル兵によって、ことごとく虐殺され、牛や馬、犬や猫まで殺された。悪臭は二十里四方にとどいた。

見せしめの効果はあった。周辺の諸城は慄えあがり、つぎつぎと城門を開いた。

その報《しら》せを受けて、郭侃は茫然《ぼうぜん》とした。

「バヤンどのがおりながら、そのような蛮行《ばんこう》を許したのか」

もちろんバヤン自身がそのような命令を下したとは思わない。だが、知って軍を罰しなかったら同罪である。

「何が曹彬だ！　不殺だ！」

最小限の流血は避けられない。一城を焼きつくすのが、やむをえないこともあるだろう。だが、常州の惨劇は無用な蛮行であった。郭侃がバヤンに助言する立場にあったら、常州を二、三万の兵に包囲させておいて、他の諸城を降伏開城させていくよう勧《すす》めたであろう。宋の帝都杭州臨安府を陥し、宋王朝を降伏させたら、宋王朝の最後の勅命という形で、常州の開城を命じることもできたはずだ。

郭侃はバヤンに、そうしてほしかった。もしかすると、バヤンから、弁明の書簡がとどくか、と思ったが、幾日たっても、そのようなものはとどかなかった。現在のバヤンに、郭侃にかまっている余裕はないのだ。郭侃は肩を落とした。

後日、バヤンは秘かにフビライに謁見《えっけん》して語りあったという。

「常州の件は聞いた」

「『不殺』の旗を掲げながら、面目《めんぼく》なき仕儀《しぎ》にございます」

「しかたあるまい。降伏するなら助けると言うておるのに、したがわぬほうが悪い。そなたの所為《せい》ではないゆえ、気にするな」

「おそれいりたてまつります」

「ただ、今後は気をつけよ。宋国人どもには、喜んで朕の支配に従わせねばならぬからな」

「御意！」

「朕は宋国人たちの生命など欲しくない。朕が欲しいのは、宋の国土と富と大船団だ」

フビライは両眼から細い光を放った。

「地上でもっとも富んだ豊かな国を手に入れる。モンゴルと中華を統合する。人の住む土地の富をすべて大都に集め、史上、比類のない繁栄をもたらそうぞ」

壮大な構想だ。ただし身も蓋《ふた》もない。フビライほど財政や経済に熱心な帝王は稀《ま》れだが、言いかえればそれは「貪欲」であった。フビライの視線は、地平線を越えて、さらに遠くへ向けられている。

つねづね郭侃は、こう考えていた。

「モンゴル人はイスラム教徒やキリスト教徒と戦ってきたが、モンゴル人自身が、チンギス汗教の信者なのだ」

「英雄」と称されるべきバトゥも、モンケも、フラグも、自覚せず、祖父への崇拝に呪縛《じゆばく》され、極寒のルーシや灼熱《しやくねつ》のペルシアを征服してきた。

だが、フビライは異なる。彼は偉大な祖父がつくりあげた見えざる枠を越えようとしている。チンギス汗でさえ想像しなかったことをしでかすのではないか。

そう感じるようになったのが、東帰《とうき》して以来、何となくフビライに対して隔意《かくい》を抱くようになった原因ではないだろうか。郭侃は鬱々《うつうつ》とした。フビライは人材を重んじるが、別の言いかたをすれば、彼の役に立たない者たちに対しては、いたって冷淡であった。

「どうやら、おれは、フビライ皇帝のためには死ねそうもないな」

フビライ皇帝の在世中はともかく、その死後はどうなるであろう。

皇太子のチンキムは、フビライが苦々《にがにが》しく思うほど中華の文明を愛好し、「仁《じん》」を最高の価値とし、モンゴル軍に抵抗をつづける宋国人たちを「義士である」と賞賛してやまない。「不殺」と旌旗《せいき》に書いたのはチンキムではないか、という説もある。

「チンキム殿下がつぎの皇帝となれば、元は完全な中華の王朝となるだろう。だが、モンゴル人たちはそれを受け容《うい》れるか。アリク・ブガの例もある。草原派、旧守派のモンゴル人をたばねるような野心家が出現して大乱をおこし、元朝そのものが瓦壊《がかい》してしまうのではないか」

そこまで考えて、郭侃は首を横に振った。もはや彼は将軍でも理問官でもない。モンゴルが、元朝が、今後どうなろうと、郭侃の知るところではないはずだった。

むしろイル汗国のほうが気にかかる。人生の何分の一かを過ごしただけの遥《はる》かな土地が、荒野が、砂漠が、海中の小さな島国が、しきりに胸にせまってくる。

「寧海州《ねいかいしゅう》の知事か。もう戦場には出なくてよい、ということだな」

いつのまにか郭侃も五十歳をすぎて久しい。宋の降伏も目前にある。戦場に出なくてよいのは、ありがたいことであったが、一抹《いちまつ》の寂しさは禁じ得なかった。もともと武門に生まれ、戦場で成人したといっても過言ではない。

「ま、史天沢丞相とは格がちがう。宋の降伏も時間の問題だ。これ以上、おれが出しゃばる必要もあるまい」

拝命した郭侃は軍装を解き、十人ほどの従者をつれて寧海州へ赴任した。ところが三日と経《た》たず、思いもかけぬ報告に接した。

「皇帝陛下におかせられては、このたび、日本国への遠征をお命じあそばしました」

「日本国へ!?」

日本国は東海——後世、東シナ海《イースト・チャイナ・シー》と呼ばれる——をへだてた小さな島国である。宋とは盛んに貿易や学問の交流をおこなってきたということは郭侃も知ってはいた。

郭侃は愕然とした。フビライは「地の涯《はて》」どころか、「海の彼方」まで征服するつもりなのだろうか。中華の歴代の王朝が、海外に兵を送って領土とした例は一度もない。宋も金も、日本国と戦ったことはない。日本国と戦ったのは唐の前期、いわゆる「白村江《はくそんこう》の戦い」一度だけで、およそ六百年も往古《むかし》のことになる。

郭侃は西征で嫌《いや》というほど経験した。ペルシアもサラセンもシリアも、そしてエジプトもだが、

「べつにモンゴルと仲良くしたくはない」

と思っている国は、いくらでもあるのだ。ましてモンゴルが求めているのは対等な友好ではなく、「臣従」か「服属」なのだから、不快に思われても、しかたがない。

「日本国のほうから攻めてきたときに対応すればよいではないか。だいたいモンゴル兵が船に乗って海を渡ることなどできるのか」

明君《めいくん》たるフビライが、その程度のことも想像できないとは、郭侃の理解を超えることだった。海岸から船に乗りこむモンゴル兵の蒼《あお》ざめた顔が、眼に見えるようだ。

「フビライ皇帝は、祖父の呪縛を超《こ》えて、みずからの野望に呪縛されようというのか」

その野望とは、世界の富を一身に集めること。「貪欲」という表現におさまらぬほどの規模で

はあるが、そのためにいやいや船に乗せられるモンゴル兵たちが、いっそ気の毒なほどである。

「船に乗るのは、半分は高麗《こうらい》兵だそうで」

「ああ、そうか、そうだろうな」

当時、朝鮮半島を統治していたのが高麗王国である。一二三一年にモンゴル軍の侵入を受け、三十年近く抵抗をつづけたが、一二五九年、力つきて降伏し、属国となった。高麗兵なら水戦に長《た》けているし、もちろん船に乗れる。

「軍船の建造も、高麗がおこなうとのことで」

「おこなう」ではなく、「させられる」だろう。郭侃はそう思ったが、口には出さなかった。もし日本国がモンゴルに服属させられたら、どのような義務を課せられることだろうか。それにしても、宋の征服が完了していない状態で、わざわざ海を渡って別の国に兵を送るとは、フビライの心理が郭侃には読めなかった。どうせ相手は巨人で、凡人たる自分などが理解するできるはずはないが。

数日して、またも急報がもたらされた。

「開府儀同三司《かいふぎどうさんし》・平章軍国重事《へいしようぐんこくじゆうじ》・中書右丞相《ちゆうしようじようしよう》・史天沢さま、御危篤《きとく》！」

音を立てるほどの勢いで、郭侃の顔から血の気が退《ひ》いていった。


日本国のことなど案じている場合ではない。

留守を李宗建らに委《ゆだ》ねて、郭侃は真定へと馬を駆った。彼の師父《しふ》の本拠地へは、一日では到着できなかった。不眠不休で夜も走り、二日めの夕刻に到着したとき、史天沢はまだ息があった。

「おお、仲和、来てくれたか」

病床で、史天沢は慈父《じふ》の眼を向けた。

「この乱世に七十年以上も生きて、おだやかに死ねる。恵まれた生涯であったよ」

「まだそのようなお言葉は早《はよ》うございますぞ」

死に瀕《ひん》した老雄より、郭侃のほうが呼吸が荒い。

「仲和よ」

「はい」

「わしは、おぬしが羨《うらや》ましい。おぬしが泉下《あのよ》に赴《い》くときは、日の没する赤い海岸の光景につつまれるじゃろう。現在《いま》、わしには何も見えぬ。ただ、周囲が暗くなっていくばかりじゃ」

「右丞相！」

「それ以外、思い残すことはない。もう、おぬしの顔も見えぬ。さらばじゃ……ただ、宋の民を殺してはならぬ、掠奪もしてはならぬぞ」

史天沢は両眼と唇を閉ざし、ふたたび開くことはなかった。西暦一二七五年二月七日、元の至《し》元《げん》十年、享年七十四である。

史天沢の訃報を受けたフビライ皇帝は歎《なげ》き悲しむことはなはだしく、涙を流して、卓《テーブル》を拳で打った。

「朕は両手のうち右手を失った。朕のため、邦家《くに》のために尽《つ》くしてくれたことを、けっして忘れぬぞ」

フビライは史天沢の遺族に白金二千五百両を下賜《かし》し、太尉《たいい》の位を与え、「忠武《ちゆうぶ》」と謚号《おくりな》したが、すぐに太師《たいし》の称号も贈り、「鎮陽王《ちんようおう》」に追封《ついほう》した。

「将相《しようしよう》として出入すること五十年、上は疑わず、下は怨《うら》まず、人以《もつ》て郭子義《かくしぎ》、曹彬《そうひん》に云《たと》う」

とは『元史』の評である。崇敬していた曹彬と並べられたのだから、本望であったろう。

Ⅳ

右丞相の史天沢が没して、元の丞相は左丞相のバヤンひとりになった。だが、すぐに後任が決まる。ジャライル部族出身のモンゴル人アントン、年齢は三十歳であった。

「史天沢はモンゴル帝国で最初の漢人丞相であり、最後の漢人丞相であった」

フビライはそう語った。以後、漢人をモンゴル帝国の丞相には叙任しない、という宣言である。劉秉忠も姚枢も丞相には叙任されなかった。このあたりから、フビライには、モンゴル人と漢人とを差別する傾向が強く見えはじめる。やがてそれは有名な「モンゴル人・色目人《しきもくじん》・漢人・南人《なんじん》」の四階級区分として明確に制度化される。

アントンは若いながら見識に富み、清廉《せいれん》で、権門《けんもん》の不正を憎み、元朝の綱紀《こうき》を粛正《しゆくせい》するのに、文字どおり生命を傾けた。その結果、彼はフビライより三十歳も若いのに、フビライより早く死ぬのである。

史天沢の死は、実父が死んだときよりも郭侃には応《こた》えた。五十年にわたって元朝をささえてきた太い柱が消えたのだが、それは郭侃にはどうでもよい。これからはバヤンやアントンの時代だ。だが、郭侃にとって史天沢は無二の存在であった。

衝撃がさめやらぬ間に、またしても兇報《きょうほう》がとどけられる。それは元朝にとっては小さなものだったが、郭侃にとっては痛恨の大事だった。青年のころから苦楽を共にしてきた李宗建の訃報である。常州の惨劇の後、戦いを忌《い》む言動があったが、宋軍の矢を避けた際に落馬し、その傷が原因で死んだという。

「何も報いてやることができなかったな……」

郭侃は肩を落とした。

「自分の夢のために、多くの人を犠牲にした」

と考えるほど、郭侃は感傷的な人間ではない。だが長い歳月、労苦を共にした朋友を喪《うしな》いつづけると、寂漠《せきばく》の感を禁じえなかった。現世《このよ》より泉下《あのよ》のほうに知人が多くなった。そろそろ自分もそちらの方角へ歩み出すころではないか。

しかし、前年、史天沢が死去したばかりである。

「来るのが早すぎるわ、粗忽者《そこつもの》が」

史天沢に泉下で叱られるであろう。

郭侃は知寧海州の任務に精励した。李宗建の喪に三日だけ服し、それ以後は馬に騎《の》って州内の十五県を巡視し、書類を決裁し、裁判で判決を下し、盗賊をとらえた。寧海州は長く宋元間の攻防によって荒廃していたが、郭侃の熱意と行政能力と土木技術は、みるみる州内の風景を変えていった。

「堤防が完成したら、松の木を植えよ。松の根が張れば堤防の土が堅くなるし、実が採《と》れるようになったら、売って民の副収入にすればよい」

一日、また訃報がもたらされた。公孫英が陣中で熱病によって死去した、という。

郭侃は、迷信的な戦慄を禁じえなかった。

「フビライ皇帝は他人の生命を吸いとる御方だ。劉秉忠どのも先日、亡くなったというではないか」

郭侃は独特の感覚によって、未来を予知したのだろうか。それとも疑心暗鬼の妄想が、偶然を生《う》んだのだろうか。歴史事実として、つぎの件が記録される。バヤンはフビライより二十一歳若かったが、フビライと同じ年、一二九四年に死去するのである。ちなみに、アントンの死はその前年である。

一二七四年、日本国への海外遠征は失敗する。上陸してすこし戦って多少の戦果を得たが、すぐに撤退し、帰途、嵐にあって多くの損害を出したという。郭侃は怒りをおぼえた。いっそ本気で日本国を征服するつもりだった、というほうがまだましだ。「すこし戦った」あげく海で死んでいったモンゴル兵や高麗兵こそ哀れである。

「フビライ皇帝の視線は、はるか海の彼方にまで向けられている。だが、足下は見えていないようだ」

　そう郭侃は思った。

　やがて郭侃は病の床に就《つ》いた。何が病因か判然とせず、薬湯を飲んでは眠る日々がつづいた。

　一日、彼の病室に思わぬ人物が姿を見せた。

「張康か、訪ねて来てくれたか」

「御意」

「李宗建に公孫英……三人のうちで、お前だけが生き残ったな」

「なに、わしも遠からず、奴らとおなじ場所に行きますわい。将軍は、ずっと遅れておいでなさいまし」

　郭侃は笑ったが、病床から起きあがることはできなかった。

「お前たちには、とんでもない場所で、とんでもない苦労をかけたな」

「いや、将軍のおかげで、いろいろと珍しいものを見せていただけました。思えば、ペルシアやカフカス諸国では、いい女やいい酒に出会えましたなあ」

　張康にとっては「日没の海よりペルシア美女」ということらしい。考える必要もなく、張康のほうが当たり前で、郭侃のほうが変なのだ。

「最初からペルシアかシリアに生まれていたら、愉《たの》しかっただろうな」

「それはまずい。モンゴル軍が来襲して、殺されますぜ」

「はは……それもそうだな」

他愛《たわい》ない会話をかわして、張康は帰っていったが、しばらくの間、郭侃は病床で思い出し笑いをして、家族や従僕たちをおどろかせた。つぎに張康が訪ねて来る日を、郭侃は愉しみにしていたが、ひと月ほど経っても姿を見せない。待ちくたびれて郭侃は尋《たず》ねた。

「今日は張康は？」

言いにくそうに、息子の郭秉義《かくへいぎ》が答えた。

「どうせわかることですから、申しあげます。張どのは先日、病で亡くなりました」

「………」

「父上？」

「ああ、そうかそうか、いまごろ泉下《あのよ》で、三人して酒を酌《く》みかわしておるだろう。わしの悪口を肴《さかな》にしてな、ははは……」

郭侃が笑ってみせたので、邸内には安堵《あんど》の空気が流れた。翌日、息子の郭秉義が父親に報告した。

「ついに臨安府が陥《お》ちたそうでございます」

その声に、郭侃の老眼が光った。彼は枕の上で顔を動かして息子を見やった。

「どれくらい死んだ？」

「いえ、死者は出ませんでした」

「………」

「無血開城でございます。バヤン丞相が入城なされ、宋の幼帝と母后は、みずから国璽《こくじ》をささげ持って降伏したとか」

郭侃は大きく息をつき、息子に向けていた顔を天井に向けた。

「……そうか、無血で開城したか。さすがはバヤンどの……」

臨安府は第二のバグダードにはならなかった。郭侃は全身から毒が抜けていくような感覚におそわれた。息子は、父の老いた頰を涙がひとすじ伝わり落ちるのを見た。

これで郭侃が行末《ゆくすえ》を案じる者は、バヤンとアバカだけになった。もはや、現世に対する執着を持つ意味を、郭侃は感じられなくなっていた。

フビライ皇帝からの連絡は、絶えて久しい。もはや彼にとって、郭侃は必要のない存在なのであろう。完成した大都で玉座にすわり、海を越えて未知の島々を征服する計画でも練っているのだろうか。好きにするがよい。

郭侃は、まどろんだ。世界が赤い。空も海も、日没の光を受けて、赤く、また黄金色に染まっている。荒々しく波濤《はとう》を蹴立《けた》てて、軍船の群が島にせまって来る。キプロス島だ。軍船はキリスト教国のものか、イスラム教国のものか、それともモンゴル帝国か。

郭侃のもとには、二千人の漢人部隊がしたがい、十二門の回回砲が敵の船団を睨《にら》んでいる。張康が何か不謹慎な冗句《ジョーク》を飛ばし、李宗建がそれをたしなめ、公孫英が苦笑しつつ郭侃を見やって言う。

「御命令を！」

郭侃は一度、後方を見やる。椅子に腰かけた少年王が摂政《せっしょう》にうながされて片手をあげる。郭侃は一礼して海に向き直り、声を張りあげて命じる。

「照準よし、撃て！」

「……父上！」

息子の郭秉仁《かくへいじん》の声で、夢は破れた。

「医師を呼びましょうか」

「いやいや、もうそれほど気を遣《つか》わずともよい。わしはもうじき死ぬからな」

「父上、不吉なことをおっしゃいますな」

「戦場を駆けめぐること三十余年、こうして牀《ベッド》の上で死ねる。めでたいことではないか……わしが尊敬しておった人がおっしゃった、そなたは死が近づいたら日の没する海を夢に見るだろう、と。先ほど、その夢を見た」

「父上！」

「騒ぐでない。もういちど眠らせてくれ」

郭侃はすっかり灰色になった眉の下の瞼《まぶた》を閉じた。

眠ったまま、郭侃はなおしばらく生命を保ち、年があらたまった一二七七年（元の至元十四年）正月に死んだ。享年六十一。

死後、彼に対してフビライ皇帝から官位や諡号《おくりな》が贈られたという記録は残されていない。


——了——

後記

郭侃《かくかん》という人物の存在を知ったのは、例によって『アジア歴史事典』を読んでいたときであった。これは紙の本でなければありえない出会いである。

「十三世紀にモンゴル帝国の大西征に参加して、地中海に達した中国人将軍がいる」

信じられないような史実ではないだろうか。漢文史料だけでなく、イスラム世界の史料にも明記されているのだから、疑う余地はない。

それにしても、こんな人が歴史に埋もれて無名のままでいるとは、もったいない話である。戯作家の本能に衝《つ》き動かされて、私は、郭侃の生涯を小説化することに決めた。決めるのは早いが、実行に移すことが遅くなったのは、戯作家の性《さが》ではなく、私個人の悪癖である。

郭侃について書けば、おのずとモンゴル帝国の大西征についても書くことになる。十代のころ井上靖《いのうえやすし》氏の『蒼《あお》き狼《おおかみ》』を熱読した身としては、それもまた望むところであった。分《ぶん》を知らぬにも程があるが、分をわきまえたりしていては小説なんぞ書けないのだ。

というわけで、多くのモンゴル人を登場させることになったが、彼らの名前の表記が資料によって違うので困った。「フラグ」と「フラーグ」と「フレグ」、「モンケ」と「マンク」と「メンゲ」、「バトゥ」と「バツー」と「バト」と「バツ」、「アバカ」と「アバーカー」、「ジュチ」と「ジョチ」、「キド・ブカ」と「キトブガ」、「フビライ」と「クビライ」、「オゴタイ」と「エゲデイ」、いずれも同人異名の例だが、どれが正しいのだろう。資料によって違いがないのは「バヤン」ぐらいのものであった。

ただ、教科書や学術書であれば、いやが上でも正確を期せねばならないが、私が書くのは小説である。いずれかの資料に記されていれば、その中から好きなものを選んで書くことが許されるはずだ、と考え、そうさせてもらった。ずうずうしいが、お許し願いたい。

さて、大モンゴル帝国の世界制覇については、「パックス・モンゴリカ」という語もあり、偉業と称され、ロマンをかきたてる。「かつて地上にはユートピアが存在した。その名は大モンゴル帝国」という内容の文章まで読んだことがある。

評価は色々である。とはいえ、モンゴルが亡ぼした国の数は、モンゴルに亡ぼされた国の数であり、モンゴルが殺した人の数は、モンゴルに殺された人の数である。「ユートピア」とやらが、どれほどの犠牲の上に築かれたか、という程度のことは想像してみてもよいように思う。

当時のモンゴル人にその自覚を求めるのは無理だろう。郭侃という人物の存在があって、彼の視点から歴史の一端を描くことにしてペンを執《と》った。読者が受け容れて下されば幸いである。

遅くなったが、今回の小説の企画を快諾《かいだく》して下さった祥伝社の関係者諸氏、急で勝手な願いに応じてすばらしいイラストを描いて下さった伊丹《いたみ》シナ子さんに、心から御礼を申しあげたい。ありがとうございました。

でもって、最後に一言。
「やっと終わったぞ、ああ、しんど」

二〇二二年十二月
作者拝

主要参考資料

元史　中華書局
モンゴル帝国史　平凡社東洋文庫
蒙古史　岩波文庫
モンゴル秘史　平凡社東洋文庫
モンゴルVS西欧VSイスラム　講談社
大世界史6ガンジスと三日月　文藝春秋
大世界史8蒼き狼の国　文藝春秋
中国史3　山川出版社
暗殺者教国※　ちくま学芸文庫
宋と中央ユーラシア　中央公論社
民族の十字路　日本放送出版協会
十三世紀の西方見聞録　新潮選書
アルメニア史　泰流社
情報の東西交渉史　新潮選書
天山シルクロード　恒文社
シルクロードのアラブ人　中外日報社

シルクロードの宗教　教文社
マムルーク　東京大学出版会
エジプト・マムルーク王朝　近藤出版社
中央アジア・蒙古旅行記　講談社学術文庫
砂漠の文化　岩波書店同時代ライブラリー
アジア歴史事典　平凡社
新十八史略　河出書房
十字軍全史　新人物往来社
蒙古襲来　錦正社

本書は書下ろしです。

切りとり線

あなたにお願い

この本をお読みになって、どんな感想をお持ちでしょうか。次ページの「100字書評」を編集部までいただけたらありがたく存じます。個人名を識別できない形で処理したうえで、今後の企画の参考にさせていただくほか、作者に提供することがあります。

あなたの「100字書評」は新聞・雑誌などを通じて紹介させていただくことがあります。採用の場合は、特製図書カードを差し上げます。

次ページの原稿用紙（コピーしたものでもかまいません）に書評をお書きのうえ、このページを切り取り、左記へお送りください。祥伝社ホームページからも、書き込めます。

〒一〇一―八七〇一　東京都千代田区神田神保町三―三
祥伝社　文芸出版部　文芸編集　編集長　坂口芳和
電話〇三（三二六五）二〇八〇　www.shodensha.co.jp/bookreview

◎本書の購買動機（新聞、雑誌名を記入するか、○をつけてください）

＿＿新聞･誌の広告を見て	＿＿新聞･誌の書評を見て	好きな作家だから	カバーに惹かれて	タイトルに惹かれて	知人のすすめで

◎最近、印象に残った作品や作家をお書きください

◎その他この本についてご意見がありましたらお書きください

100字書評

残照

住所

なまえ

年齢

職業

田中芳樹（たなかよしき）
1952年熊本県生まれ。学習院大学大学院修了。1978年「緑の草原に……」で幻影城新人賞を受賞しデビュー。1988年『銀河英雄伝説』で第19回星雲賞（日本長編部門）を受賞。2006年『ラインの虜囚』で第22回うつのみやこども賞を受賞した。壮大なスケールと緻密な構成で、『薬師寺涼子の怪奇事件簿』『創竜伝』『アルスラーン戦記』など大人気シリーズを多数執筆している。本書ほか、『岳飛伝』『新・水滸後伝』『天竺熱風録』などの中国歴史小説も絶大な支持を得ている。

残照《ざんしよう》

令和５年１月20日　初版第１刷発行
令和５年２月15日　　　第２刷発行

著者―――田中芳樹《たなかよしき》

発行者――辻 浩明

発行所――祥伝社《しようでんしや》
〒101-8701 東京都千代田区神田神保町3-3
電話 03-3265-2081(販売) 03-3265-2080(編集)
03-3265-3622(業務)

印刷―――堀内印刷

製本―――ナショナル製本

ISBN978-4-396-63636-4 C0093
祥伝社のホームページ www.shodensha.co.jp